Ganzer Kerl – halber Narr

Ganzer Kerl – halber Narr

von
Alexander Bunde

Bibliografische Information der Deutschen Nationalbibliothek:
Die Deutsche Nationalbibliothek verzeichnet diese
Publikation in der Deutschen Nationalbibliografie;
detaillierte bibliografische Daten sind im Internet
über dnb.dnb.de abrufbar.

TWENTYSIX – Der Self-Publishing-Verlag
Eine Kooperation zwischen der Verlagsgruppe
Random House und BoD – Books on Demand

© 2016 Alexander Bunde

Herstellung und Verlag:
BoD – Books on Demand, Norderstedt

ISBN: 9783740715885

Illustration:www.pixabay.com

1.

Immer häufiger dachte ich darüber nach, ob für mich nicht die Zeit gekommen war, mit einer Frau eine feste Bindung einzugehen, mit einem Wort, das Ja-Wort zu geben. Möglichkeiten hatte ich gehabt, aber ich war noch nicht reif gewesen, ich wollte meine Unabhängigkeit nicht aufgeben.

Als das Telefon läutete, wurde ich aus meinen Gedanken gerissen. Ich warf einen Blick auf meinen PC, alles war unter Kontrolle, musste auch so sein, denn es war Freitag und alle LKWs waren offensichtlich rückgeladen worden und auf dem Weg in die Heimat. Seit drei Jahren arbeitete ich in einer der größten Spedition Wiens und war für den LKW-Frachtverkehr in die frankophonen Länder, also Belgien und Frankreich verantwortlich. In diesem Job stand man immer unter Hochspannung, auf der Straße konnte viel passieren, dann wurde die Planung über den Haufen geworfen, man musste improvisieren.

Meine innere Stimme verhieß nichts Gutes als ich abhob. Ich täuschte mich nicht, einer meiner LKW-Fahrer suchte verzweifelt aufgrund einer Fehlfunktion seines Navigationssystems die Ladestelle für die Rückfracht, die dringend in einem Kunststoffwerk benötigt wurde. Wenn er nicht laden konnte, kam das einer Katastrophe gleich, denn eine Leerfahrt zurück nach Österreich würde teuer kommen, abgesehen von den Problemen mit dem Kunden, der ohne Material einen Produktionsstillstand hätte. Also rief ich den Lieferanten in Paris an, um eine Wegbeschreibung zu bekommen, die ich dem genervten Fahrer weitergeben konnte. Plötzlich platzte mein Chef ins Büro, misstrauisch, mit vorwurfsvoller Miene verfolgte er meine Bemühungen.

„Sie warten so lange, bis der Fahrer an der Ladestelle eingetroffen ist", sagte er bissig, „das nächste Mal statten Sie Ihre Fahrer mit genauen Informationen aus."

Ich wollte schon eine patzige Antwort geben, als ich aber in sein fleischiges, vom Zorn gerötetes Gesicht blickte, verzichtete ich darauf. In dieser Situation hätte es mir nichts genützt, die Unerfahrenheit des Fahrers ins Treffen zu führen, der zum ersten Mal eine Ladung in Frankreich übernahm und nicht einmal Ja und Nein auf Französisch sagen konnte. Ich wartete also, bis der Fahrer mir die Übernahme der Ware bestätigte.

Spät verließ ich das Büro, es dämmerte bereits. Es machte keinen Sinn mehr, in meinen Tennisclub zu fahren, um für das morgige Meisterschaftsspiel zu trainieren. Das Training wäre wichtig gewesen, da ich das erste Mal in der Kampfmannschaft antreten sollte.

Am nächsten Tag spielten meine Nerven verrückt, je mehr ich mich bemühte, mich zu entspannen, desto mehr entglitten sie meiner Kontrolle. Ich fragte mich, warum ich mir diesen Stress eigentlich antat. Tennis sollte ursprünglich ein Ausgleichssport für mich sein. Aber ich war kurzfristig in die Kampfmannschaft aufgenommen worden, weil der vor mir gereihte Kollege verletzt war. Ich verfluchte die Verkehrsampeln. Bei jeder Rotphase sah ich ebenfalls rot, um dann bei Grün mit meinem Golf davon zu spurten.

Der Tennisclub zählte zu den ältesten und renommiertesten der Stadt. Die Courts lagen am Rande einer Parkanlage und waren von uralten Kastanienbäumen gesäumt. Der Club leistete sich den Luxus eines Restaurants, manches Mal wurde dort Schach oder Karten gespielt, auch so manches Geschäft hatte dort seinen Anfang gefunden. Gegen das gepflegte Restaurant fielen jedoch die Umkleidekabinen stark ab. Durch die kleinen Fenster fiel nur spärliches Licht, die Wände waren von Feuchtigkeitsflecken und abgeblättertem Verputz verunstaltet, die auf den Spinden abgestellten Tennisschuhe verströmten den spezifischen Geruch von Fußschweiß.

Es war heiß und schwül an jenem denkwürdigen Tag. Von meinen Kameraden konnte ich noch keinen erblicken. Ich begab mich in die Umkleidekabine, um mich umzuziehen. Meine Bewegungen waren hastig, fahrig. Wie sollte ich in einem solchen Zustand präzise

Bälle schlagen? Als ich mein Rakett aus der Plastikhülle entnahm, fühlte es sich wie ein Fremdkörper in meiner schweißigen Hand an. Bilder einer bevorstehenden Niederlage tauchten vor mir auf. Als mein Freund Felix Schönlaub bei der Tür hereinkam, ein breites Grinsen auf seinem jungenhaften Gesicht, atmete ich erleichtert auf.

„Du bist ein bisschen blass, Andreas, ist alles okay?"

„Nicht ganz, ich wollte gestern noch trainieren, aber ich bin nicht rechtzeitig vom Büro weggekommen. Ich bin froh, dass wir uns jetzt ein bisschen einschlagen können."

Ich wollte ihm beichten, dass meine Nerven verrücktspielten, unterließ es aber. Obwohl wir viele Vertraulichkeiten austauschten, genierte ich mich, eine Schwäche zu zeigen.

„Das kann nicht schaden, wird eine harte Partie heute", sagte er lakonisch, während er in sein Tennisdress schlüpfte.

Im Gegensatz zu mir, der ich groß und schlaksig war, hatte Felix einen stämmigen, muskulösen Körper. Seine freundlichen Gesichtszüge, die Grübchen in den Wangen sowie die leicht schräg gestellten braunen Augen gaben seinem Gesicht einen schalkhaften Ausdruck.

„Die Mannschaftsbesprechung ist um zwölf Uhr, wir haben genug Zeit, um uns einzuschlagen", sagte er, als er umgezogen war.

Felix warf mir einen prüfenden Blick zu. „Du scheinst ein bisschen nervös zu sein, alter Freund. Du wirst sehen, nach den ersten Ballwechseln baut sich die Nervosität ab, man wird ruhiger. Und vergiss nicht, deinem Gegner geht es nicht besser, eine gewisse Anspannung ist immer da, das lässt sich nicht vermeiden."

Ich warf ihm einen dankbaren Blick zu. Ein guter Freund merkt, was in einem vorgeht, selbst wenn man es verheimlichen will, dachte ich.

Wir starteten unser Training. Zuerst wechselten wir lange Bälle, entlang der Linie und cross, dann gingen wir abwechselnd zum Netz, um zu vollieren. Nach und nach probierten wir verschiedene Schlagvarianten, zum Schluss spielten wir ein paar Games. Normalerweise war ich, bedingt durch meine Körpergröße, ein guter Aufschläger. Aber an diesem Tag funktionierte der Aufschlag nicht, wieder stieg eine leichte Beunruhigung in mir auf.

„Mach noch ein paar Aufschläge", empfahl Felix. Ich sammelte die umliegenden Bälle auf und versuchte mein Bestes. Nach einigen Minuten machten wir Schluss. „Wir werden unsere Kräfte heute noch brauchen", bemerkte Felix.

Wir trockneten uns den Schweiß ab, zogen unsere Pullover über und schlenderten ins Restaurant, wo ein langer Tisch in einer ruhigen Ecke für die Besprechung reserviert war.

Bernd Wächter, unser Kapitän, und die meisten Mannschaftsspieler waren bereits anwesend. Einige schlugen sich noch ein, aber nach und nach waren wir komplett. Man merkte die Anspannung, die von den meisten Besitz ergriffen hatte, ich war also keine Ausnahme.

Wächter fixierte mich mit seinen kalten, stahlblauen Augen. „Wie geht's Andreas?"

„Ich muss mich erst daran gewöhnen, mit der Verantwortung umzugehen", sagte ich.

„Das erste Mal ist immer schwierig, versuch dein Bestes und denk nicht an Sieg oder Niederlage, das macht nur zusätzlichen Druck."

Ich hatte schon unzählige Tennismatches hinter mir. Aber das waren freundschaftliche Partien. Nur wenn ich um einen Ranglistenplatz kämpfte, ging es um etwas. Wenn ich gewann, konnte ich mein Ranking um einen Platz verbessern, wenn ich verlor, rutschte ich um einen Platz ab. Aber ob ich gewann oder verlor, nutzte oder schadete nur mir. Doch an diesem Tag trug ich eine Mitverantwortung für die Mannschaft, ob sie ins Finale aufstieg oder nicht.

Soweit Wächter die gegnerischen Spieler kannte, gab er uns Informationen über deren Stärken und Schwächen.

Er strich seine emporstehenden Haare zurück und blickte mich nachdenklich an. Seine dichten dunkelblonden Haare waren charakteristisch für sein Aussehen. Er hatte sie zurückgekämmt, trotzdem standen sie in hohem Bogen weit nach hinten ab. Sein Haarschopf und die scharfe Adlernase gaben ihm ein kühnes Aussehen.

„Ich kenne den Typen, gegen den du spielen wirst", sagte er gedehnt. „Er heißt Ingo Lindenthal und hat schon viele Meisterschaftsspiele absolviert, die meisten hat er gewonnen. Er ist schnell auf den Beinen und macht seine Punkte von der Grundlinie. Wenn man ihn nicht unter Druck setzt, macht er wenig Eigenfehler. Ich glaube, von hinten ist es schwer, gegen ihn zu gewinnen. Eine Chance hast du, wenn du etwas riskierst und versuchst, ihn auszuvollieren. Das müsste dir ja liegen, denn es entspricht deiner Spielanlage."

„Ich werde es versuchen", sagte ich, aber es klang nicht überzeugend.

Die gegnerische Mannschaft hatte sich ebenfalls im Restaurant versammelt. Wächter tauschte mit dem Mannschaftsführer die Spielerlisten aus und besprach die Abfolge der Matches. Ich versuchte herauszubekommen, wer mein Gegner sein könnte. Zufällig fiel sein Name, als er von einem seiner Clubkollegen angesprochen wurde. Er war Anfang dreißig und hatte einen merkwürdigen, spitzen Haaransatz in der Mitte der Stirn. Die schmalen, braunen Augen waren leicht nach oben gezogen, wie auch seine dunklen Brauen. Die Nase war leicht geschwungen, sein Gesicht wurde nach unten schmaler und ließ das Kinn spitz wirken. Er wirkte entspannt, sein athletischer Körperbau und die sehnigen Arme waren beeindruckend und ließen darauf schließen, dass er viel Zeit auf dem Tenniscourt verbrachte.

Mein Start war nach den ersten drei Partien eingeplant. Ich verließ den Club, um mich bei einem Spaziergang etwas auszugleichen. Die Wolken hingen tief, es war schwül, wenn Regen fiel, müsste der Wettkampf verschoben werden. Ich hoffte, dass es trocken blieb, denn ich hatte mich darauf eingestellt, an diesem Tag meine Feuertaufe zu bestehen. Ich konzentrierte mich auf meine Schritte und versuchte, den Boden unter meinen Füßen zu spüren. Nachdem ich einige Minuten die Allee hinuntergewandert war, fühlte ich, wie sich mein Gedankenfluss beruhigte. In meinem Geist spielte ich Spielvarianten durch, welche bei einer defensiven Spielweise des Gegners zum Erfolg führen könnten. Ein Blick auf meine Uhr gemahnte mich, in den Club zurückzukehren, um mich auf mein Spiel vorzubereiten.

Im Club klopften mir meine Kameraden aufmunternd auf die Schulter. Von den ersten drei Einzelpartien hatten wir zwei verloren und eine gewonnen. Ich brauchte nicht lange auf meinen Gegner zu warten. Ich sah ihn, wie er sich mit ruhigen, elastischen Schritten näherte, den Kopf erhoben, selbstsicher, jedoch ohne Stolz und Arroganz. Ein verhaltenes Lächeln spielte um seinen Mund, als er den Schiedsrichter begrüßte. Dann schüttelten wir uns die Hände. Besorgt blickte er zum Himmel und sagte: „Hoffentlich müssen wir nicht wegen Regen abbrechen!" Er hatte eine leise, dunkle Stimme.

„Wir werden ja sehen", sagte ich reserviert. Ich hatte keine Lust, mich vor dem Match mit einem Small Talk von meinem Gegner ablenken zu lassen, zu sehr war ich auf das Spiel fokussiert. Dessen ungeachtet und gegen meinen Willen musste ich eingestehen, dass er sympathisch war. Aber er war mein Gegner, es ging um viel, ich bemühte mich daher, ein Feindbild aufzubauen.

Wir losten und ich gewann. Ich entschied mich für Aufschlag, somit hatte Lindenthal die Platzwahl. Nachdem die Sonne fast senkrecht stand, war dies kein Vorteil für ihn. Wir begannen mit dem Einschlagen. Ich versuchte, meinen Bällen einen kräftigen Spin zu geben, um seine Reaktion zu testen. Er schien sehr früh die Flugrichtung sowie die Landung des Balles zu erkennen, war rechtzeitig zur Stelle und hatte überhaupt keine Probleme, die Bälle zu retournieren, wobei man seinen Bewegungen keine Hektik ansah.

Ich werde also einen Gang zulegen müssen, dachte ich mir. Mittlerweile hatten die Zuschauer auf den Bänken neben dem Court Platz genommen, manche standen hinter dem Gitterzaun. Nachdem wir Volleys und Schmetterbälle gespielt hatten, forderte uns der Schiedsrichter auf zu beginnen.

Ich spielte aggressiv und risikoreich, aber ich hatte Glück, die meisten meiner Bälle waren gut, wenn auch manchmal knapp an der Linie. Der eine oder andere Ball von mir war sicherlich strittig gewesen, doch Lindenthal verzichtete darauf zu reklamieren. Er blieb gelassen, selbst als ich ihm bei 4:3 seinen Aufschlag abnahm und mit 5:3 in Führung ging, blieb er gefasst. Ich servierte den ersten Satz zum 6:3 aus und war erleichtert, einen wichtigen Schritt in Richtung Sieg getan zu haben. Es erstaunte mich die Gemütsruhe, mit der mein Gegner den Satzverlust entgegennahm, nur ein paar Falten auf seiner Stirn zeugten davon, dass er intensiv nachdachte.

Im zweiten Satz setzte ich mein druckvolles Spiel fort, nahm ihm sein Aufschlaggame ab und brachte mein Service sicher zu einer 2:0-Führung durch. Doch dann riss der Faden, mein risikobetontes Spiel wurde ungenau, die Fehler häuften sich. Aber vielleicht hätte ich das Spiel noch ausgewogen gestalten können. Doch plötzlich schnitt Lindenthal sein Service derart geschickt an, dass ich weit aus der Platzmitte getrieben wurde und nur mit Mühe retournieren konnte, wobei er mir dann den Ball longline oder cross, unerreichbar für mich, um die Ohren schoss. Während ich am Platz hin und her hetzte, meine Lungen heftig zu pumpen begannen, verteilte Lindenthal souverän die Bälle und hielt mich am Laufen.

Als ich einmal versuchte, einen fast unerreichbaren Ball zu erwischen, stolperte ich und fiel hin. Mein verschwitztes Leibchen wurde vom roten Sand imprägniert, meine rechte Wade war aufgeschunden und blutete. Langsam begann ich, gegen diese gut funktionierende Tennismaschine Groll zu entwickeln. Ich versuchte, einen Zahn zuzulegen und feuerte Aufschläge über das Netz, doch auch dagegen hatte er ein Rezept parat. Er ging früh in den Ball, retournierte hart und erwischte mich beim Vorstürmen zum Netz im Halfcourt. Ich musste schwierige und tiefe Volleys spielen, die ich oft verschlug, oder noch schlimmer, ein unerreichbarer Ball passierte mich. Nach jedem gelungenen Ball applaudierten seine Anhänger. Lindenthal blieb davon unberührt, emotionslos, aber umso effizienter setzte er sein erfolgreiches Spiel fort und gewann den zweiten Satz 6:2.

In der kurzen Pause zum dritten Satz wechselte ich mein verschmutztes Leibchen und schüttete Wasser aus meiner Trinkflasche über die Schürfwunde. Die verbleibenden feinen Sandpartikel konnten unangenehme Entzündungen hervorrufen, aber das bewegte mich nicht. Ich überlegte vielmehr, ob ich weiter nach vorne stürmen oder auf Ball halten spielen sollte. Nachdem Lindenthal ballsicher war, musste ich annehmen, dass er mich eher zu einem Fehler zwingen würde als umgekehrt. Aber was blieb mir anderes übrig als zu versuchen, ihn mit seinen eigenen Waffen zu schlagen? Auf mein Aufschlag-Volley-Spiel hatte er sich derart gut eingestellt, dass ich keine Chancen sah, damit etwas zu erreichen. Auch Wächter, der das Spiel beobachtete, riet mir, den Druck aus meinem Spiel zu nehmen.

„Lock ihn mit Stopps nach vorne, versuche, ihn zu passieren. Variiere, spiele ab und zu einen Slice, platziere deine Bälle und gehe erst dann nach vorne, wenn er in der Defensive ist. Das Aufschlag-Volley-Spiel kannst du dir abschminken, darauf hat er sich eingestellt."

Im dritten, entscheidenden Satz unternahm Lindenthal nicht viel. Er schien die Veränderung meiner Taktik zu studieren, spielte platzierte Bälle, um durch einen Positionsvorteil Winner zu landen. Sicherlich vertraute er auf seine Ballsicherheit, er erwartete, von meinen Fehlern zu profitieren. Es entwickelten sich lange Ballwechsel, wobei er leichte Vorteile hatte, doch auch ich gewann an Ballsicherheit. Ich fühlte, wie ich mit meinem

Schläger buchstäblich verschmolz, er fühlte sich an, als ob er ein Teil von mir, als ob ich mit ihm verwachsen wäre. Ich hatte keine Zeit, mich darüber zu wundern, dennoch gab es mir Vertrauen.

Ich hatte zwar Mühe gegen Lindenthal, von dem die meisten meiner Bälle wie von einer Mauer abprallten, das Spiel offen zu halten, doch es gelang. Beim Stand von 5:5 warf ich ihm einen Blick zu und stellte fest, dass er nun auch Nerven zeigte, sein Gesicht hatte einen verbissenen Ausdruck bekommen. Er versuchte nun härter zu servieren, verschlug aber die meisten seiner ersten Bälle. Seine zweiten Aufschläge waren kein Problem für mich. Ich versuchte nach meinen platzierten Returns ans Netz zu gelangen, um einen guten Volley zu spielen. In diesem Game machte Lindenthal keinen einzigen Punkt. Ich schlug nun auf den Matchgewinn auf und fühlte mich stark. Mein Schläger und ich waren eine Einheit, mein Service trieb Lindenthal weit hinter die Grundlinie zurück. In der Defensive waren seine Returns schwach, ich hatte keine Probleme, seine Bälle am Netz zu erwarten, um sie mit einem harten Volley zu vernichten. Der Sieg war mir nicht mehr zu nehmen.

Für die meisten Verlierer ist dem Gewinner zu gratulieren nur eine flüchtige Geste, nicht so Lindenthal, er blickte mir in die Augen und drückte mir fest die Hand.

„Du hast super gespielt. Ich habe alles versucht, aber es hat nicht gereicht", sagte er neidlos.

„Ich habe viel riskiert und es ist alles gegangen. Es war viel Glück dabei", sagte ich abschwächend. Es stimmte ja, im ersten Satz hatte ich das Spielglück auf meiner Seite.

Lindenthal lächelte wehmütig. „Gib Acht, dass sich deine Schürfwunde nicht infiziert, der Ziegelstaub ist ein Teufel."

Wir bedankten uns beim Schiedsrichter und verließen den Platz. Es war eine Genugtuung gegen diesen starken Gegner gesiegt zu haben, aber die Fairness von Lindenthal verdiente meine Achtung, ich hatte nicht die mindesten Triumphgefühle. Nun war ich neugierig, wie meine Clubkameraden spielten, vor allem Felix. Er hatte sein Match ebenfalls beendet. Es war ein glatter Zweisatzsieg für ihn gewesen. Fünf Einzelpartien waren nun gespielt und es stand 3:2 für uns.

„Komm, schauen wir, wie es bei Michael läuft", schlug Felix vor. Aber es stand nicht gut. Er hatte den ersten Satz glatt verloren und auch im zweiten war er schon im Rückstand. Neben uns stand eine junge Frau, die uns anerkennende Blicke zuwarf. Als ich meinen Kopf in ihre Richtung wendete, lächelte sie.

„Ich gratuliere Ihnen zu Ihrem Sieg", sagte sie.

„Danke, war viel Glück dabei." Ich musterte sie etwas näher. Sie hatte eine sportliche Statur und wirkte selbstbewusst. Ihre dichten, dunklen Haare waren kurz geschnitten, sorgsam gekämmt und hatten einen seidigen Glanz. Die Lippen waren grellrot geschminkt, sie trug ein buntes Sommerkleid mit einem breiten, weißen Gürtel.

„Sie sollten Ihre Schürfwunde gut reinigen. Sind Sie gegen Wundstarrkrampf geimpft?"

„Wegen einer solchen Kleinigkeit?", sagte ich und lachte.

„Die Wunde scheint tief zu sein." Sie beugte sich zu meiner Wade.

„Na gut", sagte ich, „es ist vielleicht besser, wenn ich sie verbinde."

„Ich helfe dir", sagte Felix. Nachdem ich mich mit einem Grüß Gott von der Schwarzhaarigen verabschiedet hatte, ging ich mit Felix zum Clubhaus. Felix bestellte zwei Glas Bier und holte vom Erste-Hilfe-Kästchen allerlei Verbandmaterial.

„Ich werde Wundsalbe auftragen und dann die Wunde verbinden", sagte er und begann, eine weiße Salbe auf meine Wade aufzutragen.

„Um Gottes willen, so kann man das nicht machen", hörte ich eine Frauenstimme hinter mir. Es war die Frau von vorhin, die ihre Hände zusammenschlug, und entgeistert Felix' Samariterdienste betrachtete.

„Haben Sie kein Desinfektionsmittel?", fragte sie Felix.

Felix war überfordert. Wortlos schob er der Frau die Schachtel mit den Utensilien hin. Sie kramte darin herum, legte Verband, Salbe, Pflaster und Schere beiseite.

„Gibt es kein Desinfektionsmittel? Die Wunde muss gut gereinigt werden!"

„Ich kann noch einmal nachschauen", bot Felix an.

„Ich glaube, das mache ich am besten selbst", sagte sie und entfernte sich mit kleinen, schnellen Schritten.

„Ganz schön aufdringlich, die Lady", bemerkte ich.

„Aufdringlich, aber hübsch und sie weiß, was sie will", meinte Felix, „ich glaube, sie hat ein Auge auf dich geworfen, du bist der Hero des heutigen Tages. Würde mich nicht wundern, wenn sie sich dem strahlenden Sieger in die Arme wirft."

„Meinst du?" Vielleicht war es nur ein ausgeprägter Fürsorgeinstinkt, der sie antrieb. Dennoch interessierte sie mich, sie war sicherlich etwas älter als ich mit meinen 25 Jahren, doch es ging etwas von ihr aus, was mich reizte.

Als sie mit einer braunen Flasche zurückkehrte, sah ich mich veranlasst, uns vorzustellen.

„Ich weiß, wer Sie sind, Ihre Namen stehen ja mit den Ergebnissen am Board." Sie hatte eine helle, aber kräftige Stimme.

Ohne Umstände kniete sie sich vor mich hin und begann die Wunde zu reinigen. „Es wird etwas brennen, wenn ich Ihre Wunde auswasche, aber es muss sein. Beißen Sie die Zähne zusammen!"

„Ich bin Ihnen sehr dankbar", sagte ich.

Sie hob den Kopf und blickte mit einem vielsagenden Lächeln zu mir auf. „Wenn Partikel in der Wunde zurückbleiben, dauert es länger, bis sie zuheilt. Und wenn sie tiefer eindringen, kann es böse Entzündungen geben. Aber wollen wir hoffen, dass das nicht der Fall sein wird."

„Sie kennen sich aber gut aus. Sind Sie Ärztin?"

Sie lachte und strich sich ein paar Haarsträhnen aus der Stirn. „Nein, keineswegs, ich bin in der Autobranche tätig. Unsere Mechaniker haben öfters kleine Verletzungen, ich habe schon eine gewisse Erfahrung damit."

Sie sagte unsere Mechaniker, also musste der Betrieb ihr oder ihren Eltern gehören.

Felix verfolgte etwas amüsiert unsere Unterhaltung. „Die Doppelspiele haben begonnen. Ich werde einmal nachsehen, wie es läuft." Offensichtlich zog er sich zurück, um unseren Flirt nicht zu stören.

„Ich komme nach, wenn mich Frau …", ich machte eine Pause, „wenn mich diese Dame verarztet hat." Ich lächelte ihr zu.

„Sagen Sie einfach Eva zu mir", sie lächelte ebenfalls.

Während sie die Salbe auf die gereinigte Wunde auftrug und diese fachmännisch verband, fragte ich: „Was machen Sie heute Abend, Eva?"

„Ich werde zu Hause sein und mich um die Buchhaltung kümmern." Sie errötete leicht.

„Und wenn Sie die Arbeit ruhen lassen und mit mir Essen gehen würden?"

Sie antwortete nicht gleich. Sie schnitt das Verbandende in der Mitte entzwei und band die beiden streifenförmigen Enden um den Verband.

„Soll ich?" Sie spielte die Unschlüssige und lächelte schelmisch.

„Unbedingt", sagte ich, „die Arbeit wird Ihnen nicht davon laufen!"

„Da haben Sie leider recht, also gut."

Bevor sie mich verließ, gab sie mir eine Adresse, dort sollte ich sie um 19 Uhr abholen. Dann gesellte ich mich zu Felix, um das letzte Doppelspiel zu beobachten. Es hing, beim Stand von 4:4, vom Ausgang dieses Spiels ab, ob wir ins Finale aufsteigen würden oder nicht. Die Erleichterung war   immens, als das Resultat feststand. Es war gelungen, das letzte Doppel für uns zu entscheiden. Ein euphorischer Bernd Wächter lud uns zu einem Umtrunk ins Restaurant ein. Er ließ sogar Sekt auffahren und richtete eine kurze Ansprache an uns.

„Ich danke euch für euren Einsatz. Wir haben einen wichtigen Schritt zum Gewinn der Meisterschaft getan. Nun wird in Kürze die Entscheidung fallen, ob wir nach langer Zeit wieder österreichischer Meister sein werden. Daher bitte ich alle Spieler der Kampfmannschaft, intensiv zu trainieren. Ich werde diesbezüglich einen Trainingsplan ausarbeiten und dessen Einhaltung persönlich überwachen. Aber jetzt erheben wir das Glas und stoßen auf unseren Sieg an. Ich hoffe, dass wir bald wieder etwas zum Feiern haben werden. Falls wir Meister werden, verspreche ich euch ein Fest, dass ihr niemals vergessen werdet."

Wir erhoben die Gläser und prosteten uns zu, dann unterhielten wir uns angeregt über die Spiele des Tages. Man lobte mich für meine Leistung, einige meiner Clubkameraden freuten sich, andere konnten ihren Neid nur schlecht verbergen. Bernd Wächter steuerte mich an. Ich hatte den Eindruck, dass sich seine Haare vor Stolz über den Sieg noch mehr abhoben.

„Du warst ein guter Ersatz, Andreas. Lindenthal war ein schwieriger Gegner, ich bin mir gar nicht sicher, ob Gerd gegen ihn gewonnen hätte." Gerd war der Kamerad, für den ich eingesprungen war. „Gerd wird uns auch in zwei Wochen nicht zur Verfügung stehen, er hat sich einen Bänderriss zugezogen. Das bedeutet, dass du wieder spielen wirst. Genauso wie ich alle anderen gebeten habe, bitte ich dich ebenfalls, dem Tennis die nächsten Tage absolute Priorität einzuräumen. Wenn es geht, nimm dir Nachmittag frei und komm zum Training."

„Ich werde mich bemühen, aber es ist schwierig. Ich fürchte, dass mein Chef sich querlegen wird, selbst wenn ich die Stunden einarbeiten würde."

„Gib mir die Telefonnummer von deinem Chef, ich werde ihn anrufen!"

Ich schrieb die Nummer auf einen Zettel. „Versprechen Sie sich nicht zu viel davon, wir haben viel zu tun und mein Chef ist total unsportlich, er sagt, Sport ist Energieverschwendung!"

„Probieren geht über Studieren. Wenn wir Meister werden, laden wir ihn zu unserer Feier ein!"

„Viel Glück", sagte ich nur kurz.

Nach dem Duschen setzte ich mich in meinen Golf und fuhr nach Hause. Als ich die drei Stöcke zu meiner Zimmer-Küche-Wohnung hinaufstieg, spürte ich eine leichte Spannung in der Wade, aber das war schon alles. Ich wollte in meiner Wohnung noch ein bisschen

Ordnung machen, vielleicht bekam ich noch Besuch?

2.

Meine Gedankengänge wurden vom Läuten meines Handys unterbrochen. Es war Julia, eine hübsche Studentin, mit der ich seit Monaten befreundet war, mehr nicht. Was ihre Gefühle betraf, war sie zugeknöpft. Intimitäten hatte sie, trotz meiner Avancen, bisher erfolgreich widerstanden.

Als wir uns kennenlernten, hatte ich angenommen, dass es nicht schwierig sein würde, sich auch gefühlsmäßig näher zu kommen. Jedes Mal, bevor ich mich mit ihr traf, überlegte ich, wie ich diese Festung der Tugend und Zurückhaltung erstürmen könnte. Meine Annäherungsversuche hatte sie sanft, aber doch immer wieder zurück gewiesen. Wir küssten uns zwar, aber es gelang mir nicht, einen Schimmer von Leidenschaft in ihr zu wecken.

Trotzdem genoss ich die Stunden mit ihr, sie tanzte hervorragend Rock 'n' Roll. Außerdem unterhielt ich mich gerne mit ihr, sie hatte natürlichen Charme, der mich immer wieder aufs Neue bezauberte. Sie stammte aus einfachen Verhältnissen, ihr Vater war Kriegsinvalide und betrieb eine Tabak-Trafik in Oberösterreich. Mit einem bescheidenen Einkommen musste er die Familie erhalten. Julia war die Älteste, sie hatte zwei jüngere

Schwestern und musste sich ihr Pharmazie-Studium mit diversen Nebenjobs finanzieren.

„Wie geht es dir?" fragte sie, ihre Stimme klang unsicher. Offensichtlich erwartete sie, zum Tanzen eingeladen zu werden. Bisher musste ich immer die Initiative ergreifen, um mich mit ihr zu treffen, dass sie nun anrief, war ungewöhnlich und erstaunte mich.

„Es geht mir gut", sagte ich und berichtete kurz über das gewonnene Tennismatch.

„Ich gratuliere dir!"

Dann entstand eine Pause. Es war klar, dass sie einen Vorschlag für die Gestaltung des Abends erwartete. Ich wollte dies mit einer Ausrede im Keim ersticken, als sie unvermittelt sagte:

„Wahrscheinlich hast du für heute schon etwas vor, stimmťs?"

Was sollte ich ihr nun antworten? Ich wollte nicht lügen, aber die Wahrheit konnte ich auch nicht sagen. Also überging ich ihre Anspielung.

„Es geht heute nicht, Julia, aber wir könnten morgen zum Fünfuhrtee gehen."

„Morgen?", sagte sie zögernd, „ich weiß nicht, ruf mich morgen an."

Sonderbar dachte ich, nie hätte ich angenommen, dass sie, die Schüchterne, sich überwinden würde, mich wegen eines Rendezvous anzurufen. Ich schien also doch mehr als nur ein Zeitvertreib für das Wochenende zu sein.

Ich warf einen Blick aus meinem Fenster. Die Gewitterwolken hatten sich verzogen, in der Ferne, über den Häuserdächern, tauchten die Hügel des Wienerwaldes im untergehenden Sonnenlicht auf. Ich liebte diese späten Nachmittagsstunden in meiner Wohnung, wenn die goldigen Sonnenstrahlen in mein Zimmer leuchteten. Mein alter Kleiderschrank begann zu schimmern, ein riesiges Ding aus Massivholz, hochglanzfurniert, wie er vor einer Ewigkeit modern gewesen war.

Ich warf einen kritischen Blick auf mein Wohnzimmer, auf das Bücherregal und die Couch, die mir als Bett diente. Über dem abgenützten Parkettboden hatte ich einen großen, dunkelroten, mit verschiedenen Mustern versehenen, maschinengeknüpften Teppich gelegt. Eine Stehlampe, zwei Fauteuils und ein kleiner Tisch rundeten die Einrichtung ab. Einfach, aber gemütlich, befand ich.

Ich entnahm meinem Kleiderschrank einen dunkelblauen Blazer und eine graue Flanellhose. Dazu wollte ich ein hellblaues Hemd anziehen. Ich überlegte, ob ich eine Krawatte umlegen sollte, und entschied mich letztlich dafür. Wie würde der heutige Abend verlaufen? Was für ein Typ war Eva? Auf jeden Fall zählte Zurückhaltung nicht zu ihren dominierenden Charaktereigenschaften. Das waren meine Gedankengänge, als ich über gepflegte, baumbestandene Straßen fuhr, Häuser und Villen sah, mit schönen, vorgelagerten Gärten.

Die drückende Schwüle, die den ganzen Tag über der Stadt gelegen war, hatte sich aufgelöst. Vor dem Haus, in dem Eva offensichtlich wohnte, stand eine riesige, alte Linde. Ich stoppte meinen Golf, kurbelte das Seitenfenster herunter, drehte das Radio auf und wartete. Schon nach kurzer Zeit erschien Eva.

„Hallo", sagte sie beschwingt.

„Hallo", sagte ich ebenfalls und stieg aus, um ihr die Hand zu reichen. Ich öffnete die Tür meines Autos und ließ sie Platz nehmen. Die Eleganz ihrer Kleidung beeindruckte mich. Das Oberteil war aus einem fließenden Stoff, hinten am Rücken war ein tiefer Ausschnitt, der mit verführerischer Spitze unterlegt war. Die Farbe dieses raffinierten Oberteils war für mich schwer zu definieren, wenn Rosa, dann dunkel, pastellfarben. Der schwarze, körperbetonte Rock war knielang, ihre wohlgeformten, aber kräftigen Beine steckten in schwarzen Strümpfen, einen leichten, anthrazitfarbenen Mantel mit Ornamentmustern hatte sie auf ihren Schoß gelegt.

So wie sie gekleidet ist, kommt nur ein gutes Restaurant infrage, dachte ich, es wird wohl ein teurer Abend werden.

„Was macht das Bein?", fragte sie gutgelaunt.

„Ich spüre nichts mehr, Sie haben mich perfekt versorgt."

Wir begannen zu plaudern. Tennis war vorerst unser Gesprächsstoff.

„Ich habe ein paar Trainerstunden genommen, manchmal treffe ich sogar den Ball", berichtete Eva, „ich hätte nie gedacht, dass Tennis so schwierig ist. Wie lange muss man spielen, damit man so gut spielt wie Sie?"
Ich erzählte, dass ich schon in meiner Kindheit vom Tennis fasziniert war.

„Wir wohnten in der Nähe des Schlosses Schönbrunn, wenn wir spazieren gingen, führte unser Weg an einem Tennisplatz vorbei. Dort blieb ich stehen und betrachtete die Spieler, wie sie weiße Bälle hin- und herschossen. Die rote Erde, die Spieler in ihren weißen Dressen, die fliegenden Bälle und der spezifische Klang beim Ballkontakt, beeindruckten mich. Ich wusste schon als Bub, dass ich einmal Tennisspielen würde.

Eines Tages stand ich wieder hinter dem Gitterzaun und sah den Spielern zu. Man bot mir an, die Bälle aufzusammeln, als Belohnung spendierte man mir eine Limonade. Von da an war ich in der schönen Jahreszeit fast jeden Nachmittag auf dem Tennisplatz und sammelte Bälle für die Spieler ein. Als ich größer wurde, gab mir der Platzwart ein uraltes Rakett. Stundenlang drosch ich die alten, ausgemusterten Bälle gegen eine Übungswand.

Als ich vierzehn Jahre alt war, sagte der Trainer zu mir, dass ich Talent hätte und ernsthaft mit dem Tennisspiel beginnen sollte. Ich trat als Spieler in den Club ein, meine Mutter sparte sich das Geld für meine Mitgliedschaft vom Mund ab. Der Trainer beschäftigte sich mit mir, ohne dafür Geld zu verlangen. Mit siebzehn war ich der beste Jugendliche und konnte es sogar mit den Senioren aufnehmen."

Sie hörte mir interessiert zu. „Ich weiß nicht, ob ich Talent habe, aber ich spiele sehr gerne. Mich hat Tennis schon immer interessiert. Da ich keinen Partner habe, spiele ich mit dem Trainer und das kostet, wer will denn schon mit einer Anfängerin spielen?"

In mir regte sich der Verdacht, dass Eva nur jemand suchte, der mit ihr spielte. Eine kleine Enttäuschung stieg in mir auf. Nichtsdestotrotz ging ich auf ihre Anspielung ein.

„Bis zum Finale muss ich viel trainieren, da werde ich wenig Gelegenheit haben, mit Ihnen zu spielen, aber nach dem Finale würde ich Ihnen gerne etwas zeigen."

„So habe ich es nicht gemeint", sie lächelte, „ich kann mir den Trainer schon leisten!"

Mein Verdacht als Tennistrainer ausgenutzt zu werden, verflüchtigte sich. „Ich habe noch eine Schuld bei Ihnen abzutragen, vielleicht hätte man mir ohne Ihrer Intervention schon das Bein amputiert", sagte ich scherzhaft, „außerdem würde es mir Vergnügen bereiten, mit Ihnen zu spielen."

„Das haben Sie aber nett gesagt, Andreas." Sie blickte mich an, ihre selbstbewussten Gesichtszüge schienen nun warm, gefühlvoll betont. Das erste Mal in der kurzen Zeit, in der ich sie nun kannte, wirkte sie weich, zart. Intuitiv nahm ich meine rechte Hand vom Steuer und ergriff sanft die ihre. Langsam schlossen sich ihre Finger um die meinen und ich spürte einen leichten, fast zärtlichen Druck. Ich warf ihr einen kurzen Seitenblick zu. Einige Augenblicke verstrichen, dann beugte sie sich zu mir und küsste mich. Ich spürte ihre vollen Lippen, der Hauch ihres Atems umfing mich, ihr Parfum umströmte mich. Wir hielten uns noch immer bei den Händen. Der Golf plagte sich im vierten Gang, als Autofahrerin merkte sie es wohl. Sie legte meine Hand mit einer langsamen Bewegung auf den Schalthebel, damit ich zurückschalten konnte.

„Wo fahren wir denn hin, Andreas?"

„Essen Sie gerne Französisch?"

„Schon, nachdem ich französische Autos verkaufe, habe ich eine Vorliebe für die französische Küche. Aber Sie werden sich doch wohl nicht derart in Unkosten stürzen wollen?"

„Wer redet von Unkosten an diesem schönen Abend?"

Ich wunderte mich, wie ich nun in Fahrt kam und ließ jene Zurückhaltung vermissen, die kurz nach dem Kennenlernen angebracht gewesen wäre.

Beim Restaurant angekommen, musste ich einige Runden drehen, bis ich endlich eine Lücke fand. Wir betraten das kleine Lokal, in dem der Besitzer auch für die Küche verantwortlich war. Die Tische waren durch Holzparavents voneinander getrennt, dadurch war man von anderen Gästen abgeschirmt. Aus der Küche drangen die charakteristischen Geräusche durch, Fleisch wurde geklopft, Gemüse zerkleinert, in den Pfannen brutzelte es.

Es war noch früh am Abend, daher konnten wir den Tisch auswählen. Wir entschieden uns für einen Platz in der Ecke neben dem großen Fenster, von dem man auf die schmale, spärlich beleuchtete Gasse sah. Absichtlich nahm ich nicht gegenüber Eva Platz, sondern setzte mich im rechten Winkel an die Schmalseite des Tisches. Als der Chef mich erblickte, kam er auf uns zu und begrüßte uns. Ich kannte ihn, denn ich war schon einige Male mit Geschäftsfreunden hier gewesen.

„Wenn Sie Fisch essen wollen, ich habe heute frische Goldbrassen. Wenn sie möchten, serviere ich sie auf provenzalische Art. Und als Vorspeise kann ich Ihnen eine fantastische Bouillabaisse empfehlen, heiß, scharf.‟

Obwohl er perfekt Deutsch sprach, merkte man sofort, dass er Franzose war. Es war seine Art, keine Speisekarte vorzulegen, sondern Empfehlungen zu geben. Er wäre indigniert gewesen, wann man es trotzdem getan hätte. Fragend blickte ich Eva an.

„Wäre es Ihnen recht, oder wollen Sie etwas anderes essen?‟

„Ich verlasse mich auf den Chef‟, sagte sie und lächelte ihn an.

„Aber den Wein dürfen wir selber aussuchen?‟, fragte ich amüsiert.

„Naturellement, Sie können alles aussuchen‟, sagte er und hob pikiert die Augenbrauen.

Ich berührte besänftigend seine Hand. „Dann bringen Sie uns die Weinkarte, bitte!‟

„Tout de suite‟, sagte er und kam mit einem dicken Kompendium zurück. Die Auswahl der Weine war auf kartonierten Blättern gedruckt, die durch einen Lederriemen zusammengehalten wurden.

„Ich schlage vor, Weißwein zum Fisch zu nehmen‟, sagte ich.

Eva nickte. Ich studierte die Weinkarte, die Preise der Weine waren ebenso exklusiv wie ihre Herkunft. Ich wählte einen Sancerre, einen nicht zu trockenen, kräftigen Weißwein.

Nun kam der Ober, um die Weinbestellung aufzunehmen. Er trug den üblichen schwarzen Anzug, sein bleiches Gesicht hob sich scharf ab. Die schütteren Haare waren zurückgekämmt, die goldgeränderte Brille verlieh ihm trotz seiner noblen Zurückhaltung eine gewisse Strenge. Er bediente sich der französischen Sprache, als er mich nach meinem Weinwunsch fragte.

„Une bouteille Sancerre.“

„Welchen Aperitif wünschen Sie?“ Ich wollte eigentlich keinen Apéritif, es ärgerte mich ein bisschen, überfahren zu werden, aber was blieb mir anderes übrig, nun war ich hier und wollte vor Eva nicht kleinlich wirken.

Ich blickte Eva an. „Ich kann nicht so viel Alkohol trinken und bedenken Sie, Andreas, dass Sie noch fahren müssen.“

Somit ermutigte mich Eva, dem arroganten Pinsel einen Korb zu geben.

„Non, merci, rien!“, sagte ich. Er deutete eine leichte Verbeugung an und verschwand.

„Waren Sie schon oft hier, Andreas?“

„Ja, schon öfters. Ich bin in einer Spedition angestellt, manchmal laden wir Geschäftspartner in dieses Restaurant ein.“

„Spedition, interessant, wofür sind Sie denn verantwortlich?“

„Ich bin für den LKW-Einsatz verantwortlich, vorwiegend nach Belgien und Frankreich. Es ist ein spannender Job, bei den langen Fahrten kann allerhand passieren, man braucht ein enormes Problemlösungspotential. Es gibt fast immer irgendwelchen Trouble."

Der arrogante Ober brachte den Wein in einem Kübel mit Eiswasser, entkorkte die Flasche, roch am Korken und goss ein wenig in mein Glas und ließ mich kosten. Der Wein war vorzüglich, ich forderte ihn auf einzuschenken. Als er abschwirrte, nahm ich mein Glas und prostete Eva zu. Sie neigte sich zu mir, ihre klar schimmernden Augen blickten mich an.

„Wenn ich mich recht erinnere, sind Sie im Autohandel tätig?"

„Wir handeln nicht nur, wir haben auch eine Werkstätte. Der Betrieb gehört meinen Eltern, genauer gesagt meiner Mutter. Mein Vater war als Meister im Betrieb angestellt, irgendwann haben sie geheiratet. Es ist kein großer Betrieb, aber wir verkaufen immerhin 100 neue Autos und 150 gebrauchte und haben fünf Mechaniker angestellt. Insgesamt arbeiten fünfzehn Personen im Betrieb."

„Beachtlich", sagte ich, „eine Wachstumsbranche."

„Ja, aber die Branche ist stark mit Mitbewerbern besetzt. Man kann bei den Abschlüssen keine große Rendite erwirtschaften, weil durch den Konkurrenzkampf die Preise verdorben werden."

Als die Bouillabaisse serviert wurde, machte Eva den Fehler, zu viel geriebenen Emmentaler in ihre Suppe zu streuen. Als dieser schmolz, zog er unendliche lange Fäden. Der Kampf mit dem fadenziehenden Käse ließ ihr Gesicht leicht erröten, kleine Schweißperlen schimmerten auf ihrer Stirn.

„Ich hoffe, Sie schämen sich nicht für mich, wie ich mich hier aufführe!" In der Tat beobachtete uns der Ober, er konnte einen Ansatz eines amüsierten Grinsens nicht verbergen.

„Aber keineswegs. Es gibt zwei Möglichkeiten: Entweder Sie wickeln die Fäden um Ihren Löffel, oder Sie lassen diese heimtückische Suppe stehen."

„Das möchte ich nicht, sie schmeckt einfach zu gut."

Tapfer kämpfte sie weiter. Die Goldbrassen aßen wir schweigend. Von Zeit zu Zeit warf ich ihr verstohlene Blicke zu, bewunderte ihre dunklen, braunen Augen, die gepflegten Haare, die schmale Nase, die an der Spitze sich etwas abrundete und vor allem die geschwungenen, vollen Lippen, hinter denen ein kräftiges, blendend weißes Gebiss verborgen war. Ihre Backenknochen waren hoch angesetzt, doch dann verschmälerte sich ihr

Gesicht, dies betonte ihren schönen Mund und das prononcierte Kinn.

„Ist man sehr begehrt als guter Tennisspieler?", fragte sich mich plötzlich unverblümt.

„Was meinen Sie damit?"

„Sie müssen doch viele Verehrerinnen im Club haben, Sie spielen hervorragend Tennis und auch sonst…"

Ich war überrascht und suchte nach einer Antwort.

„Ich habe Sie doch auch angesprochen", ihr selbstsicherer Ausdruck schwand bei diesen Worten, „wahrscheinlich haben Sie jetzt von mir eine falsche Meinung!" Sie drehte langsam ihren Kopf in meine Richtung.

„Darf ich Du sagen?", meine Stimme war leise, aber insistierend. Dann berührten sich unsere Lippen. Diese Berührung, so zärtlich und sanft sie auch war, erregte mich, ich hatte ein Gefühl, als ob leichte Stromstöße durch meinen Körper zögen.

Wir begannen lebhaft zu plaudern, der starke Wein tat ein Übriges. Ich hatte neben ihr Platz genommen, wenn ich sie sanft an mich drückte und küsste, konnte ich die Konturen ihres Körpers spüren und den Duft ihres Parfums wahrnehmen. Der unfreundliche Ober beäugte uns missbilligend, was uns veranlasste, das Lokal bald zu verlassen.

Auf der Rückfahrt sprachen wir wenig. Der Wein hatte mich ein bisschen benebelt, ich ließ daher das Fenster auf meiner Seite einen Spalt offen und sog die frische Fahrtluft ein. Ab und zu warf ich einen Blick auf Eva, ihr schöner Mund hatte wieder diesen entschlossenen Ausdruck angenommen, ihre Augen blickten ernst. Offensichtlich war sie mit Gedanken über die Fortsetzung dieses Abends beschäftigt.

„Was machst du morgen?", wollte sie wissen.

„Ich werde den ganzen Tag im Club verbringen, weil ich für das Finale trainieren muss. Wenn du möchtest, könnten wir nach dem Training ein paar Bälle schlagen."

„Am Nachmittag habe ich keine Zeit."

Wollte sie am Abend mit mir ausgehen? Das gefiel mir weniger. Ich hatte doch Julia versprochen, mich mit ihr zu treffen.

Eva war nervös, sie strich sich andauernd durch die Haare, irgendein Problem quälte sie, das war augenscheinlich.

„Es ist nämlich so", sagte sie schließlich, ich merkte, dass ihr die Worte schwerfielen, „ich muss morgen meinen Sohn ins Internat bringen, deswegen."

Ein peinliches Schweigen entstand.

„Bist du sehr enttäuscht, Andreas?"

Ihre Eröffnung irritierte mich, aber das konnte ich ihr wohl nicht sagen. Sie musste bereits an die dreißig oder darüber sein, es war daher normal, dass sie ein Vorleben hatte.

„Wie alt ist dein Sohn?"

„Elf Jahre. Weißt du, ich habe schon mit achtzehn geheiratet. Leider hat meine Ehe nicht lange gehalten."

„Es tut mir leid, für dich und deinen Sohn."

Wir schwiegen, bis wir bei ihrer Wohnung angekommen waren.

„Also dann", sagte ich, „ich fahre am besten nach Hause."

Ich wollte ihr einen brüderlichen Abschiedskuss auf die Wange drücken, als sie sich plötzlich an mich klammerte.

„Sehe ich dich wieder, Andreas?"

„Sicher."

Es klang scheinbar nicht überzeugend, denn plötzlich klammerte sie sich noch fester an mich.

„Ich kann mich jetzt nicht von dir trennen, es war seit langer Zeit mein schönster Abend. Komm noch einen Augenblick zu mir, trinken wir einen Kaffee."

„Ich glaube, das ist keine gute Idee, Eva."

„Nur ein paar Minuten."

„Wir werden deinen Sohn aufwecken!"

„Er schläft bei meiner Mutter, ich wollte ihn heute Abend nicht so lange allein lassen."

Sie öffnete die Wagentüre, stieg aus und blieb abwartend neben dem Auto stehen. Also folgte ich ihr. Eva sperrte die durch ein Vordach geschützte Mahagonitür auf und ließ mich eintreten. Es gab einen Lift, aber wir benutzten die Treppe. Wir traten in ein geräumiges Vorzimmer, neben einem mannshohen Spiegel stand eine Bodenvase mit riesigen Seidenblumen. Sie bat mich um mein Sakko und hängte es mit ihrem Mantel auf eine mit Gobelin bezogene Kleiderablage.

Als wir das große Wohnzimmer betraten, verschlug es mir fast den Atem. Ich sah einen großen Wandschrank, der im oberen Bereich verglast und mit schönem Porzellangeschirr bestückt war, eine Kommode, in einer Nische befand sich ein großer Esstisch mit gepolsterten Sesseln. An einer Wand standen ein großzügiges Sofa, das mit einem Bücherregal überbaut war, davor ein niedriger Tisch mit Intarsien und zwei voluminöse Fauteuils mit hohen Rückenlehnen. Beleuchtet wurde dieses Ambiente durch zwei tiefhängende Kristallluster sowie Stehlampen. Die Wände waren fast vollständig durch Bilder in verschiedenen Größen, von Miniaturen bis zu größeren Gemälden, verdeckt. Durch die Demonstration ihrer fürstlichen Wohnstätte hatte Eva wieder ihre Selbstsicherheit gewonnen. Sie lächelte sogar.

„Gefällt dir meine Wohnung?"

„Das ist keine Wohnung, das mutet wie ein fürstliches Palais an", sagte ich mit ehrlicher Bewunderung, „aus welcher Ära sind diese Möbel?"

„Es sind englische Möbel, Stilrichtung Chippendale, Ende neunzehntes Jahrhundert. Sie haben ein Vermögen gekostet!"

„Eindrucksvoll", sagte ich, „aber trotzdem gemütlich."

„Nimm Platz." Sie deutete auf das Sofa.

Dann ging sie zur Kommode und klappte eine Tür nach unten auf. Dahinter befand sich eine Stereoanlage. Sie bediente den Plattenspieler, Andy Williams, verträumte, samtige Stimme ertönte.

„Mach es dir gemütlich, ich braue uns schnell Kaffee."

„Keinen Kaffee, wenn ich dich bitten darf, ich kann dann nicht einschlafen!"

„Vielleicht brauchst du es nicht", entfuhr es ihr. Sie blickte mich an, verschloss mit der Hand ihren Mund und lächelte verlegen. Also nun ist es raus, dachte ich. Einerseits reizte es mich, diese attraktive Frau zu verführen, andererseits war ich irritiert, dass sie offensichtlich schon am ersten Abend mit mir ins Bett wollte. Meine Gefühle waren gespalten, ich sah sie plötzlich aus einer anderen Perspektive.

„Weißt du was, trinken wir ein Glas Champagner. Ich habe eine Flasche Mumm zu Hause." Sie schien beschwingt und verschwand in der Küche. Kurz darauf kam sie zurück. Aus einem Messingkübel ragte die Champagnerflasche heraus.

Ich entkorkte den Champagner, mit einem „Plopp" wurde der Korken aus dem Flaschenhals herausgepresst. Eva nahm neben mir Platz, sie nahm die Gläser und hielt sie mir zum Einschenken hin. Wieder stieg mir das verführerische Parfum in die Nase.

Wir stießen an. Sie nahm einen kleinen Schluck, stellte ihr Glas auf das kleine Tischchen und wandte sich mir zu. Dann griff sie nach meinem Glas und stellte es ebenfalls ab. Sie ließ sich auf meinen Schoß sinken. Ich beugte mich zu ihr und küsste sie, meine Hände vergruben sich in ihrem Ausschnitt.

„Dreh bitte das Licht ab", bat sie.

Behutsam schob ich sie zur Seite und knipste alle Lichter, bis auf eine Stehlampe, aus. Dann tastete ich ungeschickt nach dem Reißverschluss ihres Rockes.

„Was machst du?", fragte sie mit gespieltem Vorwurf. Sie wehrte sich, mit beiden Händen versuchte sie mich wegzudrücken. Doch ich zog entschlossen den Verschluss nach unten. Eva ließ sich auf das Sofa fallen, sie umklammerte mich und trieb ihre grellrot lackierten Fingernägel tief in meinen Rücken.

Ich liebte sie mit langsamen, rhythmischen Bewegungen, tief und kräftig, bis wir uns in einem Meer intensiver Lustgefühle verloren.

Irgendwann war ich eingenickt. Jemand schüttelte mich leicht an der Schulter. Eva deutete mit ihrem Kopf in Richtung Schlafzimmer. „Komm", sagte sie.

„Ich muss morgen zeitig aufstehen, ich glaube, es ist besser, wenn ich jetzt heimfahre."

„Es ist schon spät, bleib doch hier!"

„Ich habe meine Tennissachen nicht dabei, ich muss morgen trainieren", warf ich ein.

„Mach jetzt keinen Stress, Liebling", sagte sie zärtlich und küsste mich. Sie schenkte die Champagnergläser voll. Ich ließ das perlende Getränk in meine ausgetrocknete Kehle rinnen. Dann legte ich mich neben sie. Sie stützte sich auf ihre Unterarme und betrachtete mich. Mit ihrem Zeigefinger strich sie sanft über mein Gesicht und zeichnete mein Profil nach. Als sie bei meinem Mund angekommen war, hielt sie inne, küsste mich, biss mich ganz zart in meine Lippen und drückte wieder Küsse darauf.

„Ich liebe deine blauen Augen", sagte sie zärtlich und strich mir durchs Haar.

Eine neue Welle von Lust überflutete mich. Sie schien es zu merken, erhob sich und ging in das nebenan liegende Schlafzimmer, die Tür blieb offen ...

Als ich erwachte, wusste ich nicht, wo ich war. Es war bereits hell, das Gezwitscher der Vögel drang in das Schlafzimmer. Nach und nach fielen mir die Geschehnisse des vergangenen Abends ein. Eva lag neben mir und schlief. Ich betrachtete das Zimmer. Die Wände waren in einem blassen Violett angestrichen, erstaunlicherweise harmonierten diese Farbtöne vortrefflich mit den sandfarbenen Möbeln. Das Bett war riesig, es hatte niedrige Füße, man hatte den Eindruck am Boden zu liegen. Ich warf einen Blick auf meine Armbanduhr, es war acht Uhr. Höchste Zeit für mich aufzustehen, nach Hause zu fahren und meine Sporttasche zu holen. Ich betrachtete Eva, deren Züge einen glücklichen Ausdruck angenommen hatten. Ich küsste sie auf die Stirn. Sie aalte sich, streckte die Arme, schlug die Augen auf und als sie mich erblickte, lächelte sie.

„Bleibe noch liegen, Liebes", sagte ich, „ich werde dich verlassen und zum Training fahren." Ich küsste sie zärtlich, dann wollte ich mich ins Badezimmer begeben. Doch sie richtete sich langsam auf und schob die Decke auf die Seite.

„So lasse ich dich nicht fahren, ich werde schnell ein Frühstück zubereiten." Aber es war eine leere Versprechung, denn sie zog mich zu sich und ehe ich mich versah, saß sie rittlings auf mir. Wir liebten uns, das heißt vielmehr, sie liebte mich, erst dann verwöhnte sie mich mit dem versprochenen Frühstück.

3.

Es war spät am Vormittag, als ich im Tennis-club eintraf. Wächter hatte die hinteren Plätze für das Training reservieren lassen. Er warf mir mit seinen grauen Augen einen strengen Blick zu.

„Zu ausgiebig gefeiert, glaubst wohl, dass du das Training nicht mehr nötig hast!"

Ich mochte seine anmaßende Art nicht, aber da ich viel zu spät dran war, erwiderte ich nichts. Manche Kameraden unterbrachen ihr Spiel und betrachteten mich mit einem viel-sagenden Grinsen. Wahrscheinlich hatten sie meinen Flirt mit Eva gestern beobachtet, das regte ihre Fantasie an.

„Geh einen Kaffee trinken, du schaust ja noch ganz verschlafen drein. Ich rufe dich, wenn du an der Reihe bist."

Ich schlug mich an der Mauer ein, Forehand, Rückhand, voll durchgezogen. Die Bälle sprangen von der Mauer zurück, ich versuch-te, sie früh, noch im Aufsprung, zu schlagen. Jeder Ballkontakt erzeugte in mir ein befrie-digendes Gefühl. Nach einigen Minuten hörte ich meinen Namen rufen. Ich kehrte zu den anderen zurück. Wächter stand wie ein Feld-herr auf dem Platz. Seine emporstehenden Haare hatte der leichte Wind keck aufgerich-tet.

„Spiele mit Martin einen Satz. Übt aber vorher den Aufschlag. Vor allem dein zweiter Aufschlag muss verbessert werden, Andreas, du machst relativ viele Doppelfehler."

Ich machte nicht mehr Doppelfehler als jeder andere, einen oder zwei in einem Match, das war das Höchste. Offenbar schien ich heute den Prügelknaben abzugeben, weil ich zu spät erschienen war.

Martin Gumbroch war einer der besten Spieler im Club. Er bildete sich mächtig etwas ein darauf. Er hatte eine große Klappe, ansonsten war es nicht sehr weit her mit ihm. Sein Vater hatte ein gutgehendes Ledergeschäft, doch er schien nicht viel zu arbeiten, denn er war fast immer am Tennisplatz anzutreffen. Er war drahtig, hatte ein kräftiges Gesicht, ein breites Kinn, seine Oberlippe zierte ein schmaler Bart, der sich über die untere Gesichtspartie fortsetzte und einen Kinnbart formte. Die schmalen Augen gaben ihm ein diabolisches Aussehen. Immer wenn er mit mir sprach, verzog er seinen Mund zu einem spöttischen Lächeln. Ich mochte ihn nicht, auf der einen Seite lehnte ich seine Überheblichkeit ab, auf der anderen Seite tat ich mir mit seiner Spielanlage schwer. Er spielte variantenreich, schnitt die Bälle relativ oft, um dann blitzartig auf einen offensiven Topspin umzuschalten. Ich hatte schon immer Probleme gehabt, mich auf sein Spiel einzustellen, ich konnte nie so richtig meinen Rhythmus finden. Ich stieß einen Seufzer aus, gerade gegen diesen Angeber muss ich antreten, dachte ich misslaunig.

Das war natürlich nicht die richtige Einstellung, meine negative Haltung wirkte sich auf mein Spiel aus. In weniger als einer halben Stunde hatte er mich mit 6:1 vom Platz geschossen.

Wächter hatte zeitweilig das Spiel beobachtet. Er rief mich zu sich, um meine Fehler zu kritisieren. Ich fühlte mich nicht wohl in meiner Haut, so eindeutig zu verlieren, kratzte an meinem Stolz, dann noch geschulmeistert zu werden, das war bitter.

„Spielt noch einen zweiten Satz, versuche dich besser zu konzentrieren, Andreas."

Auch das noch, ich hatte eigentlich an diesem Tag genug vom Tennis. Felix schlenderte bei mir vorbei. Wie immer hatte er ein jungenhaftes Lächeln auf seinen Lippen.

„Gestern gefeiert?", er lächelte vielsagend.

„Ja", sagte ich mürrisch.

„Allein?"

„Nein."

„Mit der kleinen Schwarzen?"

„Ja."

„Und?"

„Was und?"

„Und nachher?"

Ich lächelte verlegen.

„Du Schlimmer", sagte er.

„Ich muss jetzt weiterspielen. Vielleicht sehen wir uns nachher", sagte ich, ohne auf seine Anspielung einzugehen.

Ich verlor auch den zweiten Satz. Ich spürte, dass mir an diesem Tag weder die volle Konzentration noch der notwendige Kampfeswille zur Verfügung stand. Je mehr Schläge mir misslangen, desto besser spielte Gumbroch. Bernd Wächter warf mir nur einen fragenden Blick zu, sagte aber nichts mehr. Ich suchte Felix, konnte ihn aber nirgends finden, da beschloss ich, den Club zu verlassen.

Als ich nach Hause fuhr, kreisten Gedanken in meinem Kopf herum. Ich war nicht so richtig froh. Einerseits machte mir mein Tennis Sorgen, andererseits fragte ich mich, ob Eva auch mit anderen Bekanntschaften so schnell ihr Bett teilte. Unwillkürlich musste ich an die bezaubernde, unverdorbene Julia denken. Zu Hause blickte ich in den Spiegel, meine Augen lagen tief in den Höhlen, meine dichten Haare waren stumpf und glanzlos. Die anregende, aber kurze Nacht und das Training von vorhin forderten ihren Tribut, ich gähnte ohne Unterlass. Ich beschloss, ein Stündchen zu schlafen.

Lange mochte ich nicht geschlafen haben, als mein Handy läutete. „Hallo, Andreas, hier spricht Julia."

„Hallo, Julia", sagte ich und versuchte meiner verschlafenen Stimme einen normalen Klang zu geben.

„Ich war in der Stadt unterwegs, hatte aber mein Handy zu Hause gelassen. Hast du mich vielleicht in der Zwischenzeit angerufen?"

Wenn auch mein Herz einen Freudensprung machte, wegen des plötzlichen Interesses von Julia, so stürzte es mich ebenso in ein Dilemma. Es war klar, dass sie mit mir ausgehen wollte. Ich brachte es nicht übers Herz, ihr noch einmal einen Korb zu geben.

„Ich möchte dich gerne sehen. Soll ich dich in einer Stunde abholen?", sagte ich, ohne auf ihre Frage einzugehen.

„Fein!"

„Aber vergessen wir das Tanzen. Das Match von gestern liegt mir noch in den Knochen!"

„Wir müssen ja nicht tanzen gehen!"

„Gut, dann fahren wir nach Grinzing und trinken ein Glas Wein."

„Wie du willst."

„Dann bis später."

Die Müdigkeit war noch nicht ganz von mir gewichen, als ich meinen Golf zum Studentenheim steuerte, indem Julia wohnte. Der Himmel war wolkenverhangen, es schien, als ob der drohende Regen die Leute davon abhielt, auszugehen. Julia kam pünktlich wie immer. Sie öffnete die Wagentür und nahm neben mir Platz. Sie hatte ihre Lippen angestrichen, ihre langen Wimpern waren mit Tusche geschminkt. Ein zarter Parfumduft ging von ihr aus, ihre dunkelbraunen Haare schimmerten, die mandelförmigen Augen strahlten. So hatte ich sie noch nie gesehen. Sie hielt mir die Wange zum Kuss hin, auch das war ungewöhnlich.

„Ich freue mich, dass wir uns heute sehen können", sagte sie fröhlich.

Ich wunderte mich immer mehr. Keine Spur von Zurückhaltung. Ich warf ihr einen Seitenblick zu, sie war wirklich entzückend. Als wir in Grinzing eintrafen, fuhr ich zu meinem Stammlokal, das etwas oberhalb, am Ortsende von Grinzing lag. Es war ein kleineres Lokal, ruhig und gemütlich. Die Preise waren etwas höher, dafür war das Publikum angenehm. Julia setzte sich um eine Spur näher neben mich, als sie es gewöhnlich zu tun pflegte.

Sie erzählte, dass sie in diesem Semester alle Prüfungen abgelegt hätte.

„Praktisch habe ich bis zum Herbstsemester nicht viel zu tun, ich habe alles im Kasten, jetzt kann ich meine Freizeit genießen.‟

Ich verstand nur zu gut, was sie damit andeuten wollte. Normalerweise hätte ich in einer solchen Stimmung versucht, sie zu küssen, oder zumindest ihre Hand zu halten. Ich war auch versucht, es zu tun, vielleicht erwartete sie es sogar von mir. Während sie sprach, dachte ich nach, wie ich mich verhalten sollte. Ich sah mich zwischen zwei Frauen. Julia, die Naive, die Unerfahrene, und Eva, die Verführerische, die Reife. Ich lauschte der Plauderei von Julia, beobachtete ihre entzückenden Hände, die sie beim Sprechen gestenreich einsetzte. Es war mehr ein Impuls, als ich ihre Hand fasste und sie sachte, aber mit Nachdruck an mich zog, um ihr einen Kuss auf die Lippen zu drücken. Sie wich leicht zurück, erstaunt, doch nicht verstimmt durch meinen Gefühlsausbruch. Vielmehr verharrte sie, das Gesicht von einer feinen Röte überzogen, den Mund leicht geöffnet. Wir küssten uns wieder und wieder.

Die anwesenden Gäste begannen uns verstohlen zu beobachten. Wir lösten uns und blickten uns etwas verlegen, doch erwartungsvoll an. Irgendwie hatten wir eine Barriere, die bislang zwischen uns gewesen war, überwunden.

„Es hat zu regnen aufgehört", sagte ich, „gehen wir ein bisschen spazieren?"

Julia antwortete nicht, erhob sich jedoch. Beim Hinausgehen beglich ich die Zeche, Hand in Hand verließen wir das Lokal. Wir schlenderten die leicht ansteigende, mit alten Bäumen gesäumte Straße hinauf. Immer wieder blieben wir stehen. Eng umschlungen küssten wir uns, ich konnte ihre Brüste und Schenkel an meinem Körper spüren. Als wir beim Auto angelangt waren, schlug ich vor, es sich auf den Hintersitzen bequem zu machen.

„Keine gute Idee", sagte sie zögernd, stieg aber letztlich ein.

Ich ließ mir viel Zeit, ihre Bluse behutsam zu öffnen. Ich merkte zwar einen leichten Widerstand, sie ließ es aber geschehen, dass ich langsam die Träger ihres BHs von ihrer Schulter streifte. Ich war mir nicht sicher, wie weit ich gehen konnte. Erst nach einigen Augenblicken wagte ich es, ihre entblößten Brüste anzufassen. Es war über alle Maßen erregend, zögernd ließ ich meine Hand langsam bis zum Saum ihres Kleides gleiten. Sie schien sich zu verkrampfen, doch als sich meine Hand zwischen ihren Schenkeln eingrub, stieß sie mich mit einer brüsken Bewegung zurück, weit von mir abrückend. Ein vorwurfsvoller Blick traf mich.

„Nein", hauchte sie und brachte ihre Kleider in Ordnung.

Ich war perplex, erst nach einer Weile konnte ich mich aus dem Chaos meiner Gefühle befreien.

„Für wen hältst du mich eigentlich?" Sie war sehr böse.

„Ich habe den Kopf verloren", sagte ich betreten.

Wir schwiegen eine Weile.

„Meine Gefühle waren so stark", sagte ich resigniert. „Es tut mir leid."

Ich hatte ihre Zurückhaltung lange genug akzeptiert, war es nicht an der Zeit, dass wir intimer wurden? Und dass es am heutigen Abend so kam, daran war auch sie beteiligt, denn auch sie hatte mit dem Feuer gespielt. Ich war enttäuscht. Julia blickte mich erwartungsvoll an. Offensichtlich wartete sie nun auf einen Versöhnungskuss von mir, um die Disharmonie aufzulösen, aber ich blieb regungslos sitzen.

„Fahren wir?", fragte sie dann mit Resignation in der Stimme.

Wortlos nahmen wir die Vordersitze ein. Während der Fahrt sprachen wir kein Wort, jeder hing seinen Gedanken nach. Vor dem Studentenheim hielt ich den Wagen an. Schweigend saßen wir einige Augenblicke nebeneinander. Wahrscheinlich wollte sie mir noch einmal Gelegenheit geben, mit ein paar Worten oder einer lieben Geste einen Ausgleich herzustellen. Doch ich war derart vergrämt, dass ich kein Wort hervorbrachte.

„Also dann", sagte sie leise und blickte mich betrübt an, Tränen schimmerten in ihren Augen, „gute Nacht, Andreas."

„Gute Nacht, Julia", murmelte ich, „verzeih mir bitte."

Ich blickte ihr nach, wie sie langsam auf das Tor zuging, betrübt betrachtete ich ihre schlanke, mädchenhafte Figur, das schimmernde Haar, das im Rhythmus ihrer Schritte sanft auf und ab wogte. Sie öffnete die große Eingangstür und trat ein, ohne sich noch einmal umzudrehen. Plötzlich wurde mir gewiss, dass sie mir fehlen würde, ich fühlte, wie sich Wehmut wie eine dunkle Wolke über mein Gemüt legte.

4.

Die neue Woche begann nicht gut. Ich fühlte mich niedergeschlagen. Ich hatte verabsäumt, Eva anzurufen. Nicht dass ich vergessen hätte, aber nach dem traurigen Abend mit Julia hatte ich nicht mehr die Energie. Ich war im Zweifel, ob ich mich bei Eva überhaupt noch melden sollte. Außerdem lagen viele Probleme in der Firma an, die ich lösen musste. All das plagte mich. Der Montag war in meinem Geschäft der härteste Tag der Woche. Zwölf Sattelschlepper waren mit ihren Ladungen nach Frankreich unterwegs und ich hatte es noch nicht geschafft, für alle LKWs Rückfrachten aufzutreiben. Ich sah mich schon stundenlang am Telefon hängen, um in Frankreich Ladungen zu bekommen. In dieser Stimmung fuhr ich in mein Büro. Dieses befand sich in einem gepflegten, altehrwürdigen Haus in der Innenstadt. Meinen Arbeitsraum teilte ich mit zwei jungen Frauen, die mich bei meiner Arbeit unterstützten. Sandra versuchte so wie ich das Geschäft am Laufen zu halten, sie rief fast pausenlos Kunden und Speditionen an. Anna kümmerte sich um die administrativen Arbeiten. Beide waren Perlen, tüchtig und loyal. Sandra hatte weißblonde, glatte, schulterlange Haare, etwas hoch angesetzte Backenknochen und schmale, blaue Augen.

Sie hatte einen kleinen Busen, aber dafür ausgeprägte, schöne Hüften und Beine. Sie war sehr lebhaft, obwohl verheiratet, verbarg sie nicht ihre Sympathien mir gegenüber. Anna war das Gegenteil, ruhig, sachlich. Sie war ein interessanter Typ mit langen, dunkelbraunen Haaren. Ihre Augen standen ein bisschen auseinander, die Augenbrauen waren dunkel, der Mund breit, das Gebiss kräftig. Über ihr Privatleben wusste ich wenig, sie sprach nie darüber. Sie pflegte keine Kontakte zu Kolleginnen, daher war wenig über sie bekannt, außer dass sie unverheiratet war. Der Büroraum war geräumig, die Schreibtische hatten wir mit den Frontseiten in gegenüberliegender Anordnung aufgestellt. Es herrschte eine hektische Atmosphäre, die Telefone läuteten fast ununterbrochen. Um in diesem Job erfolgreich zu sein, waren starke Nerven Bedingung. Es belastete mich, dass meine LKWs noch nicht mit sicheren Rückladungen rechnen konnten. Pausenlos versuchten Sandra und ich bei französischen Speditionsunternehmen Frachten aufzutreiben, aber es war, als ob wir gegen Mauern anrannten. Nirgendwo tat sich etwas auf, außer in Marseille. Dies erforderte eine Fahrt von Paris nach Marseille, ein Umweg von 1000 Kilometern. Dies barg das Risiko in sich, dass aufgrund des Zeitverlustes und der langen Rückfahrt unser LKW irgendwo auf einem Autobahnparkplatz das Wochenendfahrverbot abwarten musste. Auf ein solches Geschäft einzugehen war die allerletzte Möglichkeit, falls unsere Bemühungen um geografisch günstiger liegende Ladungen ohne Erfolg blieben.

Mitten in diesen hektischen Bemühungen rief mich Eva an. In ihrer Stimme konnte ich Verärgerung, aber auch Verunsicherung heraushören.

„Ich habe gestern den ganzen Tag auf deinen Anruf gewartet. Ich bin ganz durcheinander, dass du mich nicht angerufen hast."

Meine beruflichen Probleme wogen im Augenblick schwerer als die Gewissensbisse wegen des nicht erfolgten Anrufs. „Ich habe im Moment Schwierigkeiten in der Firma, ich rufe dich in der Mittagspause an."

In der näheren Umgebung meiner Firma gab es Cafés und Restaurants aller Kategorien, vom Luxusrestaurant bis zum einfachen Gasthaus. Mein Stammlokal wir ein kleiner Betrieb, der preiswerte Menüs anbot. Das Lokal wurde stark von meinen Arbeitskollegen frequentiert. Das bot mir von Zeit zu Zeit die Möglichkeit, mit ihnen beim Essen Erfahrungen auszutauschen. Aber an diesem Tag war ich an keinen Gesprächen interessiert, ich suchte einen freien Tisch auf. Sollte ich Eva überhaupt anrufen? Ich fühlte mich zu Julia hingezogen, aber als ich an die Verheißungen des reifen Körpers von Eva dachte, verwarf ich meine Bedenken und wählte am Handy Evas Nummer. Ich war auf Vor-

würfe gefasst, die sie berechtigterweise vor-
bringen könnte.

„Endlich rufst du an, was ist denn los?", fragte sie nervös, nachdem wir uns begrüßt hatten.

„Entschuldige, dass ich gestern nicht anrief,
aber wie du weißt, musste ich trainieren,
danach war ich fix und fertig."

„Du hättest mich trotzdem anrufen können",
sagte sie vorwurfsvoll, „ich habe auf deinen
Anruf gewartet."

„Okay, wird nicht mehr vorkommen!"

„Ist alles in Ordnung?"

„Ich habe LKWs nach Frankreich geschickt,
für die ich noch keine Rückfrachten habe.
Dieses Problem muss ich bis morgen lösen,
sonst gibt es Leerfahrten, das wäre eine
mittlere Katastrophe."

„Komm am Abend zu mir, ich werde dich mit
einem leckeren Abendessen verwöhnen."

„Nichts würde ich lieber tun, aber es wird
spät werden. Es ist besser, wenn wir uns
morgen treffen." Eigentlich spielte ich mit
dem Gedanken, Julia anzurufen, um unseren
Verdruss zu glätten.

„Du brauchst heute eine Stärkung", sagte
Eva bestimmend, „ruf mich an, wenn du das
Büro verlässt, ich bereite in der Zwischenzeit
das Essen vor."

Ich fühlte, wie Eva begann, Besitz von mir zu ergreifen, wie die Verlockungen über den Verlauf des bevorstehenden Abends meine Fantasie beflügelten. Also verschob ich meine Absicht, Julia anzurufen, auf später. Hastig verschlang ich mein Menü und kehrte ins Büro zurück. Als ich meinen Chef erblickte, ahnte ich nichts Gutes.

„Gut gegessen?" fragte Scholz anzüglich. Seine eisgrauen Augen blickten mich durch die randlosen Brillengläser vorwurfsvoll an.

„Ein schneller Imbiss, ich bin spät weggekommen", sagte ich kühl, um mein spätes Erscheinen zu rechtfertigen.

Er ging nicht darauf ein. „Ein gewisser Herr Wächter hat mich heute angerufen, kennen Sie ihn?", sagte er nicht ohne Sarkasmus.

„Er ist der Kapitän unserer Tennismannschaft."

„Er sagte, dass Sie wichtig für die Mannschaft sind, ich möge Sie nachmittags für das Training freistellen und das jeden Tag. Ich habe fast einen Lachanfall bekommen."

Scholz, der ohnehin misstrauisch war, glaubte nun, dass Tennis vor meiner Arbeit Vorrang hätte.

„Wächter möchte unbedingt die Staatsmeisterschaft gewinnen und hat verlangt, dass die Mannschaft täglich trainiert. Ich habe ihm gesagt, dass es für mich nicht möglich ist.

Nehmen Sie ihn nicht ernst." Ich hoffte, dass damit die Angelegenheit geregelt sei.

Doch er setzte noch einmal nach. „Was Sie in Ihrer Freizeit machen, ist Ihre Sache, aber für das Tennisspielen werden Sie nicht bezahlt."

Ich begann mich zu ärgern. Alles was mir im Augenblick auf der Zunge lag und ich ihm an den Kopf werfen wollte, bedeutete nur, Öl ins Feuer zu gießen. Also biss ich mir auf die Lippen und schwieg.

„Wie schaut es mit den Ladungen aus?", erkundigte er sich.

Der nächste Konflikt kündigte sich an.

„Alle zwölf LKWs sind nach Frankreich unterwegs", sagte ich und hoffte, dass er nicht weiterbohren würde.

„Und die Rückladungen?"

„Da gibt's noch Probleme."

„Welche?"

„Wir suchen noch für drei LKWs Rückladungen."

Er kniff die Augenbrauen zusammen. Sein fülliges Gesicht nahm einen bissigen Ausdruck an, er kritisierte meinen Leichtsinn, LKWs ohne Rückladung abfahren zu lassen.

„Sie selber haben angeordnet, dass alle verfügbaren LKWs hinausgehen sollen, auch wenn Rückladungen erst gesucht werden müssen. Bis jetzt haben wir es noch immer geschafft, alle LKWs rückzuladen. Aber wenn Sie es wünschen, dann fahren ab nun nur solche, für die es Rückladungen gibt. Dann stehen die LKWs ungeladen bei uns, wenn Ihnen das lieber ist?"

Sein Gesicht nahm den Ausdruck einer Bulldogge an. „Die Rückladungen hätten Sie schon vergangene Woche fixieren müssen. Wenn Sie jetzt erst mit der Suche beginnen, weiß doch jeder, dass Sie in einer Zwangslage sind. Sie werden Ladungen um jeden Preis akzeptieren müssen, wir werden Verluste einfahren. Aber dem Tennisball nachzujagen scheint wichtiger zu sein."

Er hatte es offenbar auf einen verbalen Schlagabtausch mit mir abgesehen.

„Ich habe noch nie meinen Job vernachlässigt, oft bin ich der Letzte, der das Büro verlässt. Und Sie wissen sicher am besten, dass unser Frachtverkehr zu einem der rentabelsten zählt."

„Das sollte Sie nicht hindern, noch mehr Rentabilität zu erzielen. Schließlich werden Sie und Ihre Mitarbeiterinnen dafür sehr gut entlohnt. Nichts hindert Sie, noch besser zu werden."

Sandra warf mir einen schnellen Blick zu und senkte dämpfend die Hand. Sie wollte mir signalisieren zurückzustecken. Aber ich war voll in Saft.

„Und nichts hindert Sie daran, Leistungen einmal anzuerkennen, anstelle immer nur zu kritisieren, vor allem Situationen, die sich unserer direkten Einflussnahme entziehen."

Scholz fixierte mich, sein Mund stand leicht offen, er hatte wohl nicht mit meiner Reaktion gerechnet. Einen Augenblick schien es, als ob er aufbrausen wollte.

„Was ich mache, lasse ich mir von Ihnen nicht vorschreiben", sagte er mit verhaltenem Grimm. Er warf mir einen vorwurfsvollen Blick zu und verließ das Büro. Die Tür fiel mit einem lauten Knall ins Schloss.

Ich hatte mich ziemlich aufgeregt, mein Gesicht glühte. Meine Kolleginnen sahen mich fragend an, in ihren Mienen spiegelte sich Besorgnis.

„Warum spinnt er nur so?", sagte Sandra, „von Jahr zu Jahr machen wir mehr Umsatz. Er sollte lieber einmal in Abteilungen ackern, wo es nicht so gut läuft."

Anna zog eine Zigarette aus einer Packung und lehnte sich in ihrem Stuhl zurück. Sie wirkte nachdenklich. „Dem haben Sie es aber gegeben. Wahrscheinlich wird er jetzt noch aufsässiger werden."

In der Folge ging ich mit Sandra die Liste unserer Partner in Frankreich durch. Jeder von uns nahm sich eine Anzahl von Firmen vor, die angerufen werden sollten. Neben unseren Problemen mussten wir uns auch um das laufende Geschäft kümmern. Wir hatten also permanent mehrere Bälle in der Luft, mit einem Wort, es war hektisch. Aber es lohnte sich, denn bis zum Abend hatten wir eine Ladung aufgetrieben.

„Morgen machen wir weiter", ordnete ich an, „wir werden Ladungen um jeden Preis akzeptieren müssen." Als ich in die erstaunten Gesichter von Sandra und Anna blickte, korrigierte ich mich. „Um fast jeden Preis, zum Teufel mit Scholz."

Ich entließ meine beiden Damen. Dann rief ich Eva an und teilte mein bevorstehendes Eintreffen mit.

5.

Ich wollte Eva mit einem Blumenstrauß erfreuen, doch die Geschäfte hatten schon geschlossen. Ich fuhr zum Südbahnhof und erstand im dortigen Blumengeschäft einen Strauß roter Rosen. Eva empfing mich ohne Überschwang. Ich streifte meinem Strauß das Papier ab und übergab ihr die Rosen. Sie dankte, gab mir einen flüchtigen Kuss und führte mich zum Esstisch, der in einer nischenförmigen Aussparung des Wohnzimmers stand. Es war bereits gedeckt, ein Kerzenleuchter prangte in der Mitte des geschmackvoll arrangierten Tisches. Das kostbare Porzellan sowie das Silberbesteck mussten sehr teuer gewesen sein. Sie hieß mich Platz nehmen und drückte mir ein Glas Weißwein in die Hand. Wir prosteten uns zu, dann nahm sie von einem Stuhl eine weiße Schürze und band sie um.

„Ich muss mich um das Essen kümmern. Trink einen Schluck und mach ein bisschen Musik." Sie deutete in die Richtung des CD-Players.

„Es duftet fantastisch, was gibt es denn?"

„Es gibt Rindsuppe mit Frittaten, getoastetes Schwarzbrot für das Knochenmark und einen Wiener Tafelspitz mit Cremespinat und Kartoffelschmarrn. Als Nachspeise habe ich einen Apfelstrudel gebacken. Ich koche seit drei Stunden, verdient hast du es nicht, du Schlimmer, du hast mich gestern ganz schön hängen lassen", sie verzog den Mund zu einem schmollenden Lächeln.

Ich war froh, dass sie dieses Thema nicht vertiefte. Als sie in die Küche entschwand, genehmigte ich mir noch ein Glas Wein. Dann ging ich zum CD-Player. Ich liebte Jazz und Swing, ich liebte Big Bands und Frank Sinatra und die meisten Sänger dieser Ära. Meine Wahl fiel daher auf Frank Sinatra. *I've got you under my skin*, tönte seine kräftige, aber lyrische Stimme. Es dauerte nicht lange und Eva erschien mit einer dampfenden Schüssel. Goldgelbe Fettaugen schwammen an der Oberfläche der heißen, gut gewürzten Suppe. Der Tafelspitz war zart und schmeckte kräftig, nicht so fade wie viele der gekochten Rindfleischspeisen, die man meistens serviert bekam. Zarter Cremespinat, geröstete Kartoffel, Schnittlauchsauce und Apfelkren fehlten nicht. Kaum hatte ich meinen Teller geleert, legte mir Eva ein weiteres Stück Tafelspitz auf.

„Es schmeckt wirklich hervorragend, aber wenn du mich derart mästest, werde ich beim Apfelstrudel aufgeben müssen." Ich nahm einen kräftigen Schluck vom vorzüglichen Weißwein.

„Untersteh dich", sagte sie mit einem nicht ernst gemeinten drohenden Unterton, „ich habe meine bescheidenen Kochkünste zusammengenommen, um dich zu verwöhnen, und du willst mir einen Korb geben?"

„Bescheiden nennst du das?", sagte ich mit aufrichtiger Bewunderung, „du kochst wirklich gut. Wo hast du es gelernt?"

Sie erzählte, dass sie vor Jahren einen Kochkurs besucht hatte.

Also verzehrte ich noch ein großes Stück Apfelstrudel. Gegen meine Gewohnheit sprach ich dem Weißwein ausgiebig zu, der bei mir an diesem Abend stärker als sonst seine Wirkung entfaltete. Sie bat mich, am Sofa Platz zu nehmen, während sie in der Küche Kaffee zubereitete. Ich betrachtete sie etwas genauer. Sie war mit einem taillierten, malvenfarbenen Shirt mit einem tiefen V-Ausschnitt und mit einer enganliegenden, schwarzen Hose bekleidet. Ihre Füße steckten in fersenfreien Schuhen mit halbhohem

Absatz. Der Ausschnitt ihres Shirts beflügelte bereits meine Fantasie, ich stellte mir vor, wie meine Hände hineinglitten, um die darin verborgenen Köstlichkeiten zu berühren. Aus dem CD-Player tönte *Somewhere beyond the Sea*. Ich ließ das angenehme Ambiente auf mich wirken und fühlte mich wie ein Adler, der langsam vom Boden abhob. Eva kehrte mit einem Tablett zurück und stellte Kaffeetassen, Milch und Zucker auf das niedrige Tischchen. Ich rückte zur Seite, damit sie neben mir Platz nehmen konnte, doch zu meinem Erstaunen setzte sie sich gegenüber auf einen Fauteuil.

Hoch aufgerichtet saß sie da, ihre dunklen Augen forschend auf mich gerichtet. Einige Augenblicke herrschte Stille, ich war mir nicht sicher, ob sie der Musik lauschte.

„Ich bin etwas verunsichert", sagte sie zögernd, „ist es deine Art, oder besser gesagt, verhältst du dich immer so, dass du, nachdem du mit einer Frau eine Nacht verbracht hast, in der Versenkung verschwindest?"

Meine Hoffnung, dass mein Stillschweigen von gestern ohne Folgen bliebe, erfüllte sich nicht. Es erstaunte mich, dass sie drauf und dran war, nach der ersten Liebesnacht den Status unserer Freundschaft abzuklären. Das Problem war, dass ich den wahren Grund nicht nennen konnte.

„Gestern war kein guter Tag für mich, ich bin zu spät zum Training erschienen. Dann hat mich Wächter gegen unsere Nummer eins antreten lassen, der mich vom Platz geschossen hat. Ich war ziemlich fertig, zu Hause habe ich mich hingelegt und bin eingeschlafen." Ihre Körpersprache verriet Zweifel. Sie fasste ihre Knie mit beiden Händen, stützte ihre Füße auf der Sitzkante des Fauteuils auf und blickte mich nachdenklich an.

„Ich wollte dich heute Mittag anrufen, aber du bist mir zuvorgekommen", setzte ich meine Beschwichtigungen fort.

„Nachdem du nicht angerufen hast, habe ich mich gefragt, was ich falsch gemacht habe. Es war sicher voreilig, dich am ersten Abend zu mir einzuladen, wahrscheinlich habe ich dadurch zu einer Fehleinschätzung beigetragen, das möchte ich nicht abstreiten. Wahrscheinlich nimmst du nun an, dass ich keiner besonderen Wertschätzung bedarf, weil ich so schnell nachgegeben habe. Aber für das, was dann passierte, trägst du die Verantwortung."

Ich bewunderte die Courage, mit der sie ihre Ansicht darlegte.

„Wir haben uns vom ersten Augenblick so gut verstanden, es ist ganz einfach passiert", sagte ich leise.

„Ich hätte mich widersetzen sollen, aber diese Erkenntnis kam mir zu spät." Sie wurde nachdenklich. „Aber im Grunde wollte ich mich gar nicht widersetzen ...‟

Wir schwiegen wieder. Die letzten Takte von *Fly me to the moon* verklangen. Eva ging langsam zum CD-Player. Ihre Beine kamen in der körperbetonenden Hose gut zur Geltung, sie war so eng, dass man die Konturen ihres Slips sehen konnte. Sie nahm einen Stapel CDs zur Hand, studierte die Titel, zog eine heraus und schob sie behutsam in das Kassettenfach. Die dunkle, voll tönende Stimme von Sarah Vaughn erklang. Eva kam langsam auf mich zu. Ich erhob mich und nahm sie in die Arme. Als meine Hand nach ihren Brüsten fasste, drückte sie meine Hand langsam in ihre ursprüngliche Position zurück.

„Heute nicht, Andreas, Strafe muss sein‟, sagte sie sanft. Ich fühlte mich wie jemand, der mitten in einem schönen Traum aus dem Bett fällt. Sie setzte sich wieder in den Fauteuil, mich mit Interesse betrachtend. Wie benommen sank ich auf das Sofa, irgendwie musste ich den Hebel umlegen, denn mein Programm war voll auf Liebe eingestellt gewesen, nun hatte Eva den Stecker herausgezogen. Mein Kopf glühte, ich kam mir dumm vor. Die Konsequenz, mit der sie unsere Zärtlichkeiten unterbrochen hatte, befremdete mich. Sie hatte wieder ihre Beine auf die Sitzfläche des Fauteuils hochgezogen. Der Ausschnitt ihres Shirts war während meinem

Versuch, ihren Busen anzufassen, nach unten verrutscht. Sie tat nichts, um diese Blöße zu bedecken, offensichtlich wollte sie mein Begehren weiter anstacheln, um mich beim nächsten Annäherungsversuch wieder in die Schranken zu weisen. Ein Spiel also, ein Spiel mit meiner Begehrlichkeit, dachte ich. Mein Stolz war angekratzt, sicher war es Eva nicht verborgen geblieben. Sie saß noch immer auf ihren Fersen, sie wirkte entspannt, schien es zu genießen, die Situation zu dominieren. Hatte sie mich heute nur deswegen eingeladen, um mich mit Liebesentzug zu bestrafen?

„Hast du für deine LKWs schon Rückladungen gefunden?", fragte sie nach einigen Augenblicken.

„Teilweise", sagte ich knapp.

„Bist du eingeschnappt, Andreas?"

„Ein bisschen", sagte ich, „dass ich dich nicht in meine Arme nehmen kann, tut weh."

Sie lächelte überlegen. „Du kannst mich ja in die Arme nehmen, Liebster", sagte sie surrend, „aber nicht mehr. Versuche nicht noch einmal, mich mit Kraft zu nehmen!"

Eine Ahnung stieg in mir auf. Teufel, dachte ich, es ist gerade das, was sie heiß macht.

Sie blickte mich herausfordernd an. Ich näherte mich dem Fauteuil. Ich nahm ihre beiden Hände und zog sie langsam aus ihrer Sitzposition hoch. Ich presste sie gegen mich und küsste sie. Auf einmal stemmte sie ihre Hände mit einer Kraft gegen meine Brust, die ich ihr nicht zugetraut hätte. Ich gab keinen Millimeter nach, küsste sie auf den Hals und öffnete ihren BH.

„Das ist unfair", hauchte sie, aber ihre Abwehrbewegungen waren halbherzig. Ich hob sie an und legte sie auf das Sofa. Sie blieb passiv liegen, den Kopf von mir abgewandt. Als ich sie entkleiden wollte, erwachte wieder ihr Widerstand. Sie trommelte mit den Fäusten auf mich ein.

„Nein, nein", presste sie klagend hervor. Sie versuchte, mich mit den Knien wegzudrücken, doch ich gab nicht nach.

„Ich mag es nicht, wenn Frauen Hosen anhaben", raunte ich und entfernte mit einem heftigen Ruck Hose und Slip.

Als ich am nächsten Morgen erwachte, legte ich meine Hand sachte auf Evas Schulter. Ich wartete einen Augenblick, aber sie bewegte sich nicht. Ich erhob mich leise, schlich in die Küche und suchte nach Kaffee. Ohne warme Flüssigkeit bekam ich morgens ein flaues Gefühl im Magen. Endlich fand ich in der gut eingerichteten Küche eine Dose Nescafé und braute mir eine Tasse Kaffee.

Eva lag noch immer im Bett und hatte die Decke weit über ihr Gesicht gezogen, also ging ich in das geräumige Badezimmer und duschte. Im Spiegel blickten mir müde Augen und ein schmales, von Bartstoppeln übersätes Konterfei entgegen. Würde man im Büro merken, dass ich mich nicht rasiert hatte? Aber es war zu spät, um zu Hause das Versäumte nachzuholen.

6.

Sandra und Anna waren schon voll in Aktion, als ich im Büro erschien. Wir versuchten noch einmal eine Offensive zu starten, kontaktierten Spediteure und Exporteure nicht nur in Frankreich, sondern auch in Belgien. Endlich gelang es eine Ladung in Antwerpen aufzutreiben. Das war entfernungsmäßig von Paris noch machbar. Als wir mittags noch immer keine Rückladung in akzeptabler Reichweite für unseren letzten LKW fixieren konnten, entschied ich, die Fracht in Marseille anzunehmen. Als mich der Fahrer anrief, um weitere Instruktionen zu erhalten, eröffnete ich ihm, dass nichts anderes übrig blieb, als nach Marseille zu sausen. Er meuterte nicht schlecht, irgendwo am Wochenende auf einem Parkplatz festzuliegen, war der Horror jedes LKW-Chauffeurs. Als ich ihm jedoch eine saftige Prämie und eine leichte Fuhre in der folgenden Woche in Aussicht stellte, willigte er schließlich ein.

Im Laufe des Vormittags merkte ich, wie mir meine Kolleginnen verstohlene Blicke zuwarfen. Wahrscheinlich versuchten sie zu ergründen, warum ich einen zerknitterten Eindruck machte und unrasiert war. In der Mittagspause wollte ich nach Hause flitzen, um meine Kleidung zu wechseln und den Bart abzuschaben. Unrasiert wollte ich nicht riskieren, Scholz meine Notmaßnahmen erklären zu müssen, falls er auftauchten würde. Nach der Konfrontation von gestern war damit jedoch zu rechnen. Mittags klemmte ich mich folglich in meinen VW, der von der Sonne wie ein Backofen aufgeheizt war. In meiner Wohnung war es drückend, sie lag unter dem Dach und heizte sich im Sommer auf. Hastig rasierte ich mich, um mich abzukühlen, schöpfte ich mit beiden Händen kaltes Wasser aus der Waschmuschel und besprengte mein Gesicht. Aus dem Kleiderschrank entnahm ich einen khakifarbenen Sommeranzug, frische Unterwäsche, ein Hemd und schlüpfte flugs in die Kleider. Dann holte ich mein Tennisbag vom Schrank herunter und verließ meine Wohnung. Ich überlegte, ob ich bei einer Wursthütte stoppen sollte, um mir einen kleinen Imbiss zu genehmigen, doch es war schon zu spät. Im Büro bat ich Sandra um Kaffee, lehnte mich in meinen Sessel und schlürfte genießerisch das heiße, belebende Getränk. Es waren die ersten Minuten an diesem Tag, wo ich versuchte, mich ein bisschen zu entspannen. Auf einmal öffnete sich die Tür und Scholz trat ein. In seiner Korpulenz litt er unter der Hitze, sein rötliches Gesicht war von einer feinen Schweißschicht überzogen. Er hatte ein aufgesetztes Lächeln auf den Lippen und warf einen vielsagenden Blick auf den Kaffee, der vor mir stand.

„Hier riecht es gut nach Kaffee, könnte eigentlich auch einen vertragen", sagte er noch immer freundlich. Sandra davon angetan, Scholz einmal in aufgeräumter Stimmung vorzufinden, machte sich sofort erbötig, Kaffee zu kochen.

„Sehr nett von Ihnen, Frau Engels, aber ich bin nicht zum Kaffeeplausch gekommen, ich möchte mir nur die Dispo-Liste dieser Woche ansehen." Er grinste doppelbödig.

Gleich wird ihm das Grinsen vergehen, wenn er erfährt, dass seine LKWs in Antwerpen und Marseille Ladungen übernehmen müssen, argwöhnte ich im Stillen.

Er warf einen Blick auf den Bildschirm meines PCs. Plötzlich zog er die rechte Augenbraue nach oben, ein Zeichen, dass ihm etwas missfiel. „Was sehe ich? Ein LKW ladet in Antwerpen und ein anderer in Marseille? Das wird ein Verlustgeschäft!"

„Aber bei den anderen Frachten verdienen wir gutes Geld", versuchte ich abzuschwächen.

„Gutes Geld, gutes Geld", brummte er missmutig. „Ein Wahnsinn, einen LKW von Paris nach Marseille zu disponieren. Der kommt doch nie vor Samstag zurück, unser bedauernswerter Fahrer muss wohl das Wochenende auf einem Parkplatz verbringen!"

„Das geht schon in Ordnung, ich habe ihm für nächste Woche eine leichte Fuhre versprochen." Dass ich zusätzliche Kosten für eine Prämie in Kauf genommen hatte, verschwieg ich.

„Ich möchte Sie sehen, wenn Sie am Wochenende auf einem Parkplatz herumhängen müssten. Können Sie sich das überhaupt vorstellen? Wahrscheinlich nicht! Ich lehne es ab, dass Sie unsere Fahrer knechten und über das Wochenende von ihren Familien fernhalten."

Ich entgegnete darauf nichts. Seine soziale Ader und sein Mitgefühl für Fahrer waren neu für mich. Als er noch LKWs disponierte, hatte er die Fahrer erbarmungslos quer durch Europa gehetzt.

„Nächste Woche wird alles glatt laufen", sagte ich, um das Thema zu wechseln, „wir beginnen heute mit der Einteilung der Hin- und Rückladungen."

„Die Botschaft hör ich wohl, allein, mir fehlt der Glaube!"

Das war zu viel. Ich hatte mit meinem Team pausenlos herumtelefoniert, zahllose E-Mails versandt, bis uns die Köpfe rauchten, um alles unter Dach und Fach zu bringen und nun ließ Scholz nicht locker, auf uns herumzureiten.

„Wer an nichts glaubt, verzweifelt an sich selber. Ich bin halt kein Pessimist, ich glaube an den Erfolg unserer Arbeit, auch wenn Sie mir diese durch Ihre riskanten Anordnungen erschweren. Sie wollen doch, dass wir die LKWs losschicken, auch wenn wir für die Rückfahrt noch keine Ladungen haben."

Wir waren wieder im alten Fahrwasser. Ich fragte mich, wann er mich hinauswerfen würde. Wenn er einen Funken von Objektivität hätte, müsste er anerkennen, dass ich mit meinem Team gute, letztlich gewinnbringende, Arbeit leistete. Dieser Umstand dürfte ihn wohl bisher davon abgehalten haben, mich hinauszuschmeißen, doch nun schien es nur mehr eine Frage der Zeit zu sein.

„Was erlauben Sie sich, Bachmann, halten Sie sich zurück, oder …". Er hatte die Stimme erhoben, mit jedem Wort wurde er lauter, das ‚Oder' schrie er mir drohend entgegen.

Ich wollte schon zurückstecken, aber die Anrede mit ‚Bachmann' wollte ich ihm vor meinen Kolleginnen nicht durchgehen lassen.

„Darf ich Sie ersuchen, mich mit Herr Bachmann anzusprechen!" Dass ich ihn derart schulmeisterte und dabei vollkommen gelassen blieb, trieb ihn zur Weißglut.

„Jetzt reicht's mir aber, das wird ein Nachspiel haben", brüllte er und knallte die Türe hinter sich zu.

Wir schauten uns betroffen an. Durch die Konflikte, die ich nun regelmäßig mit Scholz hatte, wurden auch meine Kolleginnen in Mitleidenschaft gezogen.

„Ich würde mir ja einiges von Scholz gefallen lassen", versuchte ich meine Auseinandersetzungen mit Scholz zu rechtfertigen, „schließlich ist er der Chef, aber diese Ungerechtigkeiten und seine respektlose Art, das ist zu viel."

Anne sah mich nachdenklich mit ihren großen Augen an. „Heute haben Sie aber überreagiert", sagte sie ruhig.

„Mag sein", sagte ich missmutig, „wenn er mich feuert, bekommt ihr einen neuen Chef."

Nach diesem Konflikt fehlte mir die Motivation, länger als notwendig im Büro zu bleiben und verließ pünktlich die Firma, um in den Club zu fahren. Felix war da, er trainierte gerade mit einem Kameraden.

„Bist du zu müde, um mit mir ein paar Games zu spielen?", fragte ich ihn.

„Kein Problem", antwortete Felix. Ich setzte mich also auf eine Bank neben dem Schiedsrichterturm und beobachtete das Spiel. Felix liebte das Risiko, er spielte offensiv, wenn sein Spiel aufging, war es schwer, gegen ihn zu gewinnen. Im Grunde hatte ich eine ähnliche Spielanlage, wenn wir spielten, schauten die Leute gerne zu, denn unser angriffsbetontes Spiel war für spektakuläre Ballwechsel gut.

„Ein seltener Gast", sagte Wächter, der sich genähert hatte, „bist du nur zum Zusehen gekommen?"

Ich war wirklich nicht zu beneiden. Vorhin Schwierigkeiten mit Scholz im Büro und jetzt mit Wächter. Wo ich hinkam, wurde ich mit Angriffen konfrontiert.

„Ich warte auf Felix", sagte ich verärgert.

„Immer mit demselben Partner zu trainieren bringt doch nichts, du spielst jetzt mit Eric", befahl er. Ohne mich eines weiteren Blickes zu würdigen, rief er Eric.

Eric war ein junger Spieler, er mochte kaum die zwanzig überschritten haben. Seine Haare waren kurz geschnitten, sie hatten eine undefinierbare Farbe zwischen Dunkelblond und Brünett. Die Augen waren schmal, sein Kinn war durch ein kleines Grübchen gespalten. Er studierte Architektur, war ein bisschen arrogant und beteiligte sich selten an den Späßen, die wir manches Mal unter uns trieben. Seine Eltern waren begütert, denn er konnte sich einen teuren Sportwagen leisten.

„Freut es dich zu spielen?"

„Natürlich, ich habe einen Trainingsrückstand", sagte ich.

„Ich habe eigentlich genug, habe heute schon drei Sätze gespielt", meinte er lakonisch.

„Dann hat es keinen Sinn", sagte ich verärgert. Ich steckte Racket und Tennisbälle in mein Bag, drehte mich um und kehrte zum Court zurück, wo Felix spielte. Ich setzte mich und sah wieder zu.

Kaum hatte ich mich gesetzt, erschien Wächter wieder auf der Bildfläche. Wie immer, wenn ihm etwas nicht passte, presste er die Lippen aufeinander.

„Was ist, warum spielt ihr nicht?", fragte er missmutig.

„Eric will nicht, er hat heute schon drei Sätze gespielt!"

„Was heißt, er will nicht, macht hier jeder was er will?" Er schrie, dass man es über den ganzen Platz hören konnte. „Wie sollen wir mit dieser Einstellung die Meisterschaft gewinnen, kann mir das jemand sagen? Verdammter Sauhaufen!" Dann brüllte er: „Eric!"

Er hätte nicht zu brüllen brauchen, denn Eric stand hinter ihm. „Jetzt spielt", fuhr ihn Wächter wütend an, „aber plötzlich, sonst fliegt ihr beide aus der Kampfmannschaft, habt ihr verstanden?"

Eric nahm sein Bag und marschierte wieder zum Court. Er grinste.

„Warum ist er denn so in Saft gegangen, was hast du gesagt?"

„Nur, dass du schon drei Sätze gespielt hast und aufhören wolltest."

„Kindergarten!" Er zog geringschätzig die Mundwinkel nach unten.

„Was meinst du damit?", fragte ich hellhörig.

„Der eine tratscht, der andere spielt sich auf, Kindergarten."

Den ganzen Tag hatte man an meinem Nervenbaum gerüttelt, ich war drauf und dran zu explodieren. Am liebsten hätte ich ihm eine geknallt. Langsam ließ ich die Luft aus meinen zusammengepressten Zähnen entweichen, um Dampf abzulassen. Eric dürfte meine Erregung gemerkt haben.

„Also komm", sagte er einlenkend, „spielen wir, bevor es finster wird und der Alte einen Tobsuchtsanfall bekommt."

Den ersten Satz verlor ich glatt, vielleicht deshalb, weil ich keine Gelegenheit hatte, mich einzuschlagen, den zweiten gewann ich. Eigentlich war Eric ein guter Trainingspartner. Er spielte konzentriert, jagte jedem Ball nach und diskutierte keine strittigen Bälle. Ich wollte mich entfernen, doch er entließ mich nicht aus seinem Händedruck. „Bist du mir bös?"

„Warum sollte ich dir böse sein?"

„Na, weil ich nicht mit dir trainieren wollte. Es tut mir leid. Wenn du einen Partner brauchst, stehe ich zur Verfügung."

Ich lächelte versöhnlich. „Danke, ich komme sicher auf dein Angebot zurück."

Im Clubrestaurant erwartete mich Felix. Ich war froh, endlich einen Menschen zu treffen, der keine Aggressionen gegen mich hatte.

„Wie läuft's?", fragte er, seine Grübchen vertieften sich, als er mir zulächelte.

„Ich glaube, du bist der erste normale Mensch, mit dem ich heute spreche. Ich hatte es den ganzen Tag nur mit Verrückten zu tun."

„Wie das?"

Ich seufzte. „Heute Morgen hat mir meine Freundin die kalte Schulter gezeigt, dann hat es Krach mit meinem Chef gegeben und vorhin hat sich Eric aufgeführt. Den Wutausbruch von Wächter hast du ja mitbekommen. Mir reicht's."

„Darf ich neugierig sein?", fragte Felix ironisch, „um welche Freundin geht es? Um die Studentin oder um die Krankenschwester?"

Nun musste ich auch lächeln, das erste Mal an diesem Tag. Die Bezeichnung Krankenschwester erheiterte mich.

„Sag nicht Krankenschwester, sie arbeitet in der Autofirma ihrer Eltern, sie heißt Eva!"

„Ach ja, dem strahlenden Sieger fliegen die Frauenherzen zu. Ist aber schnell gegangen mit euch beiden!"

Ich überlegte, ob ich mich mit Felix über dieses Thema weiter unterhalten sollte, aber er hatte auch nie Geheimnisse vor mir gehabt, ich wusste viel über sein Privatleben.

„Wir sind Essen gewesen. Bei der Verabschiedung wollte sie sich nicht von mir trennen, den Rest kannst du dir denken."

„Eine äußerst attraktive Frau, diese Eva. Aber richtig glücklich scheinst du nicht zu sein, das sehe ich dir an."

„Am nächsten Tag bin ich mit Julia ausgegangen. Ich weiß nicht, welcher Teufel mich geritten hat, ich wollte sie im Auto lieben, aber sie hat mich zurückgewiesen, sie war sehr enttäuscht von mir." Ich machte eine Pause.

„Ich müsste sie um Verzeihung bitten, ich glaube, ich liebe sie. Aber Eva klammert sich an mich, sie lässt mir keinen Spielraum."

„Hast dich von der falschen Frau einfangen lassen, wie mir scheint", sagte Felix nachdenklich.

„Andererseits gibt mir Eva, was mir Julia verwehrt, sie tut alles für mich, sie verwöhnt mich, sie ist eine tolle Geliebte."

„Na ja, Julia ist halt noch ein anständiges Mädel, wie man so schön sagt. Eine zum Heiraten", er blinzelte mir schelmisch zu.
„Warum hast du das erste Mal so früh geheiratet?", fragte ich ihn.

„Ich hatte vorher noch nie mit einer Frau geschlafen, meine Freundin hatte auch noch keinen Geliebten gehabt. Wir waren scharf aufeinander. Ihre Mutter hat auf Heirat gedrängt, ich war so verliebt, dass ich einwilligte, aber irgendwann, als der erste Sturm nachließ, stellten wir fest, dass wir Erwartungen hatten, die nicht zueinanderpassten. Ich wollte studieren, wollte Tennis spielen, kurz gesagt, ich wollte ein freies Leben führen, sie wollte Kinder. Tennis interessierte sie nicht. Ich habe mich bemüht, sie dafür zu begeistern, aber sie drosch die Bälle nur irgendwo hin. Nach und nach haben wir Meinungsverschiedenheiten gehabt, die in der Folge immer heftiger ausgetragen wurden, da haben wir uns einvernehmlich getrennt."

Felix hatte sein Studium vorzeitig abbrechen müssen. Aber er hatte Glück, er fand eine Anstellung in einer großen Werbeagentur. Dank seiner Kreativität, seinem gewinnenden Wesen, seiner Überzeugungskraft, hatte er sich sehr schnell emporgearbeitet, er verdiente nun eine Menge Geld. Seine zweite Ehefrau Andrea war bei einer Frauenzeitschrift als Redakteurin beschäftigt. Ihre Eltern besaßen eines der größten Weingüter in der Wachau.

„Und wie war es mit deiner zweiten Frau?", forschte ich weiter.

„Ich war von ihrem Wesen angezogen, von ihrer Geradlinigkeit, von ihrer Klugheit, kurz ich war von ihrer Person, von ihrem Charakter beeindruckt. Ich fühlte von Beginn an, dass ich von dieser Frau niemals verlassen werden wollte. Als wir uns liebten, hatten wir uns schon eine Weile gekannt. Und niemand hat uns zur Heirat gedrängt, wir waren zwei Jahre beisammen, bevor wir heirateten."

Ich dachte an Julia, ich sah mich wie jemand, der in den falschen Zug eingestiegen war und nicht mehr abspringen konnte.

Mit gemischten Gefühlen fuhr ich zu Eva. Als wir bei Tisch saßen, schnitt sie das Thema Tennis an. „Es bleibt mir nur der Samstagvormittag zum Tennisspielen, bevor Niki nach Hause kommt."

„Dann spielen wir doch am Samstag."

„Das will ich nicht, du hast gesagt, dass weiche Bälle deinem Schlag schaden. Ich werde mir eine Trainerstunde organisieren."

„Vergiss es", sagte ich, „ich spiele gerne mit dir!"

Ich wechselte das Thema. „Hast du wirklich noch geschlafen, als ich heute Morgen aufstand?"

Sie seufzte. „Ich wollte gerne noch ein paar Minuten mit dir zärtlich sein, aber ich sah ein, dass es nicht geht, da habe ich mich schlafend gestellt. Schade, dass du so früh weg musstest."

„Du bist die Chefin in deiner Firma und kannst dir deine Zeit einteilen", sagte ich halb scherzend, halb bedauernd, „ich bin nur ein armer Angestellter, der nach der Pfeife der anderen tanzen muss!"

„Jetzt kommen mir gleich die Tränen", sagte sie lachend.

Ein paar Minuten später liebten wir uns.

7.

Am Samstag fanden wir uns schon früh im Tennisclub ein. Ich hatte in einem Kübel alte Tennisbälle gesammelt. Mit fünfzehn oder zwanzig Bällen kann man kontinuierlich einen Ball nach dem anderen verteilen, ohne nach kurzer Zeit nach verschossenen Bällen suchen zu müssen. Ich stellte mich an die Grundlinie und schupfte leicht geschlagene Bälle auf die Vorhand von Eva. Dann versuchten wir es von der anderen Seite mit Rückhandschlägen, wie die meisten Anfänger hatte sie damit die größeren Schwierigkeiten.

„Lege deine Aufmerksamkeit auf den korrekten Bewegungsablauf, auch wenn du anfänglich den Ball nicht richtig treffen solltest. Es ist besser, den Schlag richtig auszuführen, als zu versuchen, den Ball mit einer falschen Schlagtechnik irgendwie zu treffen. Man lernt sich sehr schnell falsche Bewegungsabläufe ein, die in der Folge nur sehr schwer zu korrigieren sind", riet ich.

Eva war mit einem Bombeneifer bei der Sache, es schien ihr Spaß zu machen. Als wir geendet hatten, fiel sie mir voll Überschwang um den Hals. Als ich mich von ihr löste, erblickte ich Wächter, der mir einen unfreundlichen Blick zuwarf.

„Wir beginnen mit dem Training", sagte er, ohne zu grüßen, ohne Eva eines Blickes zu würdigen. „Du spielst mit Martin."

Schon wieder gegen Gumbroch, gegen den ich mich immer schwertat. Machte Wächter dies absichtlich, um mich zu demütigen? Scheinbar wollte er mir kein Erfolgserlebnis gönnen.

„Können wir uns einschlagen?", bat ich Gumbroch, um mich nach den weichen Bällen, die ich Eva serviert hatte, wieder an schnelle Bälle gewöhnen zu können.

Gumbroch verzog sein breites, kräftiges Kinn zu einem schiefen Lächeln. Ohne auf meine Frage einzugehen, griente er: „Hübsche Frau, sehr hübsche Frau, da würde ich auch gerne den Lehrmeister spielen."

Die Doppeldeutigkeit seiner Worte ärgerte mich. Eva, die im Hintergrund stand, musste diese Anzüglichkeit mitbekommen haben, doch sie schien es als Kompliment aufzufassen, sie lächelte kokett. Schon wollte ich ihm eine Grobheit an den Kopf werfen, unterließ es letztendlich aber. Es wäre nur Wasser auf seine Mühlen gewesen, um mich mit einer weiteren schlüpfrigen Bemerkung zu ärgern.

„Macht es dir etwas aus, wenn wir uns jetzt auf das Spiel konzentrieren?"

„Durchaus nicht, Freund", sagte er sarkastisch, wobei er das Wort Freund sicherlich nicht sinngemäß gemeint hatte. Er schlurfte gähnend zum Netz.

„Willst du aufschlagen?", fragte er gelangweilt.

„Mir ist es egal, aber sollten wir uns nicht vorher einschlagen?"

„Ist doch vollkommen egal, es geht ja um nichts. Komm, schlag auf." Er blickte zu Eva und lächelte. Er benahm sich, als ob er mindestens einmal Wimbledonsieger gewesen wäre. Lässig klopfte er mit dem Racket den Sand von den Sohlen seiner Tennisschuhe und erwartete meinen Aufschlag. Er wusste, dass er der bessere Spieler war, dementsprechend siegesgewiss gab er sich. Augenscheinlich wollte er mit seinem Imponiergehabe Eva beeindrucken.

Es kam so, wie ich es befürchtet hatte. Durch die leichten Schläge von vorhin hatte ich große Probleme, mich auf ein schnelles, kraftvolles Spiel einzustellen. Ich brauchte lange, um ins Spiel zu finden. Jedes Mal, wenn ihm ein spektakulärer Ball gelang, warf er verstohlene Blicke zu Eva. Was mich noch mehr aufregte als mein schlechtes Spiel, war, dass Eva ihm jene Bewunderung zollte, die er in seiner Eitelkeit zu suchen schien. Evas Illoyalität befremdete mich. Nicht genug, beobachtete mich Wächter mit Argusaugen. Wenn ich einen Fehler machte, derer machte ich leider viele, schüttelte er missbilligend den Kopf. Bevor er ging, sagte er laut, dass es jeder hören konnte:

„Katastrophe!"

Ich wurde immer nervöser, das Racket begann in meiner Hand zu zittern. Ich kam mir wie ein Anfänger vor. Während Gumbroch mich wie einen Hasen am Court hin und her hetzte, gelangen mir nicht einmal die einfachsten Bälle. Ich war froh, als der zweite Satz, den ich ebenfalls haushoch verlor, zu Ende war. Eva kam auf mich zu, es blieb mir nichts anderes übrig, als sie Gumbroch vorzustellen.

„Sie wollen auch Tennis lernen?", er lächelte charmant.

„Ich versuche es, aber es ist schwieriger, als ich erwartet habe", antwortete Eva, sie lächelte ebenfalls. Warum ist sie nur so freundlich zu diesem Prahler, fragte ich mich, hat sie nicht bemerkt, dass es mir unangenehm war, so eindeutig gegen ihn zu verlieren?

„Andreas", klang plötzlich barsch die Stimme von Wächter. Auch das noch, dachte ich. Ich konnte mir ungefähr vorstellen, was er von mir wollte.

„Ja, bitte?"

„Wir müssen reden", bellte er mit Feldwebelstimme. Seine emporstehenden Haare standen noch höher aufgerichtet als sonst, in dieser Attitüde hatte er Ähnlichkeit mit einem Kampfhahn. Er fasste mich am Ellbogen und schob mich in Richtung einer leerstehenden Bank.

„Dein Spiel ist eine reine Katastrophe. In dieser Form bist du ein Risiko für uns. Ich frage mich allen Ernstes, ob es nicht besser ist, dich aus der Mannschaft zu nehmen."

Ich schluckte. Wächter war schonungslos.

„Ich weiß es selber. Ich möchte nichts beschönigen, aber in der letzten Zeit bin ich wenig zum Trainieren gekommen."

„Das nehme ich dir nicht ab, bei Frauen den Tennislehrer zu spielen, dafür hast du Zeit. Scheint lustiger zu sein, kann ich verstehen, sie ist wirklich sehr hübsch, aber nächsten Samstag kämpfen wir um die Meisterschaftswürde, hast du das vergessen?"

„Ich habe vollstes Verständnis, wenn Sie mich aus der Mannschaft nehmen", sagte ich apathisch.

„Ich gebe dir noch eine Chance: Du hast bis Freitag Zeit dein Spiel zu verbessern. Am Freitag lasse ich dich gegen Wolfgang

Schnellinger antreten. Falls er gegen dich gewinnen sollte, dann wird er den Club bei der Meisterschaft vertreten. Ich habe ihn bereits informiert, er trainiert wie ein Verrückter. Ich empfehle dir, von nun an jeden Tag zu trainieren, die Tage sind lang, man kann ohne Weiteres bis acht Uhr abends spielen. Mache pünktlich Schluss, lass deinen Alten auch einmal arbeiten, diesen Ignoranten. Hat kein Verständnis für Sport, dieser Grobian!"

Wenn ich nicht so schlecht drauf gewesen wäre, hätte es mich amüsiert zu hören, dass Wächter meinen Chef Grobian nannte, wo er sich doch selber kein Blatt vor dem Mund nahm.

Ich ging ins Restaurant, ich vermutete, Eva dort anzutreffen. Tatsächlich saß sie mit Gumbroch an einem Tisch. Dieser redete auf Eva ein, seine Miene spiegelte freudige Erregung. Eva hörte ihm zu, ein entgegenkommendes Lächeln auf den Lippen. Ich wunderte mich aufs Neue über ihre Haltung, es schien ihr jegliches Verständnis für meine Gefühlslage zu fehlen. Sie musste doch bemerkt haben, welche Schmach über mich hereingebrochen war, nun saß sie mit dem Verursacher am Tisch und hörte sich seine aufschneiderischen Reden an. Das war Hochverrat. Kaum dass diese Beziehung begonnen hatte, war schon ein Riss entstanden. Bevor mich die beiden erblicken konnten, kehrte ich um und ging zu den Spielplätzen zurück. Plötzlich interessierte mich nur eines: wieder mein hohes Niveau im Tennis zu erreichen.

Ich bemerkte Felix.

„Ich bin in einer furchtbaren Form", sagte ich, als er mit seinem Partner die Seiten wechselte, „kannst du dich opfern und mit mir nachher noch einen Satz spielen?" Er blickte mich forschend an, hatte er mitbekommen, wie mich Gumbroch abserviert hatte?

„Mache ich, geh einstweilen etwas trinken", sagte er, „wir spielen nur den Satz zu Ende."

„Ich bleibe hier und sehe euch zu", erwiderte ich.

Auf einmal kam Eva auf mich zu. "Warum bist du nicht ins Restaurant gekommen?", fragte sie süßlich.

„Ich war im Restaurant, wollte aber deine Unterhaltung nicht stören." Es gelang mir nicht, meinen Missmut zu unterdrücken.

„Bist du verärgert?", fragte sie scheinheilig. „Martin hat gesagt, dass du so schlecht gespielt hast, weil du durch das Training mit mir aus dem Rhythmus gekommen bist."

„Wie nett von ihm", erwiderte ich kurz angebunden, „fahr bitte nach Hause, ich muss noch trainieren, ich rufe dich später an."

„Aber wie kommst du nach Hause?" Wir waren mit ihrem schicken Cabriolet in den Club gefahren.

„Ich kann ein Taxi nehmen. Vielleicht nimmt mich Felix mit, mach dir keine Sorgen."

Sie sah mich prüfend an, offensichtlich wollte sie herausfinden, ob ich verstimmt war. „Also dann, bis später", sagte sie leise.

Als Eva den Club verlassen hatte, fühlte ich mich befreit, ich musste mich nicht mehr ärgern, wenn sie mit Gumbroch flirtete. Offensichtlich erforderte es ihr Selbstwert, von Männern bewundert zu werden. Es konnte aber auch sein, dass sie mir zeigen wollte, dass andere Männer sich für sie interessierten. Ich blieb den ganzen Tag im Club und spielte, abgesehen vom Spiel gegen Gumbroch, noch ein Einzel und ein Doppel, bei dieser Hitze eine wahre Marathonleistung. Doch als ich am späten Nachmittag mit einem Taxi nach Hause fuhr, war ich beruhigt, es war gut gelaufen. Erst zu Hause spürte ich die gewaltigen Anstrengungen, mein Magen knurrte. Es kostete mich Überwindung, Eva wie versprochen anzurufen.

„Stell dir vor, Martin hat sich auch erbötig gemacht, mit mir nach dem Meisterschaftsspiel zu üben. Ich finde das nett!"

Meine Eifersucht hielt sich in Grenzen, außerdem hatte ich etwas Ähnliches erwartet.

„Er ist ohnehin der bessere Tennisspieler", sagte ich nicht ohne Sarkasmus.

„Was hast du gegen ihn?", fragte sie erstaunt.

„Ich mag ihn nicht, außer Tennisspielen hat dieses arrogante Großmaul nicht viel drauf. Und es war nicht gerade erhebend für mich, dass du auf Teufel komm raus mit ihm geflirtet hast, nachdem ich so schmachvoll gegen ihn untergegangen bin."

„Aber er hat ausnehmend positiv über dich gesprochen, ich habe angenommen, dass ihr befreundet seid."

„Im Gegenteil, aber lassen wir das", sagte ich resigniert.

„Nein, das lassen wir nicht", sagte sie heftig, „ich möchte nicht, dass ein Missverständnis zwischen uns entsteht. Komm zu mir, dann können wir es ausdiskutieren."

„Vergessen wir die Angelegenheit!"

Es entstand eine Pause. Dann sagte sie gedehnt, mit drohendem Unterton: „Also du willst nicht zu mir kommen?"

„Nein!"

Plötzlich klickte es, dann wurde es still.

Meine Stimmung war schon vor diesem unerfreulichen Gespräch betrübt gewesen, daher berührte es mich nicht mehr sonderlich. Ich öffnete den Kühlschrank, um zu sehen, welche Vorräte ich für ein frugales Mahl heranziehen könnte. Eier waren da, auch eine Flasche Bier. Ich holte eine Pfanne aus dem Küchenkästchen, gab Butter hinein und stellte die Pfanne auf die Gasflamme. Als die Butter zerfloss, nahm ich ein Ei nach dem anderen, zerschlug es am Pfannenrand und ließ Dotter und Eiklar in die brutzelnde Pfanne fließen. Das Brot, das ich noch unter meinen Vorräten fand, war steinhart, aber noch genießbar. Als ich fertiggegessen hatte, spürte ich, wie meine Glieder schwer wurden. Nachdem ich im Tennisclub schon geduscht hatte, begnügte ich mich mit der Zahnpflege und schlich in mein Bett. Auf dem Nachtkästchen lag ein Roman von Hemingway, den ich vor Monaten zu lesen begonnen hatte. Jake, der Protagonist des Romans, versuchte seine vergebliche Liebe zu der haltlosen Nymphomanin Brett zu verkraften, indem er Mengen von Alkohol zu sich nahm. Als ich ein paar Zeilen gelesen hatte, läutete mein Handy. Ich warf einen Blick auf meine Armbanduhr, es war neun Uhr.

Nachdem ich mich mit einem kühlen ‚Hallo‘ gemeldet hatte, vernahm ich ein zaghaft geflüstertes „Andreas, hier spricht Eva."

„Bist du mir noch böse?", hauchte sie in zarten Tönen. „Was ist falsch daran, dass ich mich mit Martin unterhalten habe? Ich bin todunglücklich, dass dir das nahegegangen ist."

„Ich habe dir schon gesagt, dass wir es vergessen sollten!"

„Du bist noch immer böse auf mich, stimmt's?"

„Ich habe heute viel einstecken müssen, ich bin etwas angeschlagen, morgen geht es mir sicher besser."

„Morgen Abend musst du unbedingt zu mir kommen, ich brauche dich, hörst du?"

8.

Sonntag war ein drückend heißer Tag. Die Plätze waren schwach besetzt, wenige hatten Lust, bei diesen Temperaturen Tennis zu spielen. Ich war einer der wenigen, ich spielte am Vormittag ein Einzel mit Felix, am Nachmittag eines mit Eric, der ebenso besessen schien vom Tennis wie ich. Der Verlierer sollte den Sieger auf ein Bier einladen. Als wir im Clubrestaurant das kühle Bier auf Kosten von Eric, der das Spiel verloren hatte, in unsere durstigen Kehlen rinnen ließen, evaluierten wir unsere Siegeschancen beim künftigen Finale. Nachdem sich Eric verabschiedet hatte, beschloss ich, mich mit einem kühlen Bad an der Alten Donau zu erfrischen. Als ich der Garderobe zustrebte, sah ich noch zwei Eiferer bei dieser Affenhitze trainieren: Wolfgang Schnellinger, gegen den ich Freitag um die Teilnahme am Finale antreten musste, und Martin Gumbroch, der offensichtlich die Funktion des Coachs übernommen hatte. Schnellinger war ein zäher Bursche, er jagte den unmöglichsten Bällen nach. Er verfügte über einen guten Aufschlag, auch seine Vorhand war okay, mit der er die Bälle über den Platz peitschte. Die Rückhand war seine Schwachstelle, oft umlief er Bälle, um einen Vorhandschlag zu spielen. Trotzdem würde es einen Kampf auf Biegen und Brechen mit ihm geben, darüber machte ich mir keine Illusionen.

Als ich über die Reichsbrücke fuhr, flimmerte der Asphalt in der Hitze. Es dauerte, bevor ich einen Parkplatz ergatterte. Ich musste noch ein gutes Stück gehen, der Schweiß rann mir in Bächen herunter, als ich endlich bei einem Bootsverleiher eintraf, den ich kannte. Da ich ab und zu ein Boot bei ihm gemietet hatte, durfte ich gegen eine kleine Gebühr die Umkleidekabine und den Strand benutzen. Ich ließ mich auf den Holzbohlen des Anlegeplatzes nieder. Die Sonne brannte unbarmherzig, schon nach zwei oder drei Minuten sprang ich ins Wasser. Segelboote glitten sanft über die Wellen, ich musste aufpassen, dass mich keines beim Schwimmen rammte. Nachdem ich mich mehrere Male im erfrischenden Wasser abgekühlt hatte, beschloss ich aufzubrechen. Es war sechs Uhr, die von der Sonneneinstrahlung aufgeladenen Straßen gaben nun erst so richtig ihre Hitze ab, es war wie in einem Backofen, denn die leichte Brise, die tagsüber für etwas Erfrischung gesorgt hatte, war verebbt. Der

Verkehr hatte zugenommen, Dunst von Aus-
puffgasen und Benzingestank verpestete die
Luft. Erst als ich mich dem noblen Wohnvier-
tel Evas näherte, verbesserte sich die Luft-
qualität zusehends, auch die Temperatur war
gemäßigter.

Als ich Eva gegenübertrat, begrüßte ich sie
mit Zurückhaltung, ihr anfänglicher Überschwang machte einem Anflug von Enttäuschung Platz. Sie trug ein leichtes Sommerkleid, unter dem Busen abgenäht, die Brüste
traten auffallend hervor. Der Schnitt betonte
ihre Kurven, das Gelb des duftigen Stoffes
passte zu ihren dunklen Haaren. Es blieb mir
nicht verborgen, dass von diesem Kleid eine
gewisse Erotik ausging. Sie hatte eine kalte
Platte mit Schinken und Käse aufgetragen,
sowie erfrischende Salate. In der Mitte des
Tisches prangte eine Flasche Weißwein.

„Ich habe leider keine Zeit zum Kochen gehabt, ich habe den ganzen Tag mit Niki Mathematik büffeln müssen", erklärte sie. „Aber
bei der Hitze ist es ohnehin am besten, etwas Erfrischendes zu sich zu nehmen.
Kannst du dir vorstellen, bei dieser Hitze Mathematik zu lernen?"

„Der arme Niki", sagte ich verständnisvoll,
„seine Freunde haben sicher in einem Bad
herumgeplantscht. Ich muss gestehen, dass
ich in Mathematik auch keine Leuchte war,
ich habe es sogar gehasst. Fast jedes Jahr

war ich drauf und dran, wegen Mathe sitzen zu bleiben."

Nach dem Essen nahmen wir am Sofa Platz. Eva hatte die Weinflasche mitgenommen. Immer wieder wollte sie mir nachschenken, aber ich trank nicht viel.

„Ich muss jetzt konsequent sein, die nächsten Tage hat Tennis Vorrang. Du hast ja gesehen, in welch schlechter Verfassung ich bin."

„Ein Glas Wein kann nicht schaden, so eng solltest du es nicht sehen."

„Ich habe genug getrunken in der letzten Zeit, ich merke es an meinem Konzentrationsmangel und an meiner Kondition."

„Bin ich daran schuld?" Sie verzog ihre Miene. Ich spürte, wie sich Spannung zwischen uns aufbaute. Am besten wäre, überlegte ich, Zärtlichkeiten auf die Zeit nach dem Finale zu verschieben und den Abend freundschaftlich ausklingen zu lassen. Eva nippte an ihrem Weinglas. Ein Träger ihres Sommerkleides war von der Schulter gerutscht, meine Fantasie wurde von gewissen Erwartungen angeregt.

„In keiner Weise", sagte ich abschwächend, „ich bin unter der Woche nicht zum Spielen gekommen, obwohl Wächter uns gebeten hat, sich für das Training nachmittags frei zu nehmen. Er hat deswegen meinen Chef angerufen, worauf ihn dieser ausgelacht hat.

Der Anruf hat eher das Gegenteil bewirkt, die ganze Woche war ich Repressalien in der Firma ausgesetzt."

„Martin hat mir gesagt, dass du zu selten trainierst."

Ich war überrascht, dass sie nach den Missverständnissen, die wir wegen ihm hatten, wieder von ihm sprach. Ärger stieg in mir auf, die erotischen Gefühle, die mich noch vorhin überfluteten hatten, schwächten sich ab.

„Es ist nicht sicher, ob ich beim Finale antreten werde. Am Freitag wird zwischen mir und einem anderen Spieler durch ein Ausscheidungsspiel entschieden, wer am Finale teilnimmt. Jedenfalls habe ich heute festgestellt, dass der ehrenwerte Martin Gumbroch meinen Ausscheidungsgegner unterstützt."

Eva nippte nachdenklich an ihrem Weinglas. Während sie sich vorbeugte, rutschte das andere Bändchen ihres Kleides, das die Funktion eines Trägers hatte, über die Schulter. Verlangen stieg in mir auf, plötzlich wurde mir klar, dass unsere Beziehung mehr auf Sex als auf Zuneigung beruhte. Ich umarmte sie derart heftig, dass das trägerlos gewordene Kleid von ihren Schultern glitt. Ohne meine Umarmung zu lösen, drückte ich sie auf das Sofa. Würde sie mir die Eroberung wieder mit einer Abwehr erschweren? Tatsächlich versuchte sie, mich mit den Ellbogen wegzudrücken. Durch das Hin und Her wogte ihr Busen auf und ab, ich konnte der Versuchung nicht widerstehen, den BH abzustreifen und kräftig zuzupacken. Einige Augenblicke leistete sie noch Widerstand, dann ergab sie sich.

9.

Ich startete in die neue Woche mit dem festen Vorsatz, pünktlich das Büro zu verlassen, um Tennis spielen zu können. Eva hatte ich mitgeteilt, dass wir uns erst beim Finale wieder sehen könnten. Sie hatte ein wenig geschmollt, aber nachdem ich versprochen hatte, sie jeden Abend anzurufen, beruhigte sie sich etwas.

Am Mittwoch ließ mich Scholz in sein luxuriöses Büro rufen. Seine Sekretärin, eine Mittfünfzigerin, die sich ihrer privilegierten Stellung bewusst war, blickte mit Herablassung auf mich herunter. Ich sah Unheil auf mich zukommen. Ich klopfte und trat ein. Die schweren Möbel mit ihrer dunklen Politur wirkten erdrückend auf mich. Ein länglicher Besprechungstisch stand in einer holzgetäfelten Nische, die Wände waren teilweise mit hohen Einbauschränken verbaut. Scholz saß hinter einem wuchtigen Schreibtisch. Würde er mir nach den Querelen der vergangenen Woche mitteilen, dass er in Zukunft auf meine Mitarbeit verzichten wolle? Wie erstaunt war ich, als er mich freundlich anblickte und mich bat, am großen Besprechungstisch Platz zu nehmen. Nachdem er sich über das

Tagesgeschäft erkundigt hatte, sprach er plötzlich leise, als ob er mir ein Geheimnis anvertrauen wollte.

„Ein französischer Frächter hat mit mir Verbindung aufgenommen, er ist an einer Zusammenarbeit mit uns interessiert. Er hat jede Woche einige LKWs in Österreich. Für diese sucht er Rückfrachten nach Frankreich. Auf der anderen Seite kann er für unsere LKWs Rückladungen auftreiben, wenn sie in Frankreich abgeladen haben. Es geht nun darum, die Details über das Frachtvolumen, Destinationen und vor allem auch die Preise zu besprechen. Sie sollten nächste Woche nach Paris fliegen, um in einem Sondierungsgespräch festzustellen, ob eine Zusammenarbeit grundsätzlich für uns interessant wäre. Was sagen Sie dazu?"

Er warf mir einen erwartungsvollen Blick zu. Ich benötigte einige Augenblicke, um meine Überraschung zu verkraften, hatte ich doch mit dem Schlimmsten gerechnet. Außerdem fragte ich mich, warum er nicht nach Paris reisen wollte. Offensichtlich schienen ihn seine mangelnden Sprachkenntnisse davon abzuhalten.

„Wir könnten unseren Umsatz mit einem starken Partner gewiss erhöhen", sagte ich, als ich mich einigermaßen gefasst hatte, „vorausgesetzt, die Ankündigungen halten, was sie versprechen."

„Deswegen möchte ich, dass Sie nach Paris fliegen. Legen Sie mir einen Reiseplan vor. Ich lasse für Sie dann die Tickets beschaffen und ein Hotel für Sie reservieren. Einverstanden?"

„Einverstanden. Vielen Dank für Ihr Vertrauen."

„O.K.", sagte er und reichte mir die Hand. „Wie läuft's mit dem Tennis?"

Mit dieser Frage überraschte er mich zum zweiten Mal. „Gut, ich habe am Wochenende viel gespielt."

Trotzdem war ich nicht sicher, ob ich mich in den letzten Tagen ausreichend auf das Ausscheidungsspiel vorbereitet hatte. Für mich war Tennis bisher in erster Linie Spiel gewesen, Kampf assoziierte ich selten damit. Wenn ich Wolfgang Schnellinger verbissen trainieren sah, merkte ich, dass er nicht nur von Ehrgeiz gepackt war, sondern das Finale ihm alles bedeutete. War ich mehr Spieler, so war Schnellinger mehr ein Kämpfer, das sah man an den gestählten Muskeln, an dem gespannten Ausdruck im kantigen Gesicht. Er hatte graue Augen, die dichten Brauen trafen sich oberhalb seiner Nasenwurzel, der Mund wirkte durch die ausgeprägten, nach vorne gewölbten Lippen herausfordernd. Im Grunde ein männliches, zwar derbes, aber trotzdem interessantes Gesicht. Gumbroch bemühte sich intensiv, die Rückhandprobleme Schnellingers aufzulösen, was ihm gut gelang. Als ich einmal den Platz, wo die beiden trainierten, passierte, grinste Gumbroch. Er wollte etwas sagen, aber ich reagierte nicht und ging weiter.

Eva versuchte jeden Tag mich zu überreden, den Abend mit ihr zu verbringen. Die Verlockungen eines gemeinsamen Abendessens und das, was sich anschließend ergeben würde, waren schwerwiegend, doch ich blieb standhaft.

Freitag wollte ich vor Büroschluss die Firma zu verlassen, um mich mit Felix auf das Ausscheidungsspiel vorzubereiten. Kurz nach Tisch ließ mich Scholz rufen. Wieder empfing er mich in aufgeräumter Stimmung, er unterhielt sich mit mir ausführlich über die Strategie, die ich bei der Besprechung mit dem französischen Frächter zu befolgen hätte. Immer wieder blickte ich verstohlen auf meine Uhr. Das Ausscheidungsmatch war auf 16 Uhr festgesetzt worden. Die Chancen, mich mit Felix vor meinem Match einschlagen zu können, sah ich mehr und mehr dahinschwinden. Meine Kommentare wurden immer knapper, ich hoffte, durch meine Zurückhaltung aus der Unterredung entlassen zu werden. Als wir das Gespräch endlich beendeten, zweifelte ich, ob ich es schaffen würde, um 16 Uhr spielbereit am Platz zu stehen. Meine Befürchtung war nicht unbegründet, denn ein überraschend starker Wo-

chenendverkehr ließ mich nicht gut voran-
kommen.

Es war 16 Uhr vorüber, als ich den VW vor
dem Club parkte und in die Garderobe hetzte, um mich umzuziehen. Als ich mich zum
Platz begab, sah ich viele Leute vom Club,
die sich die Auseinandersetzung zwischen
mir und Schnellinger nicht entgehen lassen
wollten. Wächter und Gumbroch bestraften
mich mit vorwurfsvollen Blicken. Die durch
meine Verspätung eingetretene Wartezeit
schien an den Nerven meines Gegners ge-
zerrt zu haben. Zwar hatte er den Vorteil
gehabt, sich einzuschlagen, während ich
mich gestresst durch den Verkehr kämpfen
musste, trotzdem machte er einen ver-
krampften Eindruck. Nachdem wir die üblichen Probeschläge wie Drive, Volley, Lob,
Smash und Aufschlag durchgespielt hatten,
begannen wir. Wächter fungierte als
Schiedsrichter. Schnellinger gewann das Los,
er entschied sich für den Aufschlag. Ich
nahm an, dass er ein druckvolles Angriffsspiel aufziehen würde. Daher beabsichtigte
ich, sein Spiel von Beginn an zu zerstören.
Mal spielte ich lang, mal spielte ich kurz,
dann longline und zur Abwechslung cross.
Schnellingers gepeitschten Vorhand-Topspins
nahm ich die Härte, indem ich mit einem
Slice antwortete. Oft stürmte er zum Netz,
um meinen Return mit einem Volley zu vernichten. Da ich aber meine Bälle meist an die
Außenlinien platzierte, deckte er den Raum

schlecht ab, ich konnte ihn oft passieren. Durch meine Taktik wurde er immer mehr verunsichert. Ich gewann mit meinem tückischen Spiel den ersten Satz. In der kurzen Pause vor dem zweiten Satz gab Gumbroch Ratschläge, wie Schnellinger gegen mich spielen sollte. Er spielte nun defensiver und versuchte nun seinerseits, ein variantenreiches Spiel aufzuziehen. Die Ballwechsel wurden länger, das Spiel ausgewogener. Einmal schlug Schnellinger einen Ball knapp out, doch Wächter gab den Ball gut. Ich wollte schon reklamieren, verzichtete aber darauf. Als ich jedoch einen Ball knapp an die Außenlinie platzierte, gab ihn Wächter out. Ich war sicher, dass mein Ball gut gewesen war. Ich schritt daher auf die gegnerische Spielhälfte, um den Abdruck des Balles in Augenschein zu nehmen. Tatsächlich, mein Ball war noch gut gewesen. Als ich Wächter darauf hinwies, blieb dieser bei seiner Entscheidung. Also hatte ich es mit zwei Gegnern zu tun, da Wächter offensichtlich Schnellinger begünstigte. Es gelang mir nicht, meinen Ärger zu unterdrücken, meine Konzentration ließ nach und ich beging unnötige Fehler, was zur Folge hatte, dass der zweite Satz knapp, aber doch verloren ging. Nachdem Schnellinger mit seinem defensiven Spiel den zweiten Satz gewinnen konnte, war es wahrscheinlich, dass er diese Taktik fortsetzen würde. Ich änderte daher meine Spielweise und schaltete auf ein Powerplay um, ich spielte aggressiv, während Schnellinger sein defensives Spiel fortsetzte. Anfänglich verschlug ich durch mein riskantes Spiel einige Bälle, ich geriet schnell in einen 0:2-Rückstand. Aber dann gewann mein rasantes Spiel an Sicherheit, mein Spiel lief bestens, ich hatte die Initiative und schoss meinem Gegner die Bälle gewaltig um die Ohren. Nun wollte er ebenfalls mit einem druckvollen Spiel kontern, doch er hatte Mühe, sich umzustellen. Die Bälle waren zwar schnell und mit einem gewaltigen Topspin geschlagen, aber zu ungenau. Das Spiel begann plötzlich wie auf einer schiefen Ebene abzulaufen, er machte nur mehr selten Punkte. Je weniger ihm gelang, desto mehr begann er, Selbstgespräche zu führen und mit sich zu hadern. Einmal, als er am Netz einen Ball abvollieren wollte und diesen verschlug, rissen ihm die Nerven, er drosch mit voller Wucht den Schläger auf das Netzband. Seine Widerstandskraft schien gebrochen, er lief nicht einmal mehr erreichbaren Bällen nach. Der dritte Satz war aufgrund dieses einseitigen Spiels schnell zu Ende. Er machte einen deprimierten Eindruck, man sah ihm an, dass er sich überwinden musste, um mir zum Sieg zu gratulieren.

Ich nahm mein Handtuch, wischte mir den Schweiß von der Stirn und nahm einige Schlucke aus meiner Wasserflasche. Wächter kletterte von seinem Schiedsrichterturm.

„Du hast zwar gewonnen", sagte er etwas gespreizt, „aber überzeugt hat mich dein Spiel nicht. Wolfgang hat heute überraschenderweise schlecht gespielt. Wenn er seine normale Form erreicht hätte, wärest du chancenlos gewesen. Ich mache mir keine großen Hoffnungen, dass du morgen mit diesem destruktiven Spiel reüssieren wirst."

In meiner Siegerlaune konnte mich die abschätzige Bemerkung von Wächter nicht so richtig treffen. Ich blickte ihm kalt in die Augen.

„Darf ich Ihnen einen Rat geben, Trainer?", bewusst wollte ich ihn mit dieser respektlosen Anrede herausfordern, „Ihre Haltung ist demotivierend, unter solchen Voraussetzungen kann ich nicht meine beste Leistung abrufen. Ich ziehe daher meine Teilnahme am morgigen Finale zurück und werde nicht spielen, stellen Sie morgen Schnellinger auf, wenn Sie meinen, dass er der Bessere ist."

Wächters eisgraue Augen zogen sich zu Schlitzen zusammen, seine Stirnfalten vertieften sich.

„Was fällt dir ein", sagte er mit erhobener Stimme „es war vereinbart, dass der Sieger antreten wird." Die Umstehenden waren auf unseren Disput aufmerksam geworden, Schnellinger und Gumbroch warfen sich fragende Blicke zu.

„Du hast nicht das Recht, diese Vereinbarung zu brechen, nur weil dir meine Kritik nicht gefällt."

Wächters Worte waren mir gleichgültig, ich ärgerte mich nicht einmal, nahm mein Bag von der Bank, drehte mich wortlos um und schritt zur Garderobe. Nach ein paar Schritten hatte er mich eingeholt.

„He, warte, Andreas, ich habe es nicht so ernst gemeint, aber verstehe, morgen geht es um den Meistertitel, alle machen Stress und ich scheine etwas auszuflippen."

Ich blickte ihn forschend an. Sein Zorn von vorhin war verflogen, man sah ihm an, dass ihm sein Ausbruch leidtat.

„Wolfgang kann noch nicht mit dem Druck umgehen, er kann seine Spielstärke noch nicht abrufen, wenn es darauf ankommt. Ich brauche morgen einen Spieler, der seine Nerven unter Kontrolle hat, ich brauche dich. Nimm meinen Ausrutscher von vorhin nicht krumm."

Ich war in einer sonderbaren Stimmung. Das Missverständnis mit Wächter, das mangelnde Vertrauen in meine Spielstärke belasteten mich. Sollte ich nach Hause gehen und versuchen, mit mir ins Reine zu kommen? Aber ich hatte Angst vor der Einsamkeit. Ich beschloss, nach Felix Ausschau zu halten. Tatsächlich entdeckte ich ihn, er saß mit Kameraden im Restaurant, Schnellinger und

Gumbroch waren ebenfalls dabei. Letzterer führte das große Wort.

„Andreas hat hinterhältig gespielt", vernahm ich, „es war furchtbar anzusehen, wie er Wolfgang ins offene Messer laufen ließ. Mit dieser Spielanlage wird er aber morgen nicht durchkommen."

Plötzlich wollte ich niemand mehr sehen, ich grüßte im Vorbeigehen und ging in die Garderobe, duschte und zog mich um. Die Worte von Gumbroch geisterten mir noch immer im Kopf herum. Ich wollte keinen Schönheitspreis, ich wollte gewinnen, jede Taktik, die siegversprechend war, war mir willkommen. Trotzdem beunruhigte es mich, wie Gumbroch mit seinem Gerede einen Keil zwischen mich und meine Clubkameraden trieb.

Kaum war ich zu Hause angekommen, rief mich Eva an. Nachdem sie sich über mein heutiges Match erkundigt hatte, fragte sie:

„Willst du nicht auf einen Sprung vorbeikommen?"

„Ich werde bald zu Bett gehen, morgen ist der alles entscheidende Tag."

Doch Eva blieb hartnäckig. „Was hast du zu Abend gegessen?"

„Noch nichts, ich werde mir eine Kleinigkeit zubereiten."

„So komm doch zu mir, ich mache dir ein Essen, dann kannst du gleich nach Hause fahren.“

Ich brauchte nicht viel Vorstellungskraft, was nach dem Essen passieren würde. Eva würde meine Standhaftigkeit auf eine harte Probe stellen.

„Das ist ganz lieb von dir, ich würde ja gerne kommen, das kannst du mir glauben, aber diesen Abend müssen wir noch opfern.“

Als ich den Kühlschrank öffnete und einen Blick auf meine Vorräte warf, wurde mir klar, welches Opfer ich dem Tennissport gebracht hatte. Lustlos bereitete ich mir einige belegte Brote. Nach der Abendtoilette ging ich zu Bett. Um meine Gedanken von der morgigen Auseinandersetzung abzulenken, griff ich nach dem Roman von Hemingway. Doch es nützte nichts, meine Gedanken waren beim Finale. Wer würde mein Gegner sein? Würde ich mich gut auf ihn einstellen können, um mein Spiel durchzuziehen?

Irgendwann schlief ich ein. Ich träumte, dass ich eine breite Treppe hinunterschritt. Die Stufen waren mit roten Teppichen belegt, die Wände mit roten Stofftapeten ausgekleidet. Alles war hell erleuchtet. Die Treppen nahmen kein Ende, nach jedem Stockwerk lag eine neue Treppe vor mir und ich setzte meinen Abstieg über die weit geschwungene, spiralförmige Treppe fort. Mein Abstieg wurde immer schneller, plötzlich begann sich alles wie in einem Karussell zu drehen. Schwindel ergriff mich, ich begann von einer Seite zur anderen zu taumeln. Ich wollte schreien, brachte aber keinen Ton über meine Lippen. Ein dämonisches Lachen ertönte, das mir durch Mark und Bein ging. Wieder wollte ich schreien, doch ich hörte nur das markdurchdringende Lachen. Schweißgebadet fuhr ich aus meinem Bett hoch, noch immer hörte ich ein grelles Geräusch. Nach und nach realisierte ich, dass der Wecker läutete.

10.

Ich war etwas beklommen, als ich in mein Auto stieg. Das Wetter hatte gedreht, es war kühl, ein frischer Wind blies aus dem Osten. Die Sonne ließ sich nicht blicken, es schaute nach Regen aus. Als ich im Club eintraf, waren bereits fast alle Teilnehmer anwesend und trainierten fleißig. Schnell zog ich mich um. Felix hatte auf mich gewartet, wir suchten einen freien Platz und übten das gesamte Schlagrepertoire, bis uns Wächter unterbrach. Er rief die Mannschaft zusammen, um uns taktische Anweisungen zu geben. Er hatte mittlerweile die Mannschaftslisten mit unserem Gegner ausgetauscht, die Paarungen standen fest. Wie es das Reglement vorsah, waren fünf Einzel und zwei Doppel zu spielen. Er kannte einige Spieler der gegnerischen Mannschaft und informierte uns über deren Stärken und Schwächen. Ich sollte gegen Christian Schellhorn antreten.

„Du hast kein Glück", sagte er zu mir. „Schellhorn hat schon viele Turniere gewonnen, er ist eigentlich die Nummer eins in seinem Club. Nur weil er dieses Jahr weniger gespielt hat, um sein Studium abzuschließen, ist er etwas zurückgefallen, aber das Tennisspielen hat er sicher nicht verlernt. Voriges Jahr hat Martin Gumbroch gegen ihn gespielt und glatt verloren. Er beherrscht die gesamte Bandbreite, Aufschlag-Volley oder Defensive von der Grundlinie. Meinem Gefühl nach solltest du dein Angriffsspiel auspacken, wenn es läuft, hast du Chancen. Mit einem Defensivspiel, so wie gestern gegen Wolfgang glaube ich nicht, dass du gegen ihn reüssieren kannst."

Da ich als Nummer fünf gesetzt war, musste ich warten. Zu meiner Verwunderung plagte mich keine übertriebene Nervosität. Ich verfolgte das Spiel von Felix, der knapp vor einem glatten Sieg stand. Auch Gumbroch war gut in Form und spielte einen Sieg nach Hause. Nur das dritte Einzel ging verloren. Die beiden restlichen Einzel konnten nun bald beginnen, für Eric und mich würde es ernst werden.

Unsere Gegner hatten sich bereits eingefunden. Einer war ein stämmiger, blauäugiger Kerl mit leicht gewellten, zurückgekämmten Haaren, er spielte gegen Eric. Der andere war groß und schlank wie eine Gerte. Das musste Schellhorn sein. In seinem schmalen Gesicht war der schön gezeichnete Mund auffällig, die dichten braunen Haare standen wirr in alle Richtungen. Die schmale, gerade Nase und die hohe Stirn wirkten kühn. Zu meinem Erstaunen rauchte er seelenruhig eine Zigarette, indem er den Rauch tief einzog und langsam durch die Nase ausströmen ließ. Er wirkte abwesend, man hatte den Eindruck, als ob er sich mit etwas anderem als dem bevorstehenden Match beschäftigte. Als ich mich mit ihm einschlug, stellte ich fest, dass er über einen tollen Schlag verfügte. Auch seine Aufschläge waren richtige Kracher.

Er hatte das Los gewonnen und entschied sich für Aufschlag. Mit seinen Kanonenaufschlägen konnte ich nicht viel anfangen, ich musste froh sein, die Bälle überhaupt zu erreichen, dementsprechend weich retournierte ich. Wenn er nicht gleich meinen Return am Netz vernichtete, setzte er mich mit einem weiteren aggressiven Angriffsschlag unter Druck, dem ich wiederum nur mit Mühe zurückbringen konnte. Als ich aufschlug, versuchte ich so druckvoll wie möglich zu spielen, doch auch mein Gegner war in der Lage, sein Spiel weiter zu forcieren. Nach einer halben Stunde hatte ich den ersten Satz glatt verloren.

Mir war nun klar, dass ich gegen diesen hervorragenden Tennisspieler nur eine Chance hatte, wenn ich mein ganzes Können mit dem größtmöglichen Risiko in die Waagschale werfen würde. Also nahm ich mein Herz in meine Hände und packte mein bestes Tennis aus. Aber nicht nur das, ich versuchte jedem Ball einen gehörigen Druck zu verleihen und extrem zu platzieren. Mit viel Glück, denn manche Bälle waren verdächtig nahe der Outlinie. Christian Schellhorn warf zwar zweifelnde Blicke auf den Landepunkt meiner Bälle, vermied es aber zu reklamieren. Ich kämpfte mit einer Verbissenheit, die mir bis zu diesem Tag fremd war. Es gelang mir, eine Führung herauszuarbeiten und schließlich den zweiten Satz für mich zu entscheiden. Das erste Mal wagte ich einen Blick auf die Zuschauer, fast alle hatten sich von Erics Spiel abgewandt und verfolgten meine Auseinandersetzung mit Schellhorn. Ich bemerkte Wächter, der mir, augenscheinlich zufrieden, dass ich aufgeholt hatte, zustimmend zunickte.

Nach dem Satzgleichstand mussten wir nun einen dritten, entscheidenden Satz spielen. Ich setzte mein druckvolles, risikoreiches Spiel fort. Schellhorn hatte sich aber auf mein aggressives Spiel gut eingestellt, denn es waren nicht so sehr Fehler, die mein Spiel beeinträchtigten, als vielmehr das Vermögen meines Gegners, die Richtung meiner Bälle frühzeitig zu erkennen. Es schien, als ob er wüsste, wo meine Bälle hinfliegen würden. Faktum war, dass er trotz der Schnelligkeit meiner Bälle sich rechtzeitig in Schlagposition bringen konnte und mit wuchtigen Schlägen konterte. Noch konnte ich das Spiel offenhalten, als aber Schellhorn einen Zahn zulegte und ein paar Asse schlug, wurde es eng für mich. Ich gab jedoch nicht auf, ich spielte einige Traumbälle, aber auch mein Gegner holte das Letzte aus sich heraus. Wir spielten auf alles oder nichts, die Zuschauer waren von unserem Schlagabtausch begeistert und akklamierten heftig. Das Entscheidende war letztlich, dass sein Tennis effektiver war und er die entscheidenden Punkte machte. Als er bei 6:5 auf den Satz- und Matchgewinn aufschlug, wehrte ich vier Matchbälle ab, bevor er mit einem unerreichbaren Smash meinen Lob pulverisierte. Obwohl ich mein bestes Tennis gespielt hatte, war es gegen diesen genialen Gegner nicht genug gewesen. Als ich ihm zum Sieg gratulierte, gab er mir einen tröstenden Klaps auf die Schulter. Wir hatten unseren Vorsprung verloren, vielmehr noch, wir waren mit 3:2 in Rückstand geraten, da auch Eric sein Spiel verloren hatte. Deprimiert blickte ich in die Gesichter meiner Kameraden, die besorgt dreinblickten.

„Ich glaube, das war's", sagte ein entmutigter Wächter, „wir müssen nun beide Doppel gewinnen um Meister zu werden, das wird schwer!"

Ich fühlte mich schuldig. „Es tut mir leid, dieser Schellhorn war zu stark für mich!"

„Du hast sehr gut gespielt", sagte er, „es ist schade, dass es gegen Schellhorn nicht gereicht hat. Er spielt auf einem hohen Level, er ist eigentlich die wahre Nummer eins in seinem Club. Gegen ihn hätte wahrscheinlich auch Martin verloren. Aber eine kleine Chance haben wir noch!"

Wenn wir die Meisterschaft verfehlten, wäre ich der Sündenbock, denn Martin Gumbroch würde mir die Schuld in die Schuhe zu schieben. Wenn wir jedoch die beiden noch ausstehenden Doppel gewännen, dann wären wir Meister. Meine Niederlage würde bedeutungslos sein, ich würde zwar nicht zu den siegreichen Helden zählen, aber es zählte der Gewinn der Meisterschaft, es ging in diesem Fall um den Club und nicht um Einzelpersonen. Nun hing alles an Felix, der mit Bernhard Senger ein Doppel bildete und an Gumbroch, dessen Partner Michael Wandl war. Michael war ein stiller Typ mit tiefliegenden, dunklen Augen. Seine Schwäche war – wenn man es als eine solche bezeichnen konnte – dass er sich langsam bewegte. Dafür hatte er gute Reflexe, am Netz war er fast unüberwindbar, also ein idealer Doppelspieler.

Ich rochierte zwischen den beiden Plätzen hin und her, um den Verlauf zu verfolgen. Felix und Bernhard Senger dürften mit ihren

Partnern wenige Probleme haben, der erste Satz konnte sehr schnell gewonnen werden. Hingegen taten sich Gumbroch und Michael Wandl mit ihren Gegnern viel schwerer. Diese waren offensichtlich gut eingespielt und harmonierten hervorragend. Martin Gumbroch und Michael Wandl jedoch stimmten überhaupt nicht gut überein, oft liefen beide demselben Ball nach und öffneten den Platz für Passierschläge. Der erste Satz ging daher an den Gegner. Wächter redete auf die beiden vehement ein, er forderte volles Risiko, ohne Rücksicht auf Verluste. Tatsächlich steigerten sich die beiden, sie konnten den zweiten Satz gewinnen. Mittlerweile waren Felix und Bernhard Senger als Sieger vom Platz gegangen, es stand nun 3:3. Wir standen alle unter Hochspannung, alles hing vom Ausgang des dritten Satzes des letzten Spieles ab. Gumbroch und Michael begannen defensiv, ihre Gegner forcierten jedoch und waren überlegen, vor allem, weil Martin Gumbroch eine Schwächephase hatte, es unterliefen ihm viele unnötige Fehler. Als die Seiten gewechselt wurden, legten die beiden einen Zahn zu, auch Gumbroch wurde sicherer, er machte ein paar schöne Punkte. Die beiden konnten in der Folge dem Gegner den Aufschlag abnehmen und hatten es in der Hand, auf den Matchgewinn aufzuschlagen. Gumbroch zeigte Nerven, er schlug schlecht auf, seine Services waren zwar extrem angeschnitten, aber nicht besonders druckvoll.

Der Gegner hatte mit den Returns keine Probleme und ging sofort zum Gegenangriff über. Durch einen Doppelfehler von Gumbroch wurde dieses wichtige Game verspielt, der Vorsprung war geschmolzen. Doch Michael Wandl machte alles wieder gut, er behielt die Nerven und spielte fantastische Bälle. Er servierte scharf und platziert, Gumbroch hatte keine Mühe, die Bälle am Netz zu erwarten und unerreichbar für den Gegner zu setzen. Die beiden erkämpften sich einen Matchball. Michael Wandl nahm sich Zeit für seinen Aufschlag und servierte ein As, das war der Sieg. Ich hatte das Gefühl, als ob ich eine schwere Last abstellen konnte. Der Jubel kannte in diesem Augenblick keine Grenzen, wir umarmten uns, klopften uns auf die Schultern, ein Beifallssturm unserer Anhänger brach über uns herein. Wächter war überglücklich, er wollte etwas sagen, doch es vergingen einige Augenblicke, bis er sich gefasst hatte und seine Emotionen unter Kontrolle hatte.

„Heute steigt eine Siegesfeier, die der Club noch nicht gesehen hat. Wir haben das *Magic Moon* in der Innenstadt exklusiv für uns reserviert. Um acht Uhr gibt es ein Gala-Dinner und dann wird der Champagner in Strömen fließen, das verspreche ich euch."

Die Stimmung im Club war ausgelassen, wir tranken schon vor der offiziellen Siegesfeier den einen oder anderen Schluck. Als ich dann endlich nach Hause fuhr, um mich für die Feier umzuziehen, war ich schon in bester Laune. Da ich im Club bereits geduscht hatte, konnte ich mit Muße meine Abendgarderobe zusammenstellen. Ich holte meinen Smoking hervor, es mussten Jahre her sein, als ich ihn bei einer Ballveranstaltung das letzte Mal getragen hatte. Dann zog ich meine schwarzen Lackschuhe an. Ein Blick in den Spiegel stellte mich zufrieden, der Smoking passte noch.

Ich stieg in den Golf und brauste zu Eva. Sie empfing mich in einem Figur betonenden Cocktailkleid. Es war hinten hoch geschlitzt bis weit über die Waden hinauf, zwei dünne Spaghettiträger sorgten dafür, dass der tiefliegende Ausschnitt nicht noch tiefer rutschen konnte. Am Rücken wurde das Kleid durch eine raffinierte Verschnürung zusammengehalten, die sich knapp oberhalb ihres Gesäßes schloss. Über ihrer Schulter lag ein duftiger Schal aus Chiffon. Das einzig Dezente an diesem Kleid war die Farbe, nämlich Flieder.

11.

Das *Magic Moon* war eine exklusive Bar in der City. Vor dem Eingang stand ein großer, breitschultriger Kerl. Auffallend waren an ihm die hervorspringenden grauen Augen und die scharfe, stark gebogene Nase. Er versuchte zwar, den herbeiströmenden Gästen zuzulächeln, doch sein starrer Blick wirkte nicht gerade einladend. Ein paar Stufen führten in das geräumige Lokal hinab. Die Innenwände waren rot tapeziert, Wandlampen sorgten für eine dezente Beleuchtung. Das Präsidium des Clubs begrüßte die eintreffenden Gäste. Für die Spieler und deren Begleitung war ein großer Tisch reserviert. Ältere weibliche Gäste warfen giftige Blicke auf Eva, offensichtlich fand ihre gewagte Garderobe nicht überall Anklang, den Männern schien es jedoch zu gefallen. Martin Gumbroch, der ohne Begleitung war, gaffte Eva an, als ob sie von einem anderen Stern käme. Wir standen in kleinen Gruppen herum und plauderten, während ein Ober Kir Royal offerierte, eine Mischung aus Champagner und schwarzem Johannisbeerensaft. Der Präsident des Clubs, ein älterer Mann mit schlohweißem Haar, hielt eine launige Ansprache, danach ergriff Wächter das Wort. Er war nicht der geborene Redner, seine Ansprache war aber emotionsgeladen. Er hob besonders die Leistungen von Felix und Gumbroch hervor, er bezeichnete sie als Väter des Sieges, denn sie hatten nicht nur ihre Einzel gewonnen, sondern waren auch in den Doppelspielen mit ihren Partnern erfolgreich gewesen. Felix lächelte bescheiden, während Gumbroch reihum blickte, um die Bewunderung der Anwesenden entgegenzunehmen. Beim anschließenden Galadinner hatte man an nichts gespart, als Vorspeise gab es Gänseleber, dazu wurde ein samtiger, nach Honig und Früchten schmeckender Weißwein serviert. Es folgte ein Chateaubriand, dann die verschiedensten Käsesorten und als Dessert Profiteroles.

Während des Dinners hatte eine großgewachsene, blonde Frau am Klavier Platz genommen und begann zu spielen. Sie hatte ein auffallendes, schwarzes Abendkleid, das vorne in Höhe ihrer braungebrannten Beine geöffnet war, ihre Füße steckten in Schuhen mit hohen Absätzen, die von dünnen Streifen zusammengehalten wurden. Das trägerlose Kleid betonte ihren Busen. Ihre blauen Augen standen etwas außen, die Brauen verliefen in leichten Schwüngen noch oben. Ihr schulterlanges Haar war gescheitelt und auseinandergekämmt, die obere Lippe war aufgeworfen, sodass man den Ansatz zweier weißer Schneidezähne sehen konnte. Die Nase war schmal und stand ein bisschen frech nach vorne. Ich war gebannt von ihrer Erscheinung, dass ich gar nicht wahrnahm, wie die Gesellschaft in Bewegung geriet. Man stand auf und ging umher um sich mit Bekannten zu unterhalten. Felix, dem die einseitige Unterhaltung mit Gumbroch über das Thema Tennis merkbar langweilte, hatte sich mit seiner Frau entfernt und plauderte mit Eric.

Die Blonde begleitete nun ihr gefühlvolles Klavierspiel mit Gesang. *Summertime, when the livin´ is easy …* Ihre Stimme war dunkel, kräftig, die tiefen Töne klangen kehlig, kratzig, rauchig, sinnlich, die höheren Töne jedoch zart, rein. Gumbroch war an Eva heran gerückt, ihr Gespräch drehte sich um Autos. Ich verließ die beiden, nahm mein Glas und postierte mich in der Nähe des Klaviers, dort wo Felix mit seiner Frau Andrea und Eric standen. Ich beteiligte mich zwar an der Unterhaltung, meine Blicke wanderten jedoch immer wieder zu der Blonden. Sie hatte die Augen halb geschlossen, man hatte den Eindruck, als ob sie in Trance singen würde. Ab und an hob sie den Kopf, um einen Blick in die Runde zu werfen. Schon einmal hatten sich unsere Blicke gekreuzt, beim zweiten Mal ließ sie ihn forschend auf mir ruhen. Im Hintergrund des Lokals sah ich Wächter, der mir freundlich zuwinkte. Als ich beim Klavier vorbeiging, unterbrach die Sängerin mit einem Zwischenspiel den soeben begonnenen Song und blickte mich an. Verwirrt bahnte ich mir einen Weg zu Wächter, der schon etwas beschwipst war. Er umarmte mich.

„Stellt euch vor, Andreas hat heute Traumbälle gespielt, er hätte fast Schellhorn geschlagen. Es war das beste Spiel des Tages!" Er stellte mich dem Besitzer der Bar vor, einem eleganten, grauhaarigen Mann. Albert Ingmann, so hieß der Mann, hatte ein markantes Gesicht, eine scharfe Adlernase, schmale Lippen und stahlgraue Augen. Sein Körper wirkte drahtig, trotz der grauen Haare dürfte er die vierzig noch nicht überschritten haben.

„Machen Sie auch etwas anderes oder spielen Sie nur Tennis?" Ich fand die Frage provokant und war drauf und dran, eine patzige Antwort zu geben.

„Ich bin reiner Amateur, ich arbeite in einer Spedition", sagte ich, ohne eine leichte Verärgerung in meiner Stimme unterdrücken zu können.

„Spedition, wie interessant. Vielleicht kommen wir einmal ins Geschäft!"

Ich ging auf diese Anspielung nicht ein, ich konnte mir nicht vorstellen, wie eine Spedition für einen Barbetrieb nützlich sein könnte. Wir wechselten noch einige belanglose Worte, bis ich mich nach einer Weile von ihm entfernte.

Gonna make a sentimental journey … sang die Blonde. Mein Herz klopfte, als ich mich ihr näherte. Plötzlich änderte sie die Melodie, sie sang gedehnt *When I fall in love* ... Sie hob den Kopf und sandte den Hauch eines schüchternen Lächelns in meine Richtung. Manche der Umstehenden guckten neugierig, auch Eva.

„Wie gefällt dir die Sängerin, Andreas?", fragte sie mit leichtem Spott in der Stimme.

„Sehr gut", sage ich, „absolute Spitzenklasse."

„Finde ich nicht", meinte Eva, „sie singt diese uralten Songs so schleppend langsam und diese krächzende Stimme, zum Einschlafen!"

Gumbroch mischte sich ein. „Sie hört ohnehin bald auf, ab elf Uhr gibt es Tanzmusik."

In den nächsten Minuten überließ ich Eva und Gumbroch die Konversation, die sich nach wie vor um Autos und Tennis drehte. Nach einer Viertelstunde erschien Ingmann, nahm das Mikrofon aus der Halterung, dankte Christina, der Sängerin, für ihre Darbietung und lud die Gäste ein, das Tanzbein zu schwingen. Christina schritt unter heftigem Applaus zur Bar und nahm graziös auf einem Hocker Platz. Nach einer kurzen Pause erklang Tanzmusik aus einer Stereo-Anlage. Ich tanzte mit Eva, aber so richtig genoss ich das Tanzen nicht mit ihr. Sie war nicht leicht zu führen, vor allem bei offenen Tänzen, wie zum Beispiel beim Rock, harmonierten wir nicht gut. Ich dachte wehmütig an die Zeit, als ich mit Julia tolle Nummern aufs Parkett legte. Nach ein paar Nummern brachte ich Eva zum Tisch. Gumbroch war sichtlich froh, dass wir ihm wieder Gesellschaft leisteten. Wir bemühten uns, ein Gespräch in Gang zu bringen, aber die Unterhaltung kam nicht so richtig in Fluss. Gumbroch stand auf und bat Eva um einen Tanz. Sie erhob sich, ein zufriedenes Lächeln spiegelte sich auf ihrem Gesicht.

Mittlerweile war es mir klar geworden, dass sich zwischen den beiden etwas entwickelte. Ich riskierte einen Blick zur Bar, Christina betrachtete die Tanzenden, genussvoll an einer Zigarette ziehend. Auf einmal tauchte Eric an ihrer Seite auf. Ihrem amüsierten Gesichtsausdruck war zu entnehmen, dass sie seinen Versuch, mit ihr zu flirten, nicht ernst nahm. Offenbar enttäuscht von der Erfolglosigkeit seines Bemühens, zog er sich wieder zurück. Ich gab mir einen Ruck und schlenderte zur Bar. Christina hob leicht die Augenbrauen, als sie mich wahrnahm. Ich bestellte ein Glas Sekt beim Barkeeper, der mit seinem dunklen Oberlippenbart und den herabgezogenen Mundwinkeln für einen Mann dieses Berufsstandes atypisch mürrisch dreinblickte. Christina fischte sich aus einer Packung eine Zigarette und griff nach den daneben liegenden Zündhölzern.

„Darf ich?"

Zögernd reichte sie mir Zündhölzer, meine Hand zitterte, als ich ihr Feuer gab. Sie nahm die Zigarettenpackung und hielt sie mir hin, zögernd zog ich eine Zigarette her-aus.

„Danke." Ungeschickt zündete ich mir die Zigarette an und dachte krampfhaft nach, wie ich ein Gespräch beginnen sollte.

Doch Christina kam mir zuvor. „Sie sind Nichtraucher, stimmt's?"

„Ja, aber es war nicht immer so." Ich blickte sie an, am Klavier war sie mir jünger erschienen. „Ihr Gesang hat mich fasziniert, ich muss Ihnen das unbedingt sagen, Sie sind große Klasse!"

Ein müdes Lächeln spielte auf ihren Lippen, wahrscheinlich hörte sie oft solche Komplimente.

„Wieso bin ich große Klasse? Ich spiele Swing, das ist doch heutzutage nicht mehr en vogue!"

„Ich mag Jazz und Swing, außerdem haben mich Ihre Lieder tief drinnen angesprochen", sagte ich voller Enthusiasmus und blickte ihr in die Augen.

„Das haben Sie schön gesagt."

„Treten Sie immer im *Magic Moon* auf?"

„Ich singe von Donnerstag bis Sonntag", ihr Blick prüfte mich, „was machen Sie, wenn ich fragen darf?"

„Ich bin Speditionskaufmann und wickle LKW-Frachten zwischen Österreich und Frankreich ab."

„Und in Ihrer Freizeit spielen Sie Tennis?"

„So ist es."

„Spielen Sie in der Mannschaft?"

„Ja, ich habe heute mein bestes Tennis ausgepackt, leider trotzdem verloren. Aber meine Kameraden haben letztlich das Eisen aus dem Feuer gerissen, wir haben knapp die Meisterschaft gewonnen!"

„Pech im Spiel ….". Sie machte eine leichte Drehung auf ihrem Barhocker, ihre schönen Beine lugten unter dem geschlitzten Kleid hervor, der Hauch eines raffinierten Parfums umströmte mich. „Wie heißen Sie eigentlich?", fragte sie, ihre Stimme war leise, gedämpft.

„Andreas, Andreas Bachmann." Plötzlich wollte ich nur eines: diese Frau berühren, ihr ganz nahe sein.

„Würden Sie mit mir tanzen, Christina?"

Wortlos glitt sie von ihrem Hocker. Ich merkte flüchtig, wie uns viele Blicke folgten. Etta James sang *At last my love has come along* … Wir hielten uns korrekt, nicht zu dicht, nicht zu fern, doch die blonden Locken Christinas berührten mich leicht. Meine rechte Hand lag auf ihrem Rücken, ich konnte die Biegung ihrer Hüften spüren, wenn sie sich im Takt wiegte. Ich überließ mich meinen Gefühlen, zog sie sanft an mich, sog den Duft ein, der von ihr ausging, spürte die Wärme, die ihr Gesicht ausstrahlte. Als die letzten Takte verklungen waren, blieben wir auf der Tanzfläche stehen.

„Einen Tanz noch, bitte", sagte ich mit holpriger Stimme.

„Ich glaube, Sie werden erwartet, Andreas. Die Dame dort schaut ganz böse!" Sie neigte den Kopf kaum merklich in die Richtung von Eva.

„Böse? Sie flirtet ununterbrochen mit einem anderen!"

„Ich verstehe, Sie wollen sich nun revanchieren?"

„Es ist mir egal, was sie tut!"

Als die letzten Takte des Dean-Martin-Songs verklangen, bat ich Christina um ein Wiedersehen.

„Sie wissen, wo ich zu finden bin", sagte sie, löste sich und verlor sich zwischen den Gästen.

Als ich zum Tisch zurückkehrte, lächelte mich Gumbroch vielsagend an, Eva hatte eine trotzige Miene aufgesetzt. Um die peinliche Schweigsamkeit zu unterbrechen, begann ich ein Gespräch über Tennis. Eva schien gelangweilt.

„Ich bin müde, fahren wir nach Hause."

Auf der Heimfahrt sprachen wir eine ganze Weile kein Wort. Eva brach das Schweigen.

„Diese Sängerin scheint dich sehr interessiert zu haben!"

„Martin scheint dir auch nicht egal zu sein!", bemerkte ich lapidar.

„Er hat sich wenigstens um mich gekümmert, was ich von dir nicht sagen kann."

„Er kümmert sich schon ein Weilchen um dich, wobei kümmern eine Untertreibung ist."

„Ich bin sehr müde, sei mir bitte nicht böse", sagte Eva, als ich das Auto vor ihrem Haus anhielt, „außerdem muss ich nachdenken."

Ich schlief schlecht, immer wieder dachte ich an Christina. Es graute schon, als ich endlich einschlief. Als ich aufwachte, war es Mittag. Den Nachmittag alleine zu Hause zu verbringen, reizte mich überhaupt nicht, ich fuhr in den Club. Ich genehmigte mir im Restaurant ein Mittagessen. Dann zog ich mich auf die Wiese unter einen schattigen Kastanienbaum zurück, öffnete einen Liegestuhl und blätterte in einer Illustrierten. Es dauerte nicht lange, bis ich einschlief. Plötzlich schüttelte mich jemand an der Schulter. Ich erwachte, Eric stand vor mir.

„Ich warte seit einer Ewigkeit bis du munter wirst, ich möchte mit dir ein Sätzchen Tennis spielen."

Ein Blick auf meine Armbanduhr sagte mir, dass ich eine Stunde geschlafen hatte.

„Okay", sagte ich mit verschlafener Stimme, „gib mir fünf Minuten, ich trinke schnell einen Espresso damit ich munter werde." In der Garderobe wusch ich mir das Gesicht mit kaltem Wasser, dann ging ich ins Restaurant und trank einen Kaffee.

Wir spielten nicht gut, wir waren nach den Meisterschaftsspielen ausgelaugt und nicht so richtig hungrig auf Tennis. Außerdem war meine Konzentration im Keller, weil ich an Christina dachte. Unsere Begeisterung, einen weiteren Satz zu spielen, hielt sich in Grenzen

„Ich glaube, es reicht für heute", sagte ich.

„Was hast du heute Abend vor?", wollte Eric wissen.

„Ich werde heute ins *Magic Moon* fahren!"

„Aha, die Blonde hat dir's angetan!"

„Dir nicht?"

„Traumhaft, wie sie aussieht, traumhaft, wie sie singt, ich habe auch die Absicht hinzufahren!"

„Dann sehen wir uns heute Abend im *Magic Moon*!"

Vielleicht hatte mich Christina schon vergessen. Eine Frau wie sie hatte viele Verehrer. Und doch, die musikalischen Andeutungen, die zarten Berührungen gestern Abend…

Eric war schon vor mir im *Magic Moon* und hatte einen Tisch in der Nähe des Klaviers okkupiert. Das Lokal war noch spärlich besetzt, aber nach und nach füllte es sich. Christina erschien in Begleitung von Albert Ingmann. Breitbeinig stand er da, setzte ein Filmstarlächeln auf und nahm das Mikrofon.

„Für alle Liebhaber des Jazz und Swing darf ich eine außerordentliche, vielversprechende junge Künstlerin vorstellen. Christina Weber!" Er machte eine kurze Pause, Christina verneigte sich leicht, die Gäste applaudierten. „Christina war bereits bei Festivals in Frankreich und in den USA sehr erfolgreich. Ich bin stolz darauf, dass es mir gelungen ist, sie für diesen Sommer für den *Magic Moon* zu verpflichten." Unter lautem Beifall nahm Christina am Klavier Platz, griff gefühlvoll in die Tasten und sang *Over the rainbow* mit langgehaltenen Tönen. In dem raffinierten roten Kleid sah sie aufregend aus, der Ausschnitt war tief und durch Raffungen des Stoffes stark betont, die Träger waren mit Pailletten besetzt, am Rücken wurde das Kleid durch ein Geflecht zusammengehalten.

Christina mochte ungefähr eine halbe Stunde vorgetragen haben, als sie sich erhob. Sie ging an unserem Tisch vorbei, ohne uns zu bemerken und ließ sich an der Bar nieder.

Eric blickte mich fragend an.

„Sie wird dich nicht ansprechen, du musst schon selber die Initiative ergreifen", meinte ich.

„Du hast dich doch gestern mit ihr so gut unterhalten", erwiderte Eric.

„Und was soll ich jetzt deiner Meinung nach tun?"

„Laden wir sie auf einen Drink ein!"

Ich war enttäuscht, dass Christina mich nicht einmal mit einem Blick gestreift hatte.

„Na gut", sagte ich, „warten wir, bis Ingmann abschwirrt."

Ingmann stand aufgeblasen neben Christina, seine Worte mit ausschweifenden Handbewegungen begleitend. Er blieb bei ihr, bis sie am Klavier Platz nahm. Ich genoss, wie sie die Töne dehnte, ihre Stimme vibrieren ließ, einmal dunkel, rauchig klingend, dann wieder weich und hoch angesetzt. Ihr Stimmumfang war beachtlich. Manchmal wirkte sie verträumt, dann wieder bewegt, mit starkem Swing in der Stimme. Nach einer halben Stunde nahm sie wieder an der Bar Platz.

Ich schritt auf sie zu, Eric im Schlepptau.

„Guten Abend, Christina, Ihr Vortrag ist wieder fantastisch", sagte ich, „darf ich Ihnen Eric vorstellen?"

„Guten Abend", sagte Christina freundlich, „ich kenne Ihren Freund bereits."

„Ich kann nur bekräftigen was Andreas sagt, sie sind großartig."

Christina lächelte. „Sie übertreiben, so gut bin ich wirklich nicht."

„Doch, wir erzählen Ihnen keine Geschichten …"

„Dürfen wir Sie auf ein Getränk einladen?", preschte Eric vor. „Was trinken Sie?"

„Sehr nett von Ihnen, aber hier kann ich konsumieren, was ich will, es geht auf Rechnung des Hauses", sagte Christina, „aber die gute Absicht zählt für die gute Tat, ich werde noch ein Glas Sekt mit Ihnen trinken."

Christina holte ein Päckchen Zigaretten aus ihrer Handtasche, Eric beeilte sich, ihr Feuer zu geben. Sie hielt uns das Päckchen hin und wir, beide Nichtraucher, rauchten brav eine Zigarette.

„Ich muss jetzt weitermachen", sagte Christina, „was möchten Sie gerne hören?"

„Könnten Sie *Dream a little dream of me* singen?", bat Eric.

„Natürlich", versicherte sie. „Und Sie, Andreas, was darf ich für Sie singen?"

„Singen Sie bitte *What a difference a day makes*."

Sie lächelte vielsagend, dämpfte ihre Zigarette aus, ging zum Klavier und blätterte in ihrem Notenheft. Dann legte sie ihre Hände auf die Tasten, schien einen Augenblick nachzudenken und stimmte dann *What a difference a day makes* an. Sie spielte in ihrer verträumten Art. Als sie mit *What a difference a day makes, and the difference is you* endete, ließ sie den Blick auf mir ruhen. Mein Herzschlag erhöhte sich spürbar.

Als der Applaus verklungen war, sang sie für Eric. Auch er wurde von Zeit zu Zeit mit einem Lächeln bedacht.

„Komm, setzen wir uns", sagte ich zu Eric. Er trank viel, sei es um eine Anspannung zu lösen oder sich Courage anzutrinken. „Trink nicht so viel, du musst noch Autofahren!"

Er machte eine Handbewegung die Gleichgültigkeit ausdrückte. „Bleib hier, bis sie wieder kommt", sagte er. Also blieben wir an der Bar hängen.

Als Christina aufhörte zu spielen, gesellte sie sich zu uns.

„Hat es Ihnen gefallen, Andreas?"

„Er hat Sie mit den Augen verschlungen", sagte Eric, „aber ich bin auch hingerissen!"

„Sie sind meine größten Bewunderer, ich beginne schön langsam mir etwas einzubilden."

„Alles andere wäre falsche Bescheidenheit", sagte ich.

„Ihr Talent steht außer Frage, Sie werden ein großer Star", sinnierte Eric.

„Ihr Wort in Gottes Ohr", seufzte Christina, „aber mit Jazz und Swing zu reüssieren ist nicht leicht. Doch ich habe mir schon lange abgeschminkt, mit meiner Musik reich zu werden, ich singe, weil es für mich ein Vergnügen ist." Sie pausierte einige Augenblicke. „Am Samstag wird hier ein kleines Ensemble spielen, Klavier, Bass, Gitarre und Schlagzeug. Wir werden gemeinsam musizieren, Sie müssen unbedingt kommen!"

„Ich reise nach Paris, aber wenn ich zurück bin, möchte ich Sie wieder singen hören", sagte ich.

„Sie fahren nach Paris?", sie hob erstaunt ihre Augenbrauen.

„Ich muss mit einem Spediteur verhandeln", sagte ich beiläufig.

Eric schaltete sich ein. „Während Andreas in der Weltgeschichte herumfliegt, sollten wir Essen gehen, zum Beispiel morgen! Sagen Sie mir, wo ich Sie abholen kann?"

Eric hatte einiges in die Waagschale zu werfen, er hatte einen schicken Porsche und konnte mit seiner begüterten Familie punkten.

„Sie haben aber ein Tempo, doch es geht leider nicht, ich habe schon etwas vor."

„Wie wär's mit Dienstag oder Mittwoch, Sie singen doch an diesen Tagen nicht!"

„Leider, es geht nicht, wirklich nicht", sagte Christina, ohne ihre Verhinderungen zu begründen.

Eric ließ nicht locker. „Das ist schade, ich würde Sie mit meinem Porsche abholen. Ich kenne ein tolles Restaurant ..."

„Das klingt sehr verlockend, vielen Dank, Eric, aber wie gesagt, ich habe schon etwas vor."

Ich versuchte in Christinas Augen zu lesen, ob sie mir auch einen Korb geben würde.

Christina warf einen Blick Richtung Ingmann, der uns interessiert beobachtete. Dann kam er auf uns zu.

„Guten Abend, die Herren, freut mich, dass Sie unser Lokal wieder beehren. Ich muss Ihnen leider Christina entführen", sagte er gekünstelt. Er wandte sich an Christina. „Bitte komm, ich möchte dir jemand vorstellen, der dir Auftritte in Deutschland verschaffen kann."

Christina lächelte uns zu, stand auf und folgte Ingmann, der besitzergreifend seine Hand um ihre Hüfte geschlungen hatte.

Wir blickten uns vielsagend an. „Sie scheint sehr begehrt zu sein", sagte ich sachlich, „ich werde den heutigen Abend beenden, ich muss morgen früh aufstehen!"

„Ich nicht." Eric hatte Ferien, er konnte schlafen, solange er wollte. „Ich bleibe noch, so long, mein Freund", sagte er salopp und reichte mir die Hand.

12.

Dienstag stieg ich in die Vormittagsmaschine nach Paris. Als ich am Flughafen Charles de Gaulle landete, war es heiß und schwül. Ich hatte Durst und es plagten mich Kopfschmerzen. Ein Shuttlebus brachte mich bis zur Pariser Oper. Mein Hemd klebte mir am Leib, als ich ausstieg. Ich ging ins nächste Bistro, um etwas zu trinken und um ein Kopfwehpulver einzunehmen. Das Bistro war gut besucht, Männer standen an einer breiten, blankgeputzten Theke, rauchten und unterhielten sich. Die animierte Atmosphäre, das Stimmengewirr und der Zigarettenrauch verstärkten meinen Kopfschmerz. Ich bestellte Perrier-Mineralwasser und kramte verstohlen aus meinem Koffer ein Aspirin hervor. Rechts von mir standen zwei Männer, die einem dunkelgelben Getränk Eiswasser hinzufügten, bis es sich in eine milchig weiße Flüssigkeit verwandelte. Plötzlich wandte sich einer der beiden um.

„Allemand?" Offensichtlich hatte er meinen Akzent bemerkt, als ich das Mineralwasser orderte.

„Non, Autrichien!" Sofort hatte er einige Klischees parat, er sprach über Musik, erwähnte die Schönheit des Landes und schwärmte von Wien. Er war schlank, dunkelhaarig, mit schmalem Gesicht und lebhaften Augen. Ich erzählte, dass ich geschäftlich in Paris zu tun hätte.

„Was trinken Sie da?", wollte ich wissen.

„Das ist Ricard", erklärte er. Ich machte ein verständnisloses Gesicht. „Pastis, Anis, löscht ausgezeichnet den Durst! Probieren Sie mal!"

Er goss mir drei Finger breit in ein Glas und stellte mir die Karaffe mit dem Eiswasser hin. Ich goss etwas Wasser hinein, der Inhalt bekam sofort eine milchige Farbe.

„Mehr", sagte der andere Franzose, ein rundlicher, gemütlich aussehender Typ, der eine dicke, filterlose Zigarette rauchte, die mit einem gelblichen Papier ummantelt war.

Ich füllte noch etwas Eiswasser nach, hob mein Glas und prostete den beiden zu. „A votre santé!"

Sie erwiderten den Trinkspruch und beobachteten meine Reaktion. Der Ricard schmeckte nach Anis, hatte aber eine gewisse Schärfe, die offensichtlich vom hohen Alkoholgehalt ausging.

„Sehr gut", sagte ich, „aber sehr stark!"

„Überhaupt nicht", sagte der Schwarzhaarige und trank sein Glas auf einen Zug aus.

Ich bedankte mich bei den beiden sympathischen Franzosen, rief den Kellner und deutete auf die beiden Getränke.

„Non, non", sagte der sympathische Franzose, „den Ricard zahlen wir!"

Unweit vom Bistro entdeckte ich eine Metrostation. Ich stieg die Stufen hinab und studierte den dort angeschlagenen Streckenplan. Mein Hotel lag im Westen von Paris, unweit des Triumphbogens. Ich erstand ein Carnet für zehn Einzelfahrten und suchte in dem unterirdischen Labyrinth die Linie nach Concorde. Dort stieg ich um und verließ die Metro an der Avenue de la Grande Armée. Ich suchte nach dem Hotel, in dem man mir ein Zimmer reserviert hatte. Weit musste ich nicht gehen, das charmante Hotel befand sich in einer schmalen Gasse mit vielen Geschäften. In einem klapprigen Lift fuhr ich in den fünften Stock. Mein Zimmer war klein, aber geschmackvoll mit alten Möbeln eingerichtet, die Messingarmaturen im Badezimmer stammten ebenfalls aus einer vergangenen Epoche. Von meinem Fenster konnte ich auf einen Platz sehen, von dem sternförmig drei Straßen ausgingen. Ich beschloss zu duschen, die Kleider zu wechseln und wollte die Zeit, die mir bis zum Abendessen blieb, für einen Besuch des Louvre nutzen.

Ich entschloss mich, selektiv vorzugehen, beschränkte mich auf Skulpturen, Kunstgegenstände und Schmuck der römischen Antike. Ich schritt von Saal zu Saal in diesem nie enden wollenden Museum, sah zahllose Büsten römischer Imperatoren und Würdenträger. Die letzten Minuten wollte ich für Mona Lisa reservieren. Ich irrte in Sälen und Gängen umher, endlich fand ich ein Hinweisschild mit der Aufschrift ‚La Gioconda'. Die Gioconda war an der Schmalseite eines Saales angebracht, umringt von einer Menschenmenge, die versuchte, wie schon Abermillionen zuvor, den Grund des Lächelns der ‚Heiteren' zu enträtseln. Auch ich studierte die Züge dieses leicht amüsierten, rätselhaften, aber Güte ausstrahlenden Gesichts, von dem eine einzigartige Ausstrahlung ausging.

Als ich den Louvre verließ, hatte ich den Eindruck, dass es nun noch heißer geworden war. Die leichten Luftbewegungen, die am Tage für etwas Erleichterung gesorgt hatten, waren verebbt. Der Beton dieser riesigen Stadt war wie ein Backofen aufgeladen und gab nun seine Hitze ab. Auf den breiten Gehsteigen der ausgedehnten Boulevards herrschte reges Treiben. Ich bewunderte modisch gekleidete Französinnen, die nicht nur schick, sondern meist auch dezent geschminkt waren. Auch die weniger Hübschen verstanden es, sich mit Raffinesse interessant zu machen. Vor mir schritt eine Blondine mit wiegendem Gang, ihre langen Haare waren seitlich mit einem wunderschönen Kamm zusammengesteckt. In einer kleinen Boutique, in der Accessoires, Modeschmuck, Tücher und vieles andere mehr angeboten wurde, war auch ein wunderschöner Einsteckkamm, hochwertig verarbeitet, dabei. Die aparte Verkäuferin erklärte mir, dass er aus Naturharz gefertigt war. Der Preis, den sie mir charmant lächelnd nannte, verzehrte einen Gutteil meiner Barschaft in französischen Francs. Doch ich erstand dieses Prachtstück als Geschenk für Christina.

Um sieben Uhr war ich mit Maurice Lemaire, dem Spediteur, verabredet. Ich wartete in der Lobby, trank Mineralwasser und betrachtete durch das große Fenster das Treiben draußen, als ein schwarzer, eleganter Peugeot im gegenüberliegenden Halteverbot hielt. Ein gut gekleideter Mann stieg aus. Lemaire, dachte ich und ging ihm entgegen.

„Mister Bakmann?", fragte er. Wie die meisten Franzosen hatte er Probleme, Reibelaute wie CH auszusprechen.

Ich nickte. Lemaire hatte schwarze, zurückgekämmte Haare, die schon etwas schütter waren. Er mochte vielleicht Ende vierzig sein und hatte schon ein kleines Bäuchlein angesetzt. Die unzähligen feinen Falten um seine Augen ließen auf ein heiteres Gemüt schließen. Sogleich erklärte er mir den Verlauf des Abends, berichtete von seinem Stress und dem Verkehrschaos, von englischer Sprache auf Französisch wechselnd. Wir stiegen in seinen bequemen Peugeot, bogen in die Avenue de la Grande Armée und näherten uns der Place d'Étoile, diesem riesigen, achtspurigen Kreisverkehr, in den zwölf Straßen mündeten. Ohne Unterlass bogen Autos mit wahnwitziger Geschwindigkeit in dieses Verkehrskarussell und wechselten die Spuren mit Todesverachtung, um das Chaos an herumschwirrenden Fahrzeugen irgendwo wieder zu verlassen. Gelassen fuhr Lemaire in den Étoile ein, wechselte unbekümmert drei Fahrspuren auf einmal, nahm das quietschende Abbremsen der von ihm geschnittenen Fahrzeuge lächelnd zur Kenntnis und verließ diesen Albtraum an den Champs Élysées. Ich muss gestehen, dass ich jeden Augenblick einen Crash erwartete. Lemaire streifte mich mit einem prüfenden Blick und lächelte.

„C'est comme ça", sagte er, „sonst fährt man ewig im Kreis. Alle machen es so, das ist ganz normal."

Nach ein paar Minuten Fahrtdauer befanden wir uns auf einem breiten Boulevard.

„Das ist Pigalle, hier gibt es hunderte Nacht-lokale", informierte mich Lemaire und lächel-te zweideutig. Der Verkehr war stockend, die Autofahrer hatten ihre Blicke nicht nur auf die Fahrbahn gerichtet. In der Tat reihte sich eine Bar an die andere, die Zugänge waren hell erleuchtet und mit Schaukästen, ausges-tattet in denen mehr oder minder bekleidete Mädchen abgebildet waren. Livrierte Lakaien versuchten die männlichen Passanten zum Eintreten zu animieren.

Lemaire bog in eine steil ansteigende, schmale Straße, Richtung Montmartre. Er verlangsamte die Fahrt auf der Suche nach einem Parkplatz. Als er eine Lücke erspäht hatte, stoppte er. Mir schien, dass der Ab-stand für die Länge seines Peugeot etwas knapp bemessen war. Doch langsam, unbe-irrt, stieß Lemaire nach hinten, bis die Stoß-stange des Peugeot das hintere Fahrzeug leicht berührte. Gefühlvoll ließ Lemaire die Kupplung kommen und schob, ähnlich eines Bulldozers, dieses Fahrzeug um ein Stück-chen zurück. Entsetzt blickte ich ihn an.

„C'est comme ça", sagte er wieder und lächelte, „manchmal muss man etwas nachhelfen."

Nach einigen Manövern stand der Peugeot in der Lücke, wobei der Abstand zum vorderen wie hinteren Fahrzeug nur wenige Zentimeter betrug. Wir gingen noch einige Meter die steile Straße hinauf, vor einem kleinen Restaurant blieben wir stehen. *Chez Armand* stand mit einer dünnen Leuchtschrift über dem Eingang. Als wir eintraten, wurden wir von einem älteren, in einem hellgrauen Anzug dezent gekleideten Herrn, offensichtlich dem Besitzer des Lokals, begrüßt. Er hatte weiße, sehr dünne Haare, die zurückgekämmt waren. Auffallend waren seine rosa Gesichtsfarbe und die großen, blassblauen Augen. Obwohl er leise sprach, hatte ich den Eindruck, als ob er Lemaire von etwas überzeugen oder überreden wollte. Ich fasste ein paar Wortfetzen auf. Er sprach von ‚Mady, sie ist ganz frisch' oder so ähnlich. Wahrscheinlich eine Speisenempfehlung, dachte ich. Im Restaurant saß man sehr beengt. Die Tische waren ohne Zwischenräume aneinandergereiht und längs der Seitenwände aufgestellt. Wenn Gäste eintrafen, musste vom korpulenten Ober mit der goldgeränderten Brille ein Tisch nach vorne gerückt werden, um einen Spalt zu bilden, damit man sich niedersetzen konnte. Die Gäste lachten und flirteten, die anwesenden Frauen schienen nicht die Ehefrauen der männlichen Gäste zu sein, sie waren viel jünger, stark geschminkt und auffallend gekleidet.

Die Speisenkarte war nicht vielfältig, aber die angebotenen Speisen waren detailliert beschrieben, die Preise hoch. Ich wählte als Vorspeise Meeresfrüchte. Auf einem Tablett wurden mir Hummer, Langusten, Crevetten, Muscheln, Austern und vieles andere mehr serviert. Als Hauptspeise hatte mir der Chef eine fangfrische Dorade empfohlen. Der beleibte Ober mit dem ausdruckslosen Gesicht teilte den Fisch auf meinem Teller und entgrätete ihn, dabei schnaufte er hörbar. Für die Auswahl des Weines beriet sich Lemaire mit Armand, dem Chef. Schließlich einigte man sich auf einen Sancerre. Geschickt lenkte Lemaire das Gespräch auf das Geschäft. Schon bei diesem zwanglosen Meinungsaustausch zeigte sich, dass sich unsere Unternehmen gut ergänzten. Er erzählte, dass er mehr LKWs nach Österreich senden könnte, falls er Retourladungen nach Frankreich bekäme. Andererseits wollte er unsere LKWs in Frankreich rückladen. Auf diese Weise könnten Leerfahrten auf beiden Seiten vermieden werden. Nach und nach kam unser Gespräch in ein anderes Fahrwasser. Ich erfuhr, dass er auf einem ausrangierten Schlepper wohnte, der auf der Seine in Boulogne vor Anker lag. Viele reiche Pariser hatten dort ebenfalls ihren schwimmenden Wohnsitz. Der Schlepper war zu einem luxuriösen Hausboot umgebaut worden, er hatte es von einem bekannten Filmschauspieler erworben. Dann wollte er etwas über mich erfahren. Als ich über den Tennissport sprach, war er begeistert.

„Bleiben Sie das nächste Mal ein bisschen länger in Paris, damit wir nach unserer Besprechung ein Spielchen machen können. Nachher lade ich Sie zu einem Dinner auf mein Boot ein."

Als zum Abschluss die Käseplatte serviert wurde, bestellte Lemaire Rotwein, einen schweren Bordeaux. Plötzlich ging die Türe auf und zwei Frauen traten ein. Sie wurden von Armand freudig begrüßt, er küsste jede auf die Wange und zog sie zur Bar. Beide waren stark geschminkt, die eine hatte rotblonde, lange Haare, die andere schien eine blutjunge Latina zu sein, sie hatte einen dunklen Teint und einen großen Mund mit leicht aufgeworfenen Lippen. Die schönen, von kräftigen Augenbrauen überwölbten Augen standen schräg. Die enganliegenden Kleider der beiden betonten ihre schönen Körper. Die Rotblonde war etwas reifer, der obere Knopf ihrer Bluse war offen und ließ einen gut entwickelten Busen erahnen. Ihre langen Wimpern, die mit dunklem Mascara geschminkt waren, bildeten einen starken Kontrast zu der hellen Haut.

Seit die beiden das Restaurant betreten hatten, befiel Lemaire eine gewisse Nervosität, er beobachtete fast ohne Unterbrechung die beiden Frauen.

„Armand kennt junge Frauen", erklärte er mir nach einer Weile „sie gehen nicht mit jedem, aber wenn ihnen einer gefällt, der auch ein bisschen splendid ist, sind sie sehr liebenswürdig, wenn Sie verstehen, was ich meine. Es sind keine Prostituierten, meistens Angestellte, Sekretärinnen, Studentinnen, die sich etwas Geld dazu verdienen möchten."

Mittlerweile war ein Tisch frei geworden, die beiden Mädchen nahmen Platz, Armand stellte eine Flasche Champagner auf den Tisch und vier Gläser.

„Ich werde mit der Latina den Abend ausklingen lassen. Wenn Sie wollen, können Sie die Rothaarige nehmen, es wird Sie aber eine Kleinigkeit kosten. Wenn Sie nicht genug Geld haben, können Sie von mir etwas leihen, geben Sie es mir irgendwann zurück." Ich nickte, hatte aber nicht die Absicht, von seinem Vorschlag Gebrauch zu machen.

Armand machte mit dem Kopf eine kaum wahrnehmbare Bewegung in Richtung der Mädchen. „Kommen Sie", sagte Lemaire, „trinken wir ein Glas Champagner mit den Mädchen."

Die beiden begrüßten uns wie alte Bekannte mit Küsschen auf die Wangen. Lemaire war voll in Fahrt, er sprach viel, machte Späße, seine Hand hatte er auf den Oberschenkel von Mady, der Brasilianerin gelegt. Die Rothaarige gab ebenfalls Witze zum Besten, die Lemaire zu lauten Heiterkeitsausbrüchen veranlassten. Als er sich mehr und mehr Mady zuwandte, versuchte die Rothaarige, die Silvie hieß, mich in ein Gespräch zu ziehen. Sie wurde immer intimer, nahm meine Hand und legte sie auf ihren Schoß.

Lemaire bat um die Rechnung, er bezahlte die gesamte Zeche. Als er sich zum Gehen wandte, machte er mir ein Zeichen.

„Ich nehme Mady jetzt mit", sagte er auf Englisch, weil er annahm, dass es die beiden nicht verstanden. „Am besten Sie nehmen ein Taxi und fahren mit Silvie ins Hotel. Wir sehen uns morgen um zehn Uhr bei mir im Büro."

Ich war mir nicht klar, wie es nun weitergehen sollte, und schwieg eine Weile.

„Du gefällst mir sehr, du bist ein hübscher Junge", sagte Silvie endlich, „wie gefalle ich dir?"

Ich sagte, dass ich sie sehr hübsch fände.

„Wie viel gibst du mir, wenn ich mit dir schlafe?", sie lächelte vieldeutig.

Ich sagte, dass ich dafür noch nie bezahlt hätte.

Sie zog ein Gesicht. „Dein Freund hat Mady eingeladen und ich soll jetzt leer ausgehen?

Ich habe dich den ganzen Abend unterhalten!", sagte sie enttäuscht, „Sag, dass das nicht wahr ist, Chéri!"

Ich versuchte ihr klar zu machen, dass ich eine Freundin hätte.

„Das macht doch nichts", sagte Silvie, „so wie ich hat dich noch keine geliebt."

Sie war ganz nahe an mich herangerückt und führte meine Hand unter ihren Rock. Sie hatte keine Strümpfe an, ich konnte ihre Schenkel spüren. Erste Anzeichen von Erregung überfluteten mich.

„Silvie, ich werde dich jetzt verlassen, es war ein anstrengender Tag für mich, ich bin müde und habe Kopfschmerzen.

„Das macht nichts, Chéri, ich werde dir den Rücken massieren!"

„Silvie, es geht wirklich nicht." Ich gab ihr einen Geldschein. „Kauf dir etwas. Ich werde dich jetzt verlassen!"

„Nimm mich mit!" Sie hängte sich bei mir ein. Armand verabschiedete sich von uns, wortreich, mit gespielter Ehrerbietung. Ich hielt ein vorbeifahrendes Taxi auf. Silvie lehnte sich in die Sitzecke des Wagenfonds, wobei ihr kurzer Rock bis in die Höhe ihres Slips hinaufrutschte.

„Küss mich", forderte sie, schmiegte sich an mich, nahm meine Hand und drückte diese auf ihr Gesäß. Ihr Kuss schmeckte nicht unangenehm. „Trinken wir noch ein Glas Champagner bei dir im Hotel:"

Das Taxi hielt vor meinem Hotel. Bevor ich zahlte, startete ich einen letzten Versuch.

„Silvie, nimm das Taxi und fahre nach Hause, ich gebe dem Chauffeur das Geld, er bringt dich heim."

„Später, jetzt trinken wir noch ein Glas Champagner, du hast es mir versprochen!"

Ich wollte beim Nachtportier einen Piccolo-Champagner bestellen, den ich mit ihr in der Lobby trinken wollte. Doch Silvie fragte den verschlafenen Mann, ob die Minibar im Zimmer mit Champagner bestückt sei. Als der Nachtportier bejahte, verlangte sie den Zimmerschlüssel und ging zu dem kleinen, wackeligen Aufzug.

„Welche Etage?" fragte sie und lächelte unschuldig.

„Fünfte Etage", sagte ich seufzend.

Wir betraten das kleine Zimmer. Silvie zog die Vorhänge zu, ging zur Minibar und entnahm eine kleine Flasche Champagner. Geschickt entkorkte sie und goss den Inhalt in zwei Gläser, die auf einer kleinen Kommode standen.

„Santé!" Sie umarmte mich, presste meine Hand zwischen ihre Schenkel.

„Komm, zieh dich aus, ich dusche mich und dann werde ich dir den Rücken massieren,

Chéri. Du wirst sehen, es wird dir bald besser gehen."

Sie legte eine kleine Schachtel auf das Nachtkästchen, ein flüchtiger Blick ließ mich nicht daran zweifeln, dass es sich um ein Präservativ handelte. Langsam entkleidete sie sich, behielt aber BH und Slip an. Ihre Haut war weiß, weiß wie Alabaster, ihre Haare rot, kupferrot. Dann öffnete sie den BH, drehte und wandte sich hin und her. Ich stand auf und wollte sie berühren, doch sie lächelte kokett und verschwand im Badezimmer. Sie hatte gewonnen, sie hatte gewusst, dass ich ihr nicht widerstehen würde können. Ich entkleidete mich und legte mich ins Bett. Nach kurzer Zeit erschien sie wieder. Sie hatte wieder den Slip an und trug ihre hochhackigen Schuhe. Sie streckte sich, zärtlich ihre Brüste streichelnd.

„Willst du, dass ich den Slip ausziehe?"

„Ja, bitte", sagte ich gepresst.

„Weißt du, dass das normalerweise ein kleines Vermögen kostet?" Aha, dachte ich, so läuft die Geschichte, nachdem sie mich eingesponnen hat, steigt der Preis. Während ich nach einer Antwort suchte, sagte sie leise: „Wenn du zärtlich bist und keine Ferkeleien mit mir anstellst, schenke ich dir diese Nacht!"

Langsam entfernte sie den Slip. Ich betrachtete diesen weißen, wohl entwickelten Körper, hob sie an und legte sie auf das Bett. Lange spielte ich gefühlvoll mit ihren Intimitäten, bis ich leise Laute der Verzückung vernahm. Irgendwann hob sie den Kopf und warf einen prüfenden Blick auf meinen Unterkörper.

„Oho", sagte sie und lächelte zweideutig, „höchste Zeit!"

Sie öffnete das kleine Päckchen, nahm den Inhalt heraus und hantierte geschickt an mir herum. Ich wollte in sie eindringen, doch sie drückte mich sanft in die Polster, kam über mich und setzte sich auf mich. Im Spiegel, der gegenüber dem Bett hing, sah ich, wie sie sich empfindsam auf mir auf- und abbewegte. Dann zuckten wir mit rasendem Stakkato in einen furiosen Höhepunkt, laut ächzend.

„Chéri, du bist fast so gut wie ein französischer Liebhaber!" Sie lächelte spitzbübisch.

Nachdem wir uns beruhigt hatten, erhielt ich die versprochene Rückenmassage, die eigentlich keine wirkliche war. Sie hatte einzig und allein den Zweck, eine weitere Vereinigung einzuleiten. Silvie kommandierte den Rhythmus meiner Bewegungen, mal musste ich langsam und gefühlvoll eindringen, dann wieder schnell und heftig. Dieses Mal dauerte es, bis wir den Höhepunkt erreichten.

Silvie verließ mich am frühen Morgen, sie musste das Schuhgeschäft, in dem sie beschäftigt war, aufsperren.

„Wenn du wieder in Paris bist, ruf mich an, Chéri!" Sie gab mir ihre Telefonnummer.

Die Niederlassung von Lemaire's Unternehmen lag in einem nördlichen Vorort von Paris, die Taxifahrt dauerte aufgrund des dichten Verkehrs über eine Stunde. Das Firmengebäude war ein reiner Zweckbau mit einem Flachdach und großen Fenstern. Hinter dem Gebäude war ein riesiger Parkplatz, auf der Sattelschlepper abgestellt waren. Es waren durchwegs Fahrzeuge neueren Baujahrs. Ich stieg eine breite Metalltreppe in den ersten Stock empor, schritt einen schmalen Gang entlang, auf der Suche nach Lemaire's Büro. Eine Türe war angelehnt, ich erblickte eine ältere, stark geschminkte Dame vor einem PC. Ich fragte nach Monsieur Lemaire. Sie zeigte auf eine Türe an der Hinterwand ihres Büros. Ich klopfte.

„Entrez!", hörte ich Lemaire rufen. Nur ein flüchtiges, wissendes Lächeln war der einzige Bezug auf unser nächtliches Abenteuer. Nach der Begrüßung gingen wir schnell in medias res. Wir sprachen über LKWs und Ladungen, die wir zur Verfügung stellen könnten, und vereinbarten, im Voraus die Transporte abzustimmen. Falls er keine Rückladungen hatte, sollten wir versuchen, ihm solche zu verschaffen. Andererseits sollte er unsere LKWs in Frankreich rückladen. Durch gesicherte Rückladungen würde das Frachtvolumen für beide Unternehmen ausgeweitet und der Umsatz gesteigert werden. Wir diskutierten auch die Frachtpreise. Ich war jedoch auf der Hut, denn er war clever und verhandelte mit Geschick. Seine Vorschläge nahm ich mit Vorbehalt zur Kenntnis, weil die letzte Entscheidung von Scholz zu treffen war. Wir beschlossen, einige Transporte durchzuführen und danach anlässlich einer Besprechung in Wien mit Scholz zu diskutieren, wie wir die Zusammenarbeit weiter optimieren könnten.

Nachdem wir unser Sachgespräch beendet hatten, lud er mich in ein nahegelegenes, kleines Restaurant zum Mittagessen ein. Die Fassade bedurfte dringend einer Renovierung. Doch innen war es geschmackvoll eingerichtet, überall standen Pflanzen, an den Wänden hingen Gemälde von Schiffen.

„Ich habe gehört, dass die Mädchen in Wien besonders süß sein sollen, stimmt das?"

„Schöne Frauen gibt es überall", sagte ich ausweichend.

„In Wien müssen Sie mir unbedingt eine charmante Wienerin vorstellen!"

„Das kann ich schon tun", entgegnete ich vorsichtig, „ich hoffe, ich treffe Ihren Geschmack."

Nach dem Essen bestand Lemaire darauf, mich zum Flughafen zu chauffieren. Bei der

Verabschiedung erinnerte er mich an mein Versprechen. „Vergessen Sie nicht die Wiener Mädels", sagte er lachend.

13.

Im Flieger dachte ich über meine Probleme nach. Wahrscheinlich hatte Martin Gumbroch meine Abwesenheit genutzt, Eva näher zu kommen. Wie auch immer, ich wollte mich ohnehin von Eva lösen.

Am nächsten Tag musste ich mich im Büro vorerst einigen Problemen widmen, die während meiner Abwesenheit entstanden waren. Die Telefone glühten. Immer, wenn ich mich dem Bericht über meine Besprechung mit Lemaire widmen wollte, war schon wieder ein Anrufer in der Leitung.

Am Nachmittag ließ mich Scholz rufen. Ich berichtete kurz über den Inhalt meiner Besprechung mit Lemaire.

„Mit Lemaire können wir sowohl unser Export- als auch Import-Volumen beträchtlich ausweiten", sagte ich zusammenfassend. „Seine Transportpreise sind etwas höher als die unseren, aber nicht so hoch, dass wir sie nicht in unseren Kundenpreisen unterbringen könnten. Lemaire möchte probeweise ein paar Transporte mit uns abwickeln und dann in Wien die gemachten Erfahrungen diskutieren."

„Hört sich gut an. Welchen persönlichen Eindruck haben Sie von ihm?"

Ich überlegte, ob ich seine Vorliebe für Frauen erwähnen sollte, entschied aber, es noch aufzuschieben. „Er ist ein Vollprofi, hat Sinn für Partnerschaften. Sein Unternehmen ist ordentlich, die Sattelschlepper, welche am Hof standen, waren relativ neu. Als Person finde ich ihn sympathisch."

„Na gut, wir werden sehen. Sie sollten mit ihm probeweise einige Transporte durchführen. Diesen Geschäften sollten Sie Ihr Augenmerk schenken, um zu sehen, wie die Zusammenarbeit läuft."

Ich stimmte zu. Beiläufig erwähnte ich, dass ich seit dem Morgen damit beschäftigt war, Probleme zu lösen, und noch nicht die Zeit gefunden hatte, einen Bericht abzufassen. Erstaunlicherweise zeigte sich Scholz von seiner sozialen Seite.

„Machen Sie für heute Schluss, wir haben über alles gesprochen, ich bin im Bilde."

Es war mehr eine Geste seinerseits, denn in einer halben Stunde war ohnehin Büroschluss, aber ich freute mich darüber.

Ich war noch nicht lange zu Hause, als mein Handy klingelte.

„Ich habe erfolglos versucht dich am Handy zu erreichen und es auch im Büro versucht", erklang verärgert die Stimme von Eva, „aber man sagte mir, dass der gestresste Parisreisende bereits Feierabend gemacht hätte."

Dieser vorwurfsvolle Einstieg ärgerte mich. „Was ist so schlecht daran?"

„Nichts, aber ich hätte erwartet, dass du mich einmal anrufst!"

„Gestern bin ich spät in Wien gelandet und heute hatte ich noch keine Gelegenheit. Ich wollte dich soeben anrufen, du bist mir zuvorgekommen. Übrigens, wie geht es Martin?".

Es dauerte, bis sie reagierte.

„Gut, er ist sehr aufmerksam, was man von dir nicht behaupten kann!"

„Dann ist ja alles bestens!"

„Das ist alles, was du zu sagen hast? Ich glaube, wir müssen über unsere Beziehung reden, so kann es nicht weitergehen!"

„Gut, dann reden wir."

Ich erwartete Eva in einem Café. Ein paar Tische waren auf dem breiten Gehsteig aufgestellt, Ficus- und Lorbeer-Gewächse, schützten den Bereich vor den Blicken der Passanten. Es dauerte nicht lange, bis Eva mit ihrem weißen Cabriolet angerauscht kam. Sie gab unnötig viel Gas, Gäste wendeten die Köpfe und beobachteten, wie sie geschickt in einer Lücke einparkte. Sie gab mir kühl die Hand, erst als der bestellte Eiskaffee serviert wurde, blickte sie mich an. Ihr Blick schien mich förmlich festzunageln, es war mir, als ob sie mich in die Defensive drängen wollte.

„Du wolltest reden, darf ich wissen worüber?", fragte ich ohne Umschweife.

„Frag nicht so blöd!", sagte sie heftig. Das Pärchen vom Nebentisch warf uns einen erstaunten Blick zu.

„Halte dich ein bisschen zurück, oder willst du das ganze Lokal an unserer Diskussion teilhaben lassen?"

„Warum nicht, es sollen alle wissen, welch ein Schuft du bist", antwortete sie, dämpfte aber diesmal ihre Stimme. „Was hast du mit dieser Sängerin?"

„Ich habe nichts mit ihr! Darf ich die Gegenfrage stellen? Was hast du mit Martin Gumbroch, nachdem du von ihm schwärmst und er wie eine Klette an dir hängt?"

„Ich finde es gemein von dir, mich grundlos zu beschuldigen, um deine Charakterlosigkeit zu rechtfertigen!"

„Ach so, das ist gemein, wenn er sich an dich heranmacht, mit dir flirtet und Tennis spielt und was weiß ich noch alles. Gib zu, dass er dir gefällt."

„Er gefällt mir, weil er ein ehrlicher Typ ist, weil er freundlich und hilfsbereit ist, weil er weiß, was sich gehört, alles Eigenschaften, über die du nicht zu verfügen scheinst. Ich bedaure zutiefst, dass ich mich von dir täuschen ließ."

Tränen stiegen ihr in die Augen. Wütend blickte sie mich an.

„Ich habe dich nicht getäuscht, du warst es, die mit Martin in einer Situation kokettiert hat, wo ich schwer gedemütigt war durch die Niederlage, die er mir beigebracht hat!"

„Das ist eine Unterstellung. Aber ich sage dir meine Meinung: Er ist nicht nur der bessere Tennisspieler, er hat auch mehr Charakter! Ich habe genug von dir!"

Abrupt stand sie auf, dabei stieß sie den Tisch an, dass die Gläser klirrten, riss ihre Tasche von der Stuhllehne und verließ das Lokal. Hektisch fuhr sie aus der Parklücke und brauste mit hochdrehendem Motor davon. Der überstürzte Abschied blieb den Gästen nicht verborgen, ich merkte, wie man mir verstohlene Blicke zuwarf. Als das allgemeine Interesse an meinen Privatangelegenheiten nachgelassen hatte, stand ich diskret auf, drückte der Kellnerin einen Geldschein in die Hand, ohne auf das Retourgeld zu warten, und begab mich zu meinem Golf. Ich setzte mich hinter das Steuer, ohne den Wagen zu starten. Ich fragte mich, wie die Beziehung zu Eva verlaufen wäre, wenn ich

Christina nicht kennengelernt hätte. Es war doch offensichtlich, dass Eva an Martin Gumbroch Gefallen gefunden hatte und umgekehrt. Vielleicht passten die beiden auch gut zueinander. Ich seufzte. Dann startete ich und fuhr nachdenklich nach Hause.

14.

Es war kurz nach zwanzig Uhr, als ich am nächsten Abend dem *Magic Moon* einen Besuch abstattete. Ich nahm an der Bar Platz, hoffte ich doch insgeheim, dadurch leichter mit Christina in Kontakt treten zu können, da sie in den Spielpausen immer an der Bar zu finden war. Als ich Bier bestellte, lächelte der Barkeeper geringschätzig, was sein derbes Gesicht nicht sympathischer aussehen ließ. In den meisten Bars waren die Keeper smarte, freundliche Typen, doch dieser Mann war eine totale Fehlbesetzung. An einem der Tische saß Ingmann mit drei Männern. Ein komisches Quartett, dachte ich. Einen Tischgenossen kannte ich, es war der brutal aussehende Kerl, der uns bei der Siegesfeier am Eingang begrüßt hatte. Dann war noch ein Mann mittleren Alters mit dunklen Haaren, mit einer langen, scharf gebogenen Nase und schmalen Lippen. Er war elegant in einen dunklen Anzug gekleidet, sein blütenweißes Hemd leuchtete im Halbdunkel der Bar. Der Letzte im Bunde dürfte aus einem arabischen Land stammen. Sein dunkler Teint hatte einen fahlen Schimmer, er wirkte klein und schlank, fast schon zierlich. Er hatte pechschwarze Haare, die sich ober den Schläfen schon weit zurückgezogen hatten, und einen Oberlippenbart, der kurz gestutzt war. Sein Kopf war gesenkt, seine Haltung hatte etwas Lauerndes an sich, die kleinen dunklen Augen blickten unstet. Auffallend waren die langen, dünnen Finger. Er rauchte ohne Unterbrechung und schien Mühe zu haben, der Unterhaltung zu folgen. Zumeist sprach der Elegante im dunklen Anzug, er schien die dominierende Person in dieser Runde zu sein. Ein paar Wortfetzen konnte ich auffangen, er sprach gebrochen Deutsch mit einem französischen Akzent. Ingmann nickte von Zeit zu Zeit zustimmend. Er lächelte mir gekünstelt zu und verschwand mit seinen Gästen hinter einer Tür im hinteren Teil des Lokals. Einige Augenblicke später folgte der Barkeeper dem Quartett mit einer Whiskyflasche. Eigenartig, dachte ich, mit welchen Leuten sich Ingmann umgibt.

Endlich traf Christina ein, ihr Anblick raubte mir den Atem. Sie trug an diesem Abend ein weinrotes, hochgeschlossenes, halblanges Kleid, das sich wie eine zweite Haut an ihren Körper schmiegte. Ihre blonden Haare waren wieder in der Mitte gescheitelt und verloren sich in Schulterhöhe in kleine Löckchen. Die hochhackigen Schuhe ließen sie groß und imposant erscheinen. Unter den mit Mascara geschminkten Augenlidern strahlten ihre großen blauen Augen. Als sie mich erblickte, huschte ein erfreutes Lächeln über ihr Gesicht. Sie ging auf mich zu.

„Guten Abend, Andreas, ich habe Sie schon vermisst."

Dieses Eingeständnis verblüffte mich. „Ich habe Sie auch vermisst, sehr sogar!" Wir blickten uns an. „Trinken wir etwas?", schlug ich schließlich vor.

„Gerne", sagte sie, ihre Stimme klang weich, fast zärtlich, „aber ich muss jetzt singen. Wenn Sie bis zur Pause warten möchten?"

Ich bestellte Scotch. Nach dem kühlen Bier rann das hochprozentige Getränk wie Feuer durch meine Kehle. Hypnotisiert betrachtete ich Christina am Klavier. Ab und zu warf sie einen Blick in meine Richtung und lächelte. Die Musik, der Whisky, die Aufmerksamkeit, die mir Christina entgegenbrachte, versetzten mich in ein Hochgefühl. Als ihr letztes Lied verklang, wurde sie mit einem heftigen Applaus bedacht. Sie dankte den Gästen mit ein paar Worten, schritt zur Bar und setzte sich diskret auf den Hocker neben mir. Mein Blick streifte ihre gekreuzten Beine, deren Formen sich in dem halblangen Kleid abzeichneten.

„Was möchten Sie trinken, Christina?"

„Ich trinke ein Glas Sekt, aber das brauchen Sie nicht zu bezahlen." Sie lächelte.

Ich bestellte ebenfalls Sekt. Krampfhaft dachte ich nach, wie ich eine Einladung formulieren sollte.

„Christina, seit ich Sie zum ersten Mal gesehen habe, denke ich immerfort an Sie. Ich möchte Sie zu einem schicken Abendessen einladen, was sagen Sie dazu?"

Christina entnahm ihrer kleinen Handtasche eine Zigarettenpackung, zog eine Zigarette heraus, die sie zwischen Zeigefinger und Mittelfinger hielt, bis ich ihr Feuer gab.

„Sie haben doch eine Freundin?", sagte sie gedehnt.

„Ich hatte eine Freundin, es ist aus."

Christina betrachtete den Rauch ihrer Zigarette.

„Also gut, wenn Sie wollen, können wir uns am Montag sehen."

„Fantastisch!" sagte ich lebhaft. „Ist Ihnen sieben Uhr abends recht?"

„Ja, können Sie mich abholen?"

„Gerne!"

Sie gab mir eine Karte mit ihrer Adresse in einer der feinsten Wohngegenden.

15.

Ein großer baumbestandener Vorgarten verdeckte zum Teil die Sicht auf die alte, aber gut erhaltene Villa. Durch den Rückspiegel hielt ich das geschmiedete Gartentor im Auge. Als Christina heraustrat, stieg ich aus und ging ihr entgegen. Lächelnd reichte sie mir ihre Hand. Der Hauch eines erregenden Parfums strömte mir entgegen. Sie trug ein schwarzes Kleid, vorne und hinten dekolletiert, mit raffiniert drapiertem Oberteil. Um den Arm hatte sie eine silbergraue Stola geschwungen.

„Guten Abend, Christina, ich freue mich, Sie zu sehen!"

„Ich freue mich auch", sagte sie leise, „endlich können wir uns ein bisschen unterhalten ohne bespitzelt zu werden."

Bei meinem Golf angekommen, öffnete ich die Beifahrertür für Christina.

„Wissen Sie was", sagte sie plötzlich, „nehmen wir mein Auto. Ich benutze es so selten, es ist ganz gut, wenn es einmal ein bisschen gefahren wird."

Wir bogen in eine schmale Seitengasse, in der ebenfalls noble Villen standen. Da stand ein rotes Cabriolet, allem Anschein nach ein italienisches Modell.

„Wollen Sie fahren?" Sie reichte mir einladend den Startschlüssel.

„Gerne, wenn Sie mir diesen kostbaren Schlitten anvertrauen wollen?"

„Ich vertraue Ihnen", sagte sie und drückte mir den Startschlüssel in die Hand.

Ich ließ sie einsteigen und nahm hinter dem Sportlenkrad Platz. Christina erklärte mir kurz die Bedienungselemente. Als ich startete, meldete sich der Motor mit lautem Röhren. Ich legte den ersten Gang ein. Das Niedertreten des Kupplungspedals, wie auch das Einlegen des Ganges erforderten festes Zupacken. Ich fragte mich, wie Christina mit diesem Auto wohl zurechtkam. Der Motor drehte sofort hoch und erzeugte einen kräftigen Schub. Christina machte mit der Hand eine besänftigende Bewegung.

„Pardon", sagte ich und nahm den Fuß vom Gaspedal.

„Wo fahren wir hin?"

„Wenn es Ihnen recht ist, essen wir heute Abend Italienisch." Ich nannte den Namen des Lokals.

„Das ist aber nicht billig. Wollen Sie sich wirklich derart in Unkosten stürzen?"

„Ich esse gerne Italienisch, ich hoffe Sie auch, Christina?"

„Wahnsinnig gerne, besser hätten Sie es nicht treffen können."

Das kernige Brummen des kräftigen Motors faszinierte mich. Sie merkte meine Begeisterung.

„Macht es Ihnen Spaß, mit meinem Auto zu fahren?"

„Welch ein Unterschied zu meinem Golf!"

Insgeheim fragte ich mich, ob sie mit ihren Auftritten so viel verdiente, um sich den Sportwagen und die teure Wohnung leisten zu können.

An unserem Ziel musste ich ein paar Mal um Häuserblocks kreisen, bevor wir eine Parklücke entdeckten.

„Es ist besser, wenn Sie einparken, Christina, ich möchte den Wagen nicht beschädigen!"

„Sie können das, keine Angst", sagte sie, „ich steige aus und weise Sie ein."

Es war nicht leicht, dieses rasante Auto in die Lücke zu bugsieren, aber es gelang. Ich stieg aus, sperrte den Wagen zu und wollte den Schlüssel Christina geben.

„Wenn Sie wollen, können Sie auch zurückfahren, Sie fahren sehr gut!"

Christinas vertrauensvolle Haltung, die sie mir seit dem Beginn unseres Rendezvous entgegenbrachte, half mir, meine Spannung aufzulösen, das erste Mal lächelte ich.

„Ich wüsste nicht, was ich lieber täte!"

Wir überquerten einen kleinen Vorplatz und betraten das Restaurant und nahmen in einer Nische neben einem Fenster Platz. Der runde Tisch war mit Damast bedeckt, das

Besteck war aus Silber, die Teller aus Porzellan. In der Mitte des Tisches prangte eine Vase mit frischen, gelben Rosen. Die Wände waren mit Nussholz getäfelt. Ein Ober hielt sich im Hintergrund und eilte, kaum dass wir Platz genommen hatten, dienstbeflissen herbei. Er legte uns die Speisenkarte vor.

„Wollen Sie ein Glas Sekt als Aperitif oder etwas typisch Italienisches?"

„Natürlich etwas typisch Italienisches, Andreas." Es berührte mich, wie sie meinen Namen klangvoll aussprach.

Ich bestellte zwei Cinzanos auf Eis mit einer Zitronenscheibe. Als ich die Speisenkarte studierte, überfiel mich ein leichter Schauer. Ich war froh, meine Kreditkarte dabei zu haben. Christina entschied sich für San Daniele Schinken mit Melone als Vorspeise und Frittura Mista di Pesce als Hauptspeise und ich für Vitello Tonnato und Saltimbocca alla Romana. Der Ober näherte sich lautlos mit unseren Aperitifs und nahm unsere Bestellung auf. Beim Wein einigten wir uns auf eine Flasche Soave Classico.

Während wir speisten, unterhielten wir uns angeregt. Das erste Mal öffnete sich Christina, sie plauderte munter drauf los. Als sie noch ein kleines Mädchen war, ließen sich ihre Eltern scheiden. Ihre Mutter heiratete kurz darauf einen Möbelfabrikanten, ab diesem Zeitpunkt verbrachte Christina ihre Schulzeit in Internaten in Salzburg und in

Wien. In der Oberstufe erkannte man ihre musikalische Begabung und empfahl eine einschlägige Ausbildung. Nachdem Geld keine Rolle spielte, ließ man sie am Konservatorium studieren.

Sie machte eine Pause und lächelte mich an. „Erzählen Sie ein bisschen von sich, Andreas!"

Ich erzählte von familiären Schwierigkeiten und dem frühen Tod meines Vaters. Von den Bemühungen meiner Mutter, meiner Schwester, die Pharmazie studierte und mir, der eine kaufmännische Ausbildung absolvierte, einen guten Start ins Berufsleben zu ermöglichen. Ich sprach über Tennis und meine Tätigkeit in der Firma.

Die Schilderungen über meinen Beruf verfolgte sie mit besonderem Interesse. Sie wollte wissen, welche Routen unsere LKWs befuhren und was meine Obliegenheiten in der Firma waren.

„Warum interessieren Sie sich für das Transportgewerbe? Kennen Sie jemand, der in der Transportbranche tätig ist?"

„Nein, aber vielleicht kann ich Ihnen ein interessantes Geschäft vermitteln", sagte sie nachdenklich. Bedächtig entnahm sie eine Zigarette aus der Packung und bot mir ebenfalls eine an. Ich sollte eigentlich nicht rauchen, ich fürchtete, dass ich es mir wieder angewöhnen könnte. Es hatte mich viel Willenskraft gekostet, mir dieses Laster vor einigen Jahren abzugewöhnen. Aber letztlich akzeptierte ich ihr Angebot. Ihre Hand fühlte sich angenehm warm an, als sie mir das Feuerzeug reichte.

„Sie machen mich neugierig, Christina", sagte ich, auf ihre Anspielung eingehend.

„Es hat keine Eile, zu gegebener Zeit können wir darüber reden", meinte sie beiläufig.

Der hervorragende Wein löste meine Zurückhaltung. Als ich ihre Hand in die meine nahm, verschränkte sie ihre Finger mit den meinen.

„Trinken wir auf Du?"

Christina legte die Zigarette auf den Ascher und stieß mit mir an. Wir nahmen einen Schluck und sahen uns in die Augen. Niemand schien uns zu beobachten, der Ober war auch nicht zu sehen. Sanft berührten meine Lippen die ihren. Ein angenehmes Gefühl durchlief mich, ich spürte das Blut in meinen Schläfen pochen. Ich küsste sie noch einmal.

„Wir sind in einem öffentlichen Lokal, Andreas!"

Ich erhob mich und setzte mich neben sie. Wir fassten uns wieder bei den Händen und verschränkten die Finger ineinander. Ich zog sie sachte an mich und küsste sie zärtlich, dann zunehmend bewegter.

Sie ließ mich gewähren, verhielt sich aber zurückhaltend. „Andreas, wir müssen uns beherrschen, wir sind nicht alleine hier."

Als wir nach draußen traten, umfing uns das Fluidum eines lauen Sommerabends.

„Gehen wir noch ein paar Schritte?"

Christina hakte sich bei mir ein, als ich ihr den Arm bot. Wir schlenderten über die von vielen Straßenlaternen erhellte Ringstraße, die umliegenden Prachtbauten erschienen in einem warmen, gelblichen Licht. Es war angenehm warm, am Himmel strahlten Sterne und der Mond lugte zwischen den Alleebäumen hervor. Unsere Schritte wurden immer langsamer, bis wir beide wie auf einen geheimen Befehl stehen blieben und uns küssten. Ich spürte Christinas weichen Lippen, die sich warm und geschmeidig anfühlten. Schon nach ein paar Schritten küssten wir uns wieder. Wir wurden nicht müde, uns zu küssen, immer wieder hielten wir an, um uns zu umarmen. Ich hatte einen Arm um ihre Hüfte geschlungen, eng aneinander geschmiegt gingen wir verträumt durch einsame Gassen der Innenstadt. Waren unsere Küsse anfangs zärtlich, wurden sie in der Folge immer kühner, reflexartig presste ich meine Hand auf ihren Busen.

„Nein, nein", sagte sie, „wir müssen jetzt nach Hause fahren, Andreas."

Dieses Mal hatte ich dieses Kraftpaket besser unter Kontrolle. Nur einmal, entlang des Wienflusses, auf einer kreuzungsfreien Straße, ließ ich den Motor hochdrehen. Der Schub, den der kräftige Motor erzeugte, war beachtlich, ich wurde regelrecht in die Rückenlehne gedrückt. An die Sitze musste ich mich erst gewöhnen, sie waren so niedrig, dass die Beine wie in einem Rennwagen fast in horizontaler Position auflagen. Vor ihrem Haus hielt ich und stellte den Motor ab. Christinas Kleid war bis zum Slip hinaufgerutscht. Eine Einladung zu einer intimen Berührung? Ich zögerte, doch dann legte ich meine Hand zwischen ihre Schenkel und küsste sie. Sie seufzte, presste jedoch ihre Schenkel zusammen.

„Du bist schlimm, Andreas, sehr schlimm", hauchte sie.

Sie unternahm nichts, ihre in Unordnung geratene Garderobe zu ordnen, ihre unbedeckten Schenkel waren eine permanente Versuchung, aber ich zügelte mein Verlangen.

„Das habe ich dir aus Paris mitgebracht!" Ich griff in die Brusttasche meines Sakkos und zog das flache Päckchen mit dem Kamm hervor.

Sie war überrascht. Ihre Augen strahlten. „Darf ich hineinschauen?" Ich nickte.

Behutsam öffnete sie das Band, entfaltete das Seidenpapier und entnahm der kleinen Schachtel den Kamm.

„Oh Andreas, ist der schön, der ist ja herrlich!"

„Hoffentlich passt er zu deinem Haar."

„Und wie er passen wird, ich werde ihn immer tragen, wenn wir uns sehen!"

Nachdem wir für den folgenden Tag ein Treffen vereinbart hatten, überreichte ich Christina die Wagenschlüssel. Wir küssten uns zärtlich zum Abschied, dann ging sie zum Gartentor. Einmal wandte sie sich um und winkte mir lächelnd zu.

Am Abend des nächsten Tages beschlossen wir, in einem gemütlichen Weingarten einzukehren. Rund um Wien gab es genug davon. Christina bot mir wieder an, ihren Wagen zu lenken. Unsere Ausfahrt führte uns in den Süden von Wien in den berühmten Weinort Gumpoldskirchen.

„Ich möchte nicht indiskret sein, Christina", sagte ich und lenkte den Wagen über die hügelige, kurvenreiche Strecke, „aber wie stellst du es an, einen teuren Wagen zu fahren und in einer noblen Gegend zu wohnen? Finanzieren das deine Eltern?"

„Mein Stiefvater wäre sicher in der Lage, aber ich komme für mein Leben selber auf."

„Bezahlt dich Ingmann so großzügig?"

„Er bezahlt mich nicht schlecht." Meine Fragerei schien sie leicht zu verstimmen.

„Ich bin noch einmal indiskret, warst du oder bist du mit Ingmann befreundet, ich meine ..."

Ein Hauch von einem verlegenen Lächeln huschte über ihr Gesicht.

„Ja", sagte sie gepresst, „und wenn du es wissen willst, ich war ...", sie schien nach den Worten zu suchen, „ich war sehr mit ihm befreundet!"

Eine Flut von verschiedenen Gefühlen quälte mich. Ich ließ einige Sekunden verstreichen, versuchte, meine Irritationen unter Kontrolle zu bringen.

Christina beugte sich zu mir und küsste mich zärtlich auf die Wange. „Jetzt sind wir nur mehr Geschäftspartner, verstehst du?"

Sie küsste mich wieder. „Ich hoffe, du bist nicht enttäuscht."

Ihre Sensibilität, meine Gefühlslage zu spüren, ihre zärtliche Anteilnahme, halfen mir, meine Mitte wieder zu finden.

Rechts und links neben der Straße reihte sich Weingarten an Weingarten. Die Sonne stand tief, ihre Strahlen schienen fast horizontal durch die Windschutzscheibe.

„Ein wunderschöner Abend", sagte sie versonnen. Ich warf einen schnellen Seitenblick auf sie, wie sie sich in ihrem kurzen, körperbetonenden Sommerkleid in ihrem Sitz aalte. Ihre Haarflut wurde durch den Kamm, den ich ihr am Vortag geschenkt hatte, zusammengehalten.

Als wir den Wagen geparkt hatten, gingen wir auf die Suche nach einem freien Tisch in einem der zahlreichen Weingärten. Endlich hatten wir Glück. Ganz oben, fast schon am Ende der Straße war ein kleines Weinlokal mit einem entzückenden Garten. Gleich hinter dem Tisch, an dem wir Platz genommen hatten, begann der Weingarten mit seinen Reben, deren Trauben noch grün waren. An der Gartenmauer waren große Blumenkörbe aufgestellt, in denen weiße und rote Oleander blühten. Am reich garnierten Buffet suchten wir uns aus, was unser Herz begehrte, und sprachen dem berühmten Gumpoldskirchner Wein ausgiebig zu. Mittlerweile war es dunkel geworden, der Mond lugte durch die Zweige eines riesigen Nussbaumes und umgab uns mit seinem silbrigen Licht. Während unserer Unterhaltung versuchte ich zu erfahren, welcher Art die Geschäfte waren, die sie mit Ingmann betrieb. Andeutungsweise sprach sie von Antiquitäten. „Übrigens, wir suchen einen Transporteur für diese Antiquitäten aus dem Ausland", sagte sie und blickte mich an.

Hatte sie deswegen eine Beziehung zu mir gesucht, damit ich ihr bei ihren Transportproblemen half?

„Wo liegt das Problem?"

„Es handelt sich um keine großen Lieferungen, bisher habe ich die Ware aus dem Ausland mit meinem Wagen abgeholt."

„Man kann die Ware mit der Bahn als Frachtgut oder mit dem Flugzeug transportieren lassen."

„Das ist zu riskant, es handelt sich um seltene und kostbare Stücke." Sie dachte einen Augenblick nach. „Lassen wir die Geschäfte. Ist diese Nacht nicht zauberhaft?"

„Eine herrliche Sommernacht, romantisch wie im Sommernachtstraum von Shakespeare. Zauberhaft, wie du sagst!"

„Ich kenne das Stück", sagte Christina sinnend, „alles gerät durcheinander. Die Protagonisten verändern nicht nur ihre Gestalt, sondern auch ihre Wesen. Der Liebesnektar vom Feenkönig Oberon und seinem Diener Puck hat die Verliebten total durcheinandergebracht."

Sie wandte sich mir zu. „Weißt du, was ich mir jetzt wünsche? Ich wünsche mir, dass jetzt Oberon erscheint und dir wie Demetrius einen Liebesnektar in die Augen träufelt. Dann würdest du dich in die Nächste, die deinen Weg kreuzt, verlieben."

„Das heißt, du möchtest Helena sein?"

„Ja, lass uns so tun, als ob wir verzaubert wären, Demetrius", hauchte Christina. Ich schlang meinen Arm um ihre Taille, zog sie fest an mich und küsste sie. Als wir uns von unserer Umarmung lösten, stand der Wirt vor uns. Er lächelte verständnisvoll.

„Es tut mir leid, aber es ist Sperrstunde."

„So jung und so verliebt möchte ich auch noch einmal sein", hörte ich ihn sagen, als wir uns entfernten.

Ich spürte die Wirkung des Weines. Es war aber nicht nur der Wein allein, es war der Mond, der warme, erdige Geruch der Weingärten, die hinreißende Christina, alles rief eigenartige Gefühle in mir wach. Ich schloss einen Moment die Augen und hatte den Eindruck, als ob tatsächlich ein Zauber von dieser Sommernacht ausginge. Christina, die wie Helena sein wollte, der Wirt, der wieder jung und verliebt sein wollte, und ich, der sich wie Demetrius in Helena verlieben wollte.

Als ich vor dem Eingang ihres Wohnhauses halten wollte, bat Christina weiterzufahren. Ich umrundete den Häuserblock und hielt den Wagen neben einer dunklen Baustelle.

„Wir müssen uns jetzt verabschieden. Küss mich noch einmal wie Demetrius …"

Innige und zärtliche Küsse wechselten mit heißen, leidenschaftlichen. Ich fühlte, wie gestautes Verlangen aus mir hervorbrach.

„Spür mein Herz, wie es für dich schlägt", hauchte Christina.

Ich hörte zwar ihre Worte, doch es verlangte mich nach mehr. Während ich die weichen, halbgeöffneten Lippen küsste, ertasteten meine Hände ungeschickt die Knöpfe ihres BHs. Endlich gelang es mir, diesen zu öffnen. Mit zitternden Händen streifte ich ihn samt dem Oberteil ihres Kleides von ihren Schultern und legte eine Hand zwischen ihren Busen. Ihr Herz pochte, ich konnte es deutlich spüren. Mein Verlangen steigerte sich rasant, ich zerrte an ihrem Slip.

„Andreas", sagte sie sanft, aber bestimmt, „hören wir auf, bevor es zu schwer wird."

Sachte schob sie mich weg und wollte sich ankleiden, ich wollte mich aber nicht lösen. Christina blieb jedoch konsequent.

„Nein", sagte sie bestimmt und noch einmal, „nein." Sie wandte mir den Rücken zu und schloss ihren BH. Ich seufzte tief, leidvoll.

„Was ist?", fragte sie mit gespielter Unschuld.

„Wenn du wüsstest, wie ich leide. Ich sehe das Paradies vor mir, trotzdem bleibt es verschlossen." Ich seufzte von Neuem.

„Alles zu seiner Zeit, Andreas!"

„Sehen wir uns morgen?" Ohne zu zögern ging sie auf meinen Vorschlag ein.

16.

Im Büro lief alles am Schnürchen, das hatte ich vor allem Sandra zu verdanken. Stundenlang hämmerte sie auf die Tasten ihres PC und versandte zahlreiche E-Mails und nebenbei hing sie an der Strippe und versuchte, mit ihrer angenehmen Stimme Ladungen für Frankreich aufzutreiben. Nur bei den Rückladungen haperte es noch.

„Machen Sie sich keine Sorgen, Sandra", sagte ich beruhigend, „dieses Problem werden wir mithilfe unseres neuen Partners in Paris gleich gelöst haben."

Lemaire klang gut gelaunt, als ich ihn anrief.

„Haben Sie Komplettladungen nach Österreich für drei Sattelschlepper im Großraum von Paris, Monsieur Lemaire?", fragte ich, nachdem wir ein paar Höflichkeiten ausgetauscht hatten.

„Schon", sagte er gedehnt, „die Ware wäre in Vesoul zu übernehmen, aber der Transportpreis ist schlecht."

Er nannte einen Preis, der nahe bei unseren Selbstkosten lag.

„Der Preis liegt unter meinen Selbstkosten", bluffte ich, „ich glaube, dass ich das nicht machen kann."

„Hören Sie, ich habe nächste Woche zwei LKWs in Wien, wenn Sie diese zu einem guten Preis von Österreich nach Frankreich rückladen, dann kann ich Ihnen einen besseren Preis anbieten."

Das klang schon besser. Ich fing zwei Fliegen mit einer Klappe. Erstens konnte ich meine LKWs in Frankreich rückladen und zweitens verfügte ich über zwei französische, die ich in Österreich laden und nach Frankreich schicken konnte.

Wir feilschten noch eine Weile um die Preise.

„Wie ich es Ihnen schon angekündigt habe", sagte er, als wir uns geeinigt hatten, „möchte ich nächste Woche nach Wien kommen, um Ihren Boss kennenzulernen. Wäre Ihnen Donnerstag angenehm?"

„Das geht in Ordnung. Sie sind uns herzlich willkommen!"

Er bat mich, ein Hotel für ihn zu reservieren.

„Soll ich Sie am Flughafen abholen?"

„Das ist nett von Ihnen und vergessen Sie nicht die süßen Wiener Mädchen!" Ich konnte sein Lachen durch das Telefon deutlich wahrnehmen. Ich versprach mein Möglichstes zu tun, wusste aber im Augenblick nicht, wie und wo ich ein Mädchen für ihn finden könnte.

Ich unterrichtete Scholz vom Besuch unseres neuen Geschäftspartners und über die Transporte, die ich soeben mit Lemaire organisiert hatte.

„Das beginnt ja ganz gut", sagte dieser erfreut. Ich war froh, dass er sich nicht über die Rendite dieser Transporte erkundigte, die nicht berauschend war.

„Wir müssen für diesen Lemaire einen Abend organisieren, den er nicht so schnell vergessen wird. Vielleicht sollte ich ihn in die Oper einladen und dann zu einem Dinner ins Sacher. Was sagen Sie dazu, Herr Bachmann?"

Ich räusperte mich, ich wusste im Augenblick nicht, wie ich Lemaire's Vorstellungen Scholz begreiflich machen sollte. Das Beste wäre, dachte ich, die Dinge beim Namen zu nennen.

„Während meiner Gespräche mit Lemaire in Paris, auch heute am Telefon, hat er wieder von den süßen Wiener Mädchen gesprochen. Er hat gebeten, ihm unbedingt eines vorzustellen."

Eine Pause entstand, dann sagte Scholz mit gespielter Empörung: „Diese Franzosen, immer laufen sie den Frauen hinterher."

Er kniff die Augen zusammen, als ob er scharf nachdenken würde.

„Ich habe keine Ahnung, wo ich ein „süßes Wiener Mädchen" herbekommen soll. Aber Sie kennen sicher eine Menge Mädchen, Sie sind jung und ungebunden!" Er verzog den Mund zu einem verschmitzten Lächeln, es war das erste Mal, dass ich ihn lächeln sah.

„Eine Menge ist sicher übertrieben, Herr Scholz", antwortete ich und lächelte ebenfalls, „ich glaube Lemaire geht davon aus, dass süße Mädchen auch leichte Mädchen sind. Da fällt mir im Moment nichts ein."

„Wir haben noch ein paar Tage Zeit, hören Sie sich um, ich werde dasselbe tun. Wenn wir keine geeignete Begleiterin finden, dann wird er sich mit einem guten Essen zufrieden geben müssen. Gutes Essen ist für die Franzosen auch sehr wichtig."

Ich verließ Scholz und war froh, mit ihm das heikle Thema Frauen besprochen zu haben. Ich war in guter Stimmung, freute mich auf das Wiedersehen mit Christina, wiewohl ich mir Gedanken machte, wie der Abend verlaufen würde. Sollte ich es wagen, Christina zu mir einzuladen? Obwohl ich meine Bleibe vorher aufgeräumt hatte, fürchtete ich, dass die Bescheidenheit meiner Wohnung sie enttäuschen könnte. Als ich mein Auto vor ihrer Villa parkte, hörte ich meinen Namen rufen. Christina stand am Gartentor.

„Komm rauf, Andreas!"
Meine Erwartungen, einen schönen Abend zu zweit zu erleben, stiegen sprunghaft an. Ich stieg aus und wollte sie umarmen.

„Nicht hier, Andreas", sagte sie. Wir schritten durch den gepflegten Vorgarten mit den schön gestutzten Ziersträuchern. Als Christina vor mir eine geschwungene Steintreppe emporstieg, ließ mich der nachtblaue Rock mit Gehschlitz von ihren Schenkeln und ihrem Po träumen. Sie öffnete ihre Wohnungstüre und ließ mich in das Vorzimmer eintreten. Was mich zuerst beeindruckte, war die Höhe der Räume, große Kristallluster verbreiteten warmes Licht. Christina wendete sich mir zu, ich presste meinen Mund auf ihre herrlichen Lippen. Von weiteren leidenschaftlichen Liebesbezeugungen nahm ich Abstand, ich wollte die Situation, kaum in ihre Wohnung eingetreten, nicht ausnutzen. Sie bat mich um mein Sakko und hängte es auf einen Kleiderständer aus Messing.

„Komm weiter, mach es dir bequem. Was willst du trinken?"

Ich glaubte, dass ein Whisky am ehesten meiner Aufgeregtheit entgegenwirken würde. Als ich in das geräumige Wohnzimmer trat, war ich beeindruckt. Eine großzügige, mit einem Stoff aus Blumenmustern überzogene Eckbank dominierte den Raum. Eine Stehlampe mit einem riesigen Schirm verstreute gedämpftes Licht. Vor der Eckbank stand ein niedriger Tisch, flankiert von zwei Fauteuils, auf der gegenüberliegenden Kommode thronte ein riesiger Fernsehapparat. Eine Seitenwand war zur Gänze verbaut und beherbergte Bücher, Gläser und Porzellangeschirr. An den Wänden hingen Bilder von Landschaften, Blumen, Gebäuden, auch Stillleben waren darunter. Die brüchige Oberfläche der Bilder zeugte von ihrem Alter. Vom Wohnzimmer führte eine Tür in ein weiteres Zimmer, ein Klavier war durch die angelehnte Tür erkennbar. Christina servierte mir den Whisky auf einem kleinen Tablett mit Eiswürfeln und Soda. Sie neigte sich zu mir.

„Wie trinkst du den Whisky?"

„Am liebsten pur, mit ein paar Eiswürfelchen, wenn es keine Umstände macht. Sie lächelte und schaufelte mit einem silbernen Löffel drei Eiswürfel in das Glas.

„Ist das o.k.?"

„Bestens."

Ich nahm auf der geräumigen Eckbank Platz in der Hoffnung, dass Christina sich neben mich setzen würde. Doch sie ließ sich auf einem der wuchtigen Fauteuils nieder.

„Was trinkst denn du?"

„Ich habe mir einen Manhattan gemixt!"

Eine Weile schwiegen wir. Christina griff zu ihrer Zigarettenschachtel. Ich erhob mich, griff nach dem Feuerzeug und gab ihr Feuer. Ich blieb neben ihr stehen, wartete, bis sie den ersten Zug genommen hatte. Sie lächelte milde, ahnend, was nun folgen würde. Ich küsste sie lange und zärtlich. Ich war am Überlegen, ob ich weitermachen sollte, als Christina mich sachte von sich schob, mein Gesicht in ihre Hände nahm und mir liebevoll in die Augen blickte.

„Andreas, isst du gerne amerikanische Steaks? Ich möchte dich in ein Steakhouse einladen."

Ich brauchte eine Weile, um auf den Situationswechsel einzugehen. Ich wollte schon sagen, dass ich keinen Hunger hätte, am liebsten nicht ausgehen würde, besann mich aber.

„Es kommt nicht infrage, dass du mich einlädst."

Christina legte mir den Finger auf den Mund.

„Es macht mir Freude, gib mir keinen Korb."

„Wir werden sehen", sagte ich ausweichend.

„Ich habe schon einen Riesenhunger, komm, trink deinen Whisky, damit wir fahren können."

Sie stand im Vorzimmer, mein Sakko in der Hand.

Ich durfte wieder den Sportwagen steuern. Das Steakhouse lag nahe der Innenstadt, es war gut besucht. Christina wandte sich an einen jungen Ober, der auf einem Tablett schwungvoll, aber geschickt Getränke balancierte.

„Ich habe einen Tisch reserviert", sagte sie und nannte ihren Namen.

Die Wände des Lokals waren in einem blassen Lila mit großen Blumenmustern ausgemalt, runde Säulen stützten da und dort den Plafond. Eine riesige Bar dominierte den Gastraum, hunderte Flaschen standen in den Regalen. Tische und Stühle waren aus dunklem Mahagoniholz sowie die Bänke an der Wand, die in Sitzhöhe mit einem unterfütterten Kunststoff gepolstert waren.

Erleuchtet wurde das Lokal von tief herabhängenden kleinen Lampen, die ein gedämpftes Licht verbreiteten.

Als Vorspeise genossen wir Shrimps-Cocktails. Dann bestellte ich ein T-Bone-Steak, Christina ein Rib-Eye-Steak, dazu genossen wir einen schweren, fruchtig schmeckenden kalifornischen Rotwein. Die Steaks waren enorm, eines hätte für uns beide gereicht.

Wir sprachen hauptsächlich über das *Magic Moon* und über Tennis. Ich überlegte, ob ich sie bezüglich einer weiblichen Begleitung für Lemaire ansprechen sollte. Ich glaubte, Damen ohne Begleitung im *Magic Moon* gesehen zu haben. Falls es solche waren, die Männerbekanntschaften suchten und nicht prüde waren, müsste es Christina wissen.

„Gibt es viele Stammgäste im *Magic Moon?*", fragte ich.

„Ein Lokal wie das *Magic Moon* lebt von den Stammgästen."

„Ich habe einige grell geschminkte Damen gesehen, die ohne Begleitung waren!"

Christina verzog ihr Gesicht zu einem ironischen Lächeln. „Interessieren dich diese Damen vielleicht?"

„Die Einzige, die mich interessiert, bist du", sagte ich und blickte ihr in die Augen, „das weißt du doch hoffentlich!"

Anstelle einer Antwort gab sie mir einen zärtlichen Kuss.

Ich erzählte von meinem erfolgreichen Deal in Paris, der Absicht von Lemaire in Wien eine Frau kennenzulernen und präzisierte, dass er darunter wohl eine intime Bekanntschaft verstand.

„Die Geschäfte sind gut angelaufen mit seiner Firma", setzte ich fort, „mein Chef hat mich gebeten, die Fühler auszustrecken, um diesen liebeshungrigen Franzosen mit einer Frau bekannt zu machen, sozusagen im Sinne einer Vertiefung der Geschäftsbeziehung."

„Ich verstehe", sagte Christina. Ich fürchtete schon, mit meinem Ansinnen ins Fettnäpfchen getreten zu sein, doch sie lächelte schelmisch. „Wenn einer dir helfen kann", sagte sie nach einer Pause, „dann ist es Ingmann. Sicherlich bist du nicht der Erste, der mit einem solchen Problem an ihn herangetreten ist."

Während wir gemächlich die Flasche des hervorragenden Rotweins leerten, versuchte ich mehr über die einträgliche Geschäftsbeteiligung von Christina zu erfahren. Doch sie blieb zurückhaltend. Sie schob mir einen Geldschein in die Brusttasche meines Sakkos und bat, trotz meines Protestes, zu bezahlen.

„Können wir uns morgen nach deinem Auftritt sehen?", fragte ich, als wir das Restaurant verließen.

„Ich weiß nie, wie lange meine Auftritte dauern, nachher bin ich immer sehr müde."

„Das heißt, wir sehen uns erst wieder am Montag, wenn du deinen freien Tag hast?"

„Auch am Montag und Dienstag können wir uns nicht sehen, Andreas."

Diese Ankündigung traf mich unerwartet. Warum wollte sie mich plötzlich nicht mehr sehen?

„Warum können wir uns nicht sehen?"

„Ich muss in einer wichtigen Angelegenheit verreisen, aber am Mittwoch könnten wir uns sehen", sagte sie sanft, „wenn du willst?"

Ich benötigte eine Weile, bis ich meine Worte fand. „Natürlich will ich, was für eine Frage."

Sie nahm meine Hand.

„Du kannst mich natürlich immer in der Bar besuchen. Wir können in den Pausen ein bisschen plaudern und einen Drink nehmen."

Sie gab mir einen zärtlichen Kuss.

Bevor wir das Wohnhaus von Christina erreichten, fragte sie mich, ihre Stimme klang leise, beinahe flüsternd: „Ich habe vom Rotwein Kopfschmerzen bekommen. Bist du mir böse, wenn wir uns dieses Mal kurz verabschieden?"

Ich war im Augenblick ratlos, was ich antworten sollte.

„Kommst du morgen Abend in die Bar?"

Ich war ein bisschen sauer. „Ich weiß nicht, ich muss trainieren."

„Na dann …" Nun schien Christina eingeschnappt zu sein.

Das war mir auch nicht recht. Ich lenkte ein.

„Natürlich komme ich morgen, um dich zu sehen!"

„Na, dann ist ja alles gut, Liebster", sagte sie, aber ihre Stimme klang traurig. „Ich werde dich jetzt verlassen." Sie drehte sich zu mir und gab mir viele, kleine, innige Küsschen. Sie öffnete die Tür und stieg aus. Auch ich verließ den Wagen, übergab ihr den Startschlüssel und drückte ihr noch einen langen Abschiedskuss auf die Lippen.

„Bis morgen, Andreas, schlaf gut!" Ich blieb noch stehen, bis sie das Eingangstor aufgesperrt hatte, dann ging ich zu meinem Golf.

Ich begann über ihre Geschäftsreise zu grübeln, irgendetwas konnte ich mir nicht zusammenreimen. War sie in illegale Vorgänge involviert? Von wo kam das Geld für ihren großzügigen Lebenswandel? Warum interessierte sie sich für Fahrtrouten unserer LKWs, über Abwicklungen von Importen aus dem Ausland? Suchte sie einen verliebten Dummkopf wie mich, den sie für dubiose Geschäfte einspannen konnte? Wie würde es mit ihr weitergehen? Warum war sie auf einmal so zurückhaltend? Ich weiß nicht, warum mir plötzlich Julia in den Sinn kam. Der letzte Abend mit ihr war so schön gewesen, auch wenn ich ihn zu guter Letzt verpatzt hatte. Ich bedauerte, dass ich bis heute keinen Versuch gemacht hatte, mich mit ihr zu versöhnen.

17.

In der Nacht hatte es geregnet, tief hängende Wolken kündigten weitere Regenfälle an. Schade, dachte ich, denn ich wollte nach dem Büro Tennis spielen. Schnell machte ich meine Morgentoilette. Als ich zu meinem Auto ging, wirkten die Fassaden der umliegenden alten Häuser grau, eintönig und deprimierend auf mich. Ich warf einen Blick auf mein Wohnhaus. Es war Ende des 19. Jahrhunderts gebaut worden, die Fassade war reich gegliedert, doch der Zahn der Zeit und die Kriegseinwirkungen hatten Spuren hinterlassen. Der Mörtel der ehemals schönen Vorsprünge bröckelte ab, ließ die darunter liegenden Ziegel zum Vorschein kommen. Bisher hatte der Eigentümer es verabsäumt, eine Renovierung vorzunehmen. Wann würde ich genug Geld gespart haben, um eine moderne Wohnung in einer freundlicheren Gegend anzahlen zu können?

Im Laufe des Tages besserte sich das Wetter. Ich hatte einige Tage keinen Tennisschläger in der Hand gehabt, war hungrig auf Tennis. Eric, mit dem ich telefoniert hatte, war bereit, mit mir einen Satz zu spielen.

„Bist du mit Christina ausgegangen?", fragte er, nachdem wir uns begrüßt hatten.

„Ja", antwortete ich, ohne auf Einzelheiten einzugehen.

„Und?"

„Sie ist sehr nett."

„Wie nett?", setzte er schmunzelnd seine Fragerei fort.

„Wie ich schon sagte, lieber Eric, sehr nett."

„Und weiter?", bohrte er.

„Hör mal", sagte ich etwas unwirsch, „willst du Tennis spielen oder mich über mein Privatleben ausfragen?"

„Beides", sagte er. Es schien ihn zu amüsieren, mich mit Fragen zu piesacken. Ich gab ihm jedoch keine Antwort mehr, nahm drei Bälle aus meinem Bag, ging zur Grundlinie um meine Bereitschaft zum Service anzukündigen. Schon nach den ersten Ballwechseln merkte ich, dass die Trainingspause meinem Spiel nicht gut getan hatte. Es fehlten Druck und Präzision. Eric, mit dem ich bisher nie große Mühe gehabt hatte, jagte mich über den Platz. Ich kam gehörig ins Schwitzen, schnaufte wie eine alte Dampflokomotive. Plötzlich hörte ich Gelächter. Ich wandte den Kopf und bemerkte Martin Gumbroch und Eva Schöller.

„Hallo, Andreas", sagte Gumbroch großspurig, „nimmst du gerade eine Trainerstunde bei Eric?"

„Kümmere dich um deinen eigenen Kram", sagte ich grob. Es war mir unangenehm, mich in der Schwächephase, in welcher ich mich befand, von Gumbroch verhöhnen zu lassen. Eva nickte mir zu, ein triumphierendes Lächeln auf den Lippen, scheinbar um zu signalisieren, dass sie auch bei anderen Männern begehrt war.

„Zahl mir ein Bier und ich zeige dir, wie man eine Backhand mit Topspin schlägt", setzte Gumbroch seinen Spott fort. Eva verfolgte mit Genugtuung die Lästerungen.

„Es gibt wichtigere Dinge im Leben als Topspin-Schläge, stell dir vor", sagte ich.

„Bargirls vielleicht?"

„Behalte deine schmutzigen Gedanken für dich", sagte ich angewidert und wandte mich Eric zu. „Komm, suchen wir uns einen anderen Platz, damit wir ungestört weiterspielen können."

„Der Herr Casanova kneift", sagte Gumbroch und blitzte mich aus seinen schmalen Augen an.

„Ich werde dir etwas sagen, Gumbroch", sagte ich ruhig, „da du dir auf dein Tennis so viel einbildest, gebe ich dir Gelegenheit, mir eine Lektion zu erteilen. Spielen wir doch einmal, dann werden wir sehen, wer von uns den besseren Spin hat."

„Das kannst du haben, Freund, sag wann", sagte er herablassend.

„Nächste Woche Samstag um drei Uhr nachmittags."

„O.K.", sagte er und wandte sich Eva mit einem Siegerlächeln zu.

Eric warf mir einen erstaunten Blick zu. Er wusste genauso gut wie ich, dass ich noch nie gegen Gumbroch gewonnen hatte. Ihn herauszufordern, war unüberlegt, voreilig gewesen. Warum hatte ich es getan? Er war der bessere Tennisspieler, ich würde mich noch mehr blamieren, wenn ich nächste Woche verlieren sollte. Sicher, Gumbroch hatte mich in meiner Ehre verletzt, das wollte ich nicht durchgehen lassen. Eric warf mir einen Blick zu, der Verständnis und Mitempfinden ausdrückte.

„Eric, wenn du in den nächsten Tagen nicht mit mir trainierst, werde ich mich bis auf die Knochen blamieren!"

„Du kannst mit mir jederzeit rechnen, brauchst mich nur anzurufen."

„Ich weiß nicht, welcher Teufel mich geritten hat, Gumbroch herauszufordern, aber jetzt kann ich nicht mehr zurück."

„Ich kann dich gut verstehen, Andreas", sagte er verständnisvoll, „er ist zu weit gegangen, das in Gegenwart deiner Ex-Freundin. Du hast wie ein k.u.k. Offizier reagiert und ihn zum Duell gefordert, ehrenvoll von dir, aber zu gewinnen wird es nichts geben."

Wir setzten unser Spiel fort. Natürlich beherrschte ich den Topspin, sowohl mit der Vorhand als auch mit der Rückhand, nur war ich zu spät am Ball, verschlug daher die meisten Bälle. Eric reagierte hervorragend, er nahm den Druck aus dem Spiel, um mir

Gelegenheit zu geben, meine Schläge besser vorzubereiten.

„Ein paar Spielchen und du wirst deinen Rhythmus wieder gefunden haben", sagte er, um mich zu beruhigen.

Als ich das *Magic Moon* betrat, war schon einiges los. Ich suchte nach einem freien Tisch, weil mir die unverhohlene Ablehnung des Barkeepers Fiedler und seine durchdringenden Blicke auf die Nerven gingen. Der Ober, ein älterer, weißhaariger Mann mit einem freundlichen Gesicht, zuckte jedoch bedauernd mit den Achseln. Also ging ich an die Bar, dort bestellte ich Bier, was Fiedler mit Missachtung quittierte. Beifall brandete auf, als Christina erschien. Sie sang langsam, mit geschlossenen Augen, abwesend, fast in Trance *I'have got you under my skin*. Wenn ihr Gesang verstummte, ließ sie ihre Hände gefühlvoll über die Tasten gleiten, um zu improvisieren, die Töne entfernten sich von der Original-Melodie, um fallweise wieder dorthin zurückzufinden. Sie hatte die Augenlider gesenkt, trotzdem merkte ich, dass sie etwas suchte. Als sie meiner gewahr wurde, glitt ein fast unmerkliches Lächeln über ihre Lippen, ihr Gesang wurde lebhafter, rhythmischer, immer öfter warf sie mir einen Blick zu. Ich sehnte die Gesangspause herbei, um mit ihr ein paar Worte wechseln zu können. Als die letzten Takte verstummten, trat Ingmann an sie heran. Er redete eindringlich mit ihr, dann strebten beide der kleinen Tür hinter der Bar zu. Ohne dass ich es wollte, regte sich in mir Eifersucht sowie leichte Irritation. Diese wurde verstärkt, als noch zwei Männer im Raum hinter der Bar verschwanden.

Neben mir hatte sich ein junger, braungebrannter Typ niedergelassen. Als sich unsere Blicke kreuzten, lächelte er mich an.

„Eine tolle Frau, singt so gut, wie sie aussieht!"

Ich benötigte einige Augenblicke, um zu realisieren, was er gesagt hatte. Ich wollte schon etwas Abweisendes sagen, doch das offene Lächeln meines Nachbarn ließ mich innehalten. Er hatte ein markantes Gesicht, sehr dunkle, kurz geschnittene Haare und dichte, weit geschwungene Augenbrauen. Das gebräunte Konterfei gab ihm ein gesundes, sportliches Aussehen. Nur die breite, leicht gebogene Nase passte nicht in dieses interessante Gesicht. Ich wandte mich langsam ihm zu.

„Gefällt Sie Ihnen?"

„Sie sollte in Konzertsälen auftreten und nicht in dieser zwielichtigen Bar", meinte er und nahm einen Schluck aus seinem Bierglas.

„Wieso zwielichtig?"

Er schwieg eine Weile, seine Stirn legte sich in Falten. Ich hatte den Eindruck, dass er bereute, diese Anspielung gemacht zu haben.

„Na ja", sagte er ausweichend, „wenn Sie die Augen offen halten, werden Sie's vielleicht selber merken."

Ich wurde nachdenklich, dachte an den übertrieben elegant angezogenen Schnösel mit dem französischen Akzent und an den verschlagen aussehenden Araber.

„Sind Sie öfters hier?", erkundigte sich mein Nachbar.

„Ja, eigentlich schon."

„Auch wegen dem Mädchen?"

„Ja. Und Sie, sind Sie nur wegen der Sängerin hier?", forschte ich.

„Unter anderem." Ein feines Lächeln umspielte seine Lippen.

In diesem Augenblick öffnete sich die Tür hinter der Bar und Christina trat heraus. Als sie mich ansteuerte, blieb meinem Nachbarn der Mund vor Erstaunen offen.

„Ich habe mit Ingmann wegen der Begleitung für deinen französischen Geschäftsfreund gesprochen", flüsterte sie mir ins Ohr, „er kann dir jemand empfehlen. Am besten du wendest dich direkt an ihn."

Aber das war für mich im Moment nur von sekundärem Interesse.

„Können wir uns morgen irgendwo kurz sehen, aber nicht in der Bar", sagte ich drängend.

„Ich habe große Sehnsucht nach dir, aber es geht nicht, glaube es mir, Andreas", sagte sie und strich mir sanft über das Haar. Bevor ich noch etwas sagen konnte, schritt sie langsam auf das Klavier zu und ließ die ersten Takte zu *Blue Moon* erklingen.

Mein Nachbar drehte nervös an seinem Bierglas. „Sie sind bekannt mit ihr?"

„Ja", sagte ich, ohne Details über meine Beziehung zu Christina preiszugeben. Was er soeben mitverfolgen konnte, war aussagefähig genug gewesen.

„Sie Glückspilz!" Sein Blick ruhte auf meinem Gesicht. Ein Schimmer von Anerkennung huschte über sein sympathisches Gesicht.

„Einen Whisky?", fragte ich einladend.

„Höchstens ein Bier", schränkte er ein, „ich darf derzeit keine starken Getränke zu mir nehmen, mit dem Bier bin ich schon am Limit!" Meine Geste schien ihn jedoch zu freuen.

„Sind Sie Abstinenzler?"

„Nein, aber mir steht ein entscheidender Kampf bevor. In den nächsten Tagen darf ich keine harten Getränke zu mir nehmen."

Zum ersten Mal musterte ich ihn näher. Die leicht gebogene Nase war mir schon vorhin aufgefallen. Ich ließ meinen Blick über seine Statur gleiten. Der elegante Abendanzug konnte nicht gänzlich den sportlichen Körperbau verbergen. Da dämmerte es mir.

„Ich schätze, Sie sind Boxer?"

„Wie haben Sie es erraten?"

„Ihre Statur hat Sie verraten, die Nase auch ein bisschen", sagte ich lächelnd und bestellte Bier für uns beide.

Fiedler, der Barkeeper, ließ sich mit dem Servieren Zeit. Endlich knallte er die Gläser auf die Theke, dass der Schaum überschwappte. Ich streifte ihn mit einem eisigen Blick.

„Ich bin nicht sein Typ", sagte ich.

„Am liebsten würde ich ihm jetzt eine knallen", sagte mein Nachbar.

„Ich auch", schloss ich mich ihm an, „aber lassen wir uns die Stimmung nicht verderben." Ich wandte mich ihm zu. „Prost, ich heiße Andreas."

„Prost!" Er blickte mich mit seinem offenen, gewinnenden Lächeln an, „ich bin Paul."

Wir kamen ins Plaudern. Er erzählte, dass er in zwei Wochen einen wichtigen Kampf zu bestreiten hätte.

„Wenn ich gewinne, werde ich als Herausforderer für einen Europameisterschaftskampf gereiht, dann gibt es auch große Kasse. Aber der Italiener, gegen den ich antrete muss, der ist ziemlich stark."

Ich weiß nicht warum, aber plötzlich berichtete ich von meinem Leichtsinn, der mich bewegt hatte, gegen Gumbroch anzutreten, und unterließ es nicht, von den Schmähungen zu erzählen, denen ich vor meiner Ex-Freundin ausgesetzt war.

„Obwohl ich nur geringe Chancen habe, war es eine Frage der Ehre für mich, dieses Großmaul herauszufordern!"

„Du hast Mut, das zeichnet dich aus", sagte er anerkennend, „es kommt letztlich nicht darauf an, zu gewinnen. Gib dein Bestes!"

„Wenn ich derzeit nicht so ein Formtief hätte!" Eine ehrenvolle Niederlage, ja, aber von diesem Großmaul deklassiert zu werden, das wäre furchtbar für mich.

„Komm doch zu mir in den Club, ich kann dir gute Tipps über mentale Kampfführung geben."

„Ich weiß nicht", sagte ich zögernd, „ich sollte die verbleibende Zeit nutzen, um mein Tennis zu verbessern."

„Das hat natürlich Vorrang", stimmte er zu, „aber die psychologische Kampfführung ist auch wichtig."

Ich blickte ihn an. Gelassen saß er da, Ruhe und Zuversicht ausstrahlend. Ein Gefühl sagte mir, dass ich ihm vertrauen könnte.

„Na gut, ich werde nächste Woche vorbeikommen."

Auf einmal sah ich Ingmann, wie er den kleinen Raum hinter der Bar verließ. Ein amüsiertes Lächeln glitt über seine harten Züge, als er mich erblickte. Mit einem leichten Kopfnicken lud er mich ein, zu ihm zu kommen.

„Ich bin gleich wieder da", sagte ich zu Paul. Ich musste mich überwinden, Ingmann um diesen delikaten Gefallen zu bitten. Doch ohne Umschweife, noch bevor ich ein Wort sagen konnte, kam er zum Thema.

„Ich kann Ihnen ein entzückendes Mädchen empfehlen, sie heißt Mara. Wenn Sie wollen, kommt sie morgen ins *Magic Moon*. Sie ist kein Mädchen von der Straße, nur dass das klar ist. Aber trotzdem sollte man ihr ein großzügiges Geschenk machen." Er grinste zweideutig.

„Das wird sich machen lassen."

Ingmann verzog die schmalen Lippen zu einem spöttischen Grinsen, das breite Kinn trat hervor und verstärkte seine harten Gesichtszüge.

„Also gut, dann lasse ich Mara morgen kommen. Aber Achtung, sie ist eine umwerfende Frau, nicht schwach werden", er warf einen vielsagenden Blick in Richtung Christina und grinste anzüglich, „sonst ..."

Peinlich berührt murmelte ich einen Dank und kehrte an die Bar zurück. Paul blickte mich kritisch an, stellte aber keine Fragen.

„Also, wenn du dir ein paar Tipps holen willst", nahm er das Gespräch wieder auf, „dann besuche mich, ich bin jeden Tag im Club, auch an den Wochenenden."

„Na, gut, abgemacht."

Er gab mir die Adresse.

„Kann man vom Boxen leben?", wollte ich wissen.

„Derzeit nicht, ich übe auch einen Beruf aus. Ich bin bei der Kriminalpolizei. Behalt es aber für dich, sag's niemand, auch nicht deiner Freundin. O.K.?"

Ich war perplex.

Nach einer Gesangspause gesellte sich Christina zu uns.

„Christina, darf ich dir Paul vorstellen? Einen glühenden Anhänger deiner Gesangskunst."

Paul erhob sich mit einer leichten Verbeugung. Sie lächelte und reichte ihm die Hand. Sie war wie immer umwerfend. Das schimmernde, dunkelblaue Kleid war tief ausgeschnitten, mit Raffungen an den Seiten und im Taillenbereich.

„Paul ist ein bekannter Boxer", sagte ich mit ein wenig Übertreibung, „er hat in zwei Wochen einen entscheidenden Kampf."

„Boxen fasziniert mich, es ist Sport total", sagte Christina anerkennend.

Paul errötete, offensichtlich hatte er ein solches Echo nicht erwartet. Es veranlasste ihn, ein leidenschaftliches Plädoyer für seinen Sport abzugeben. „Boxen erfordert nicht nur Geschicklichkeit, Schnelligkeit und Kraft, sondern auch ein gutes Auge und taktisches Talent. Beim Boxen lernt man viel über sich selbst, denn ohne Mut kann man diesen Sport nicht ausüben."

Christina sagte noch ein paar ermutigende Worte und wandte sich dann mir zu.

„Übrigens, hat Ingmann eine Begleitung für deinen Gast?" Sie schob ihre Hand in die meine.

„Ja, eine gewisse Mara.‟ Ich erwiderte den Druck ihrer Hand, hoffend, dass sie meine schnöde Tat als Kuppler verzeihen würde.

„Kommst du morgen wieder?‟

„Natürlich‟, flüsterte ich.

Sie war traumhaft schön, als sie wieder vor dem Klavier Platz nahm und die ersten Töne ihres Liedes anstimmte. Und noch immer war ich mir nicht sicher, ob sie mich liebte oder ob sie mich für irgendwelche dubiose Geschäfte benutzen wollte.

18.

Am nächsten Morgenerwachte ich spät, so spät, dass ich keine Chance hatte, rechtzeitig im Büro zu erscheinen. Es war daher sinnlos, sich zu beeilen. In den nächsten Tagen erwartete mich eine ganze Reihe von Herausforderungen. Der Stress im Büro, das Duell mit Gumbroch und mein Problem mit Christina. Und dann musste ich noch den Postillon d'Amour für Lemaire spielen. Wahrlich, ich jonglierte mit vielen Bällen auf einmal.

Es war bereits 8 Uhr 30, als ich im Büro erschien. Glücklicherweise war Sandra eine wertvolle Stütze. Sie schaltete sich immer mehr in das operative Geschäft ein. Ihre angenehme Stimme sowie ihr Charme schienen bei den meist männlichen Geschäftspartnern sehr gut anzukommen. Sofern nichts Unvorhergesehenes passierte, war alles im grünen Bereich. Das Telefon schrillte, Scholz war am Apparat. Aus seiner oberflächlichen Erkundigung über den Status der Transporte schloss ich, dass sein Anruf ein anderes Ziel verfolgte. Er räusperte sich umständlich.

„Hmm, was machen wir mit Lemaire, wenn er nächste Woche kommt?" Er vermied, eine präzise Frage zu stellen. Ich entschloss mich daher, vorerst den Ahnungslosen zu mimen.

„Vorige Woche sprachen Sie von einer Einladung in die Oper!"

„Ja, ja", sagte er ungeduldig, ich merkte einen leichten Ärger in der Stimme. „Es geht um die Begleitung, wir haben bereits darüber gesprochen."

„Haben Sie jemand gefunden?", fragte ich leichthin.

„Nein, wie sollte ich?", sagte er genervt, „meine karge Freizeit verbringe ich zu Hause bei meiner Frau!"

„Morgen kann ich Ihnen vielleicht mehr sagen", sagte ich leise, damit meine Kolleginnen nicht mithören konnten, „ich bin mit einer Frau verabredet, sie soll sehr hübsch sein."

„Hoffentlich ist es die Geschäftsverbindung mit diesem Lemaire wert, dass wir uns so viel Mühe geben, um seine Sonderwünsche zu erfüllen. Geben Sie mir Bescheid!"

Ich war nervös, als ich im *Magic Moon* diese Mara erwartete. Würde es Christina vollkommen kalt lassen, wenn ich mich mit einer anderen Frau unterhielt? Gegen neun Uhr erschien Christina in einem langen roten Kleid mit einem tiefen V-Ausschnitt. Außerdem war das Kleid bis zu den Oberschenkeln geschlitzt. Ihre aufrechte Haltung minderte ein wenig die Anzüglichkeit dieses gewagten Kleides. Sie nahm am Klavier Platz, als sie mich erblickte, huschte ein zartes Lächeln über ihr Gesicht. Im Gegensatz zu gestern sang sie lebhaft und klimperte munter auf dem Klavier. Dabei warf sie Blicke in die Runde. Als sie den Song beendete, brandete Applaus auf. In der Pause lenkte sie ihre Schritte zu meinem Tisch. Ich stand auf, um sie Platz nehmen zu lassen, doch sie drückte mich auf den Stuhl zurück. „Na, Playboy, wo ist dein Girl?", sagte sie und lächelte schelmisch.

Ich nahm diese Anspielung ernst und erwiderte ziemlich trocken: „Ich bin kein Playboy, ich opfere mich für die Firma, das weißt du!"

„Na dann …", sie lächelte wieder und schritt von dannen.

Plötzlich stand, wie herbeigezaubert, eine Frau vor meinem Tisch. Was mir zuerst auffiel, waren lange, pechschwarze, bis weit über die Schultern herabreichende, glattgekämmte Haare. Der Mund war groß, die vollen Lippen leicht aufgeworfen. Sie trug ein weißes Kleid, das an der Taille durch einen breiten schwarzen Gürtel zusammengehalten war und einen üppigen Körper erahnen ließ. Große, weit auseinanderstehende Augen blickten mich kühl und abschätzend an.

„Bist du Andreas?", fragte sie mich mit einer dunklen, rauchigen Stimme.

„Ja, der bin ich." In meiner Verwirrung benötigte ich einige Sekunden, um zu reagieren. Ein grobes Lächeln entglitt ihrem breiten Mund.

„Darf ich mich setzen?"

„Aber ja, setzen Sie sich", sagte ich, nicht ganz Herr der Lage.

Sie schob den Stuhl nahe an mich heran, beugte sich beim Setzen weit über den Tisch und gewährte mir einen tiefen Einblick in ihren Ausschnitt. Der Ober kam mit einem vielsagenden Lächeln herbei.

„Das Gleiche wie immer?", fragte er.

Sie nickte.

Ich war nicht schlecht erstaunt, als der Ober mit einer Flasche Champagner ankam. Sie will wohl meine Finanzkraft testen, dachte ich. In mir wuchs Missmut, als ich daran dachte, eine Flasche mit Mara leeren zu müssen. Sie dürfte meine düstere Stimmung bemerkt haben.

„Auf unser Wohl und einen schönen Abend!" Sie prostete mir fröhlich zu.

Nachdem wir einige Minuten über das *Magic Moon* gesprochen hatten, kam ich zum Thema.

„Hat Ihnen Ingmann erzählt, um was es geht?"

„So ungefähr", sagte sie gereizt, „warum sagst du immer Sie zu mir, das geht mir auf die Nerven!"

„Wenn du willst, sage ich du zu dir."

Sie lachte herausfordernd. „Jetzt müssen wir Bruderschaft trinken."

Wir kreuzten unsere Arme, nahmen einen Schluck Champagner und küssten uns. Ich wollte mich lösen, aber Mara umschlang mich und gab mir einen unanständigen Kuss, indem sie ihre Zunge zwischen meine Zähne presste, um meine Zungenspitze zu berühren.

„Also, Mara", sagte ich und befreite mich aus ihrer Umarmung, „nächste Woche kommt mein Freund aus Paris nach Wien. Er möchte ein Wiener Mädchen kennenlernen. Er ist …"

Sie unterbrach mich. „Kannst du mir sagen, was du darunter verstehst?" Sie zog die Lippen nach unten.

„Gesetzt den Fall, dass ihr euch sympathisch seid, könntest du dir vorstellen, mit ihm … den Abend ausklingen zu lassen?" Ich machte eine Pause. „Verstehst du, was ich meine?"

Mara zog die Augenbrauen beleidigt hoch.

„Ich bin nicht so eine." Sie schwieg einige Augenblicke, sagte dann mit einem zweideutigen Grinsen „aber wenn er mir gefällt und kein Knauser ist … vielleicht werde ich dann schwach."

Aha, dachte ich, Madame ziert sich, um den Preis nach oben zu treiben. Ich trank hastig einen großen Schluck.

„Also gut, sag mir wie viel."

Ich hoffte, dass Scholz vor Schreck nicht umfallen würde, wenn ich ihm den Betrag mitteilte.

„Das ist viel Geld" sagte ich gedehnt, „ich hoffe, dass du sehr lieb zu meinem Freund sein wirst!"

„Du misstraust mir?" Sie verzog ihren Mund zu einem anzüglichen Lächeln. „Du bist mir einer!"

Ich goss ihr Glas voll. Nur schnell die Flasche leeren, dann ab nach Hause, dachte ich. Sie nippte am Glas und sah mir lange in die Augen. „Du bist ein hübscher Junge, ich mag dich."

Um weitere Annäherungsversuche zu unterbinden, sprach ich über Lemaire, um ihr eine ungefähre Vorstellung von seiner Person zu geben.

„Ich muss dich jetzt verlassen", sagte ich dann.

Der Champagner war horrend teuer, ich musste mit meiner Kreditkarte bezahlen.

„Wir sehen uns am Donnerstag, Mara." Ich wollte ihr die Hand reichen, aber sie zog mich zu sich herab und küsste mich. Just in diesem Augenblick erschien Christina. Sie gab sich den Anschein, mich nicht zu bemerken, und ging zum Klavier.

Als ich am nächsten Morgen Scholz über das Ergebnis meines Rendezvous mit Mara informierte und die Kosten nannte, ließ dieser ein leises Pfeifen hören.

„Der Abend wird eine teure Angelegenheit!"

„Aber es wird sich lohnen, wir werden gute Geschäfte mit Lemaire machen", sagte ich, um die Höhe der Ausgaben zu relativieren.

Aber Scholz brummte nur missbilligend. Eine heikle Sache, Leute zusammenzubringen, dachte ich mir. Christina war eingeschnappt und Scholz hatte mit keinem Wort meinen Einsatz honoriert.

Nachdem ich am Wochenende bis zur Erschöpfung trainiert hatte, besuchte ich am Montag nach Büroschluss den Boxer. An Tennis war ohnehin nicht zu denken, denn es regnete. Der Boxclub war in einer langgestreckten Holzbaracke am Rande einer Gartensiedlung untergebracht, Straßenlaternen erhellten mit ihrem fahlen Licht diese Vorstadtszenerie. Wenn die Straßenbahn in einer engen Schleife bei der Baracke vorbeifuhr, erzeugten die Räder ein kreischendes Geräusch. Hinter der Baracke gab es einige Sitzreihen mit Holzbänken. Ich nahm an, dass dort im Sommer Freiluftkämpfe ausgetragen wurden. Als ich ins Clublokal eintrat, wehte mir der säuerliche Geruch von kaltem Schweiß entgegen. An den Sandsäcken wurde unter der Aufsicht eines Trainers, der wie ein

Feldwebel Befehle gab, intensiv geübt. Paul bearbeitete einen baumelnden Sack mit Haken und Geraden, gewaltig trommelte er auf das Trainingsgerät ein. Jeder Kontakt verursachte ein dumpfes Geräusch.

„Hör mal, Paul", sagte der Trainer, „du bewegst dich gut und deine Rechte ist ein wahrer Hammer, aber du musst deine Ellbogen mehr zusammenhalten. Du bist oberhalb deiner Gürtellinie offen wie ein Scheunentor. Ich würde dir binnen Sekunden eine Gerade verpassen, dass dir Hören und Sehen vergeht."

„Probier's doch mal, Trainer", sagte Paul lachend und zwinkerte mir zu. Der Trainer ließ sich nicht zweimal bitten, er nahm Übungshandschuhe aus einem Regal, zog sie über seine Fäuste und begann mit kurzen Haken Pauls Oberbauch zu bearbeiten. Man sah deutlich, wie Paul seine Bauchmuskeln anspannte um den Schlägen den Impact zu nehmen. Nach und nach verzog sich sein Gesicht zu einer schmerzvollen Grimasse. Er schob den Trainer von sich. „Es reicht", sagte er schnaufend und lächelte gequält, „sonst vergeht mir wirklich noch Hören und Sehen."

„Bist ein guter Nehmer", brummte der Trainer, „aber mir ist lieber, wenn du austeilst."

Paul wandte sich nun mir zu und begrüßte mich, indem er mich mit seinen Boxhandschuhen auf der Brust antippte.

„Rudi, darf ich dir Andreas Bachmann vorstellen?" Ich schüttelte dem Trainer die Hand. „Willst du Boxen bei uns lernen?", erkundigte sich Rudi Schleisser, der Trainer.

„Nein, er spielt Tennis", sagte Paul, bevor ich antworten konnte. „Er hat am Samstag ein wichtiges Spiel. Ich habe versprochen, ihm ein paar Tricks zu zeigen."

„Einverstanden, aber verliere nicht viel Zeit, denk an deinen nächsten Kampf."

„Keine Sorge, Trainer, ich bleibe dran", beruhigte Paul.

Schleisser nickte und dirigierte seinen massigen Körper mit steifen Schritten in Richtung Kantine.

Ich erkundigte mich bei Paul über die Einzelheiten seines wichtigen Kampfes.

„Wenn es dich interessiert, lade ich dich gerne ein. Du kriegst von mir eine Karte ganz vorne beim Ring. Du kannst auch Christina mitnehmen."

„Ich komme gerne", sagte ich, „ich werde auch mit Christina reden."

„Es würde mich wahnsinnig motivieren, wenn sie käme!"

„Hast du keine Freundin?"

„Ist schon eine Zeit her", er lächelte gezwungen, „aber das sportliche Leben mit den Entbehrungen, die der Boxsport mit sich bringt, hat immer wieder zu Konflikten geführt. Außerdem hat sie sich Sorgen gemacht, wenn ich einen Kampf hatte."

„Kann ich verstehen."

„Eines Tages sagte sie mir, dass ich die besten Jahre meines Lebens mit diesem sinnlosen Sport vergeude. Und eine Stunde später war sie weg."

„Es werden andere Frauen kommen und sich um dich reißen!"

„Glaubst du?"

„So wie du gebaut bist, sicher!", sagte ich und lächelte.

„Gebaut ist gut", sagte er und lachte, „Boxer haben einen austrainierten Körper, aber zerschlagene Nasen, schau meine an!"

„Das macht dich nur noch interessanter. Denk an Jean-Paul Belmondo."

Wir scherzten noch eine Weile in dieser Tonart, doch dann kam Paul auf das Thema des Abends zu sprechen.

„Komm mit", sagte er plötzlich, „hier ist es zu laut. Gehen wir in die Gerätekammer, dort sind wir ungestört."

Ich folgte ihm in eine kleine Kammer am Ende der langgestreckten Halle. Rings um uns übten athletisch gebaute Burschen. Manche trainierten zu zweit, während einer versuchte anzugreifen, versuchte der andere zu parieren. Ich bewunderte, wie geschickt sie sich bewegten und mit welcher Schnelligkeit ihre Fäuste trommelten.

„Beim Boxen kommt es vor allem darauf an, nicht angespannt zu sein, sonst büßt man an Schnelligkeit ein", erklärte mir Paul.

Er drehte das Licht in der Kammer an. Ein muffiger Geruch drang mir in die Nase. Überall lagen Sandsäcke und Punchingbälle herum. An der Wand hingen Turnmatten, die zerschlissen und löchrig waren. Wir nahmen zwei Matten von der Wand und setzten uns.

„Die meisten Sportarten", begann Paul seine Ausführungen, „erfordern den richtigen Ablauf der Bewegungen. Beinarbeit und Körperstellung sind wichtig. Beim Boxen beispielsweise muss man entsprechende Körper- und Fußstellungen berücksichtigen, je nachdem, ob man Schläge pariert oder austeilt. Ich nehme an, dass beim Tennis bei der Vorhand eine andere Fußstellung erforderlich ist als bei der Rückhand. Das Timing mag auch sehr wichtig sein. Wir hatten im Club einmal einen Coach, der uns gelehrt hat, im Trancezustand mit Visualisierungen zu arbeiten."

Ehrlich gesagt, ich hatte Zweifel über die Wirksamkeit der von Paul vorgestellten Methode.

„Im Grunde spiele ich ein technisch ausgereiftes Tennis", sagte ich ausweichend.

„Aber eine Schwäche muss es geben, sonst wärst du die Nummer eins im Club. Vielleicht zweifelst du an deinen Potentialen, bist zu langsam, oder deine Schläge haben keine Power, was weiß ich, nobody is perfect!"

Paul blieb hartnäckig, er erklärte mir, wie man Atemübungen macht und es anstellt, in eine Art Trancezustand zu gehen, um mit

Autosuggestionen Botschaften im Unterbewusstsein abzuspeichern.

„Wenn du diese Methode nutzen möchtest, musst du natürlich üben."

Ich war noch immer nicht voll überzeugt, doch Paul schlug vor, wenigstens einen Versuch zu unternehmen. Ich schloss die Augen und machte Atemübungen. Paul gab mir leise, aber mit einer gewissen Eindringlichkeit Anweisungen. Irgendwann, verspürte ich innere Ruhe, keine Gedanken störten meine Versunkenheit, Bilder tauchten vor mir auf. Ich verharrte in diesem Zustand, bis ich wie aus weiter Ferne Pauls Stimme vernahm.

„Was hast du gesehen?", fragte er behutsam.

Es dauerte einige Augenblicke, bis ich in die Realität zurückkehrte. Ich erzählte ihm von Bildern die ich gesehen und Empfindungen, die ich gehabt hatte.

„Versuche diese Bilder in deiner Vorstellung zu verankern, denn sie werden der Schlüssel sein, wenn du dich in Zukunft in Trance begeben möchtest. Dann, wenn du in Trance bist, musst du den richtigen Ablauf, Schlag oder was auch immer, visualisieren", dozierte er. „In der Realität kannst du dann den Bewegungsablauf aus deiner Vorstellung abrufen. Du wirst sehen, dass es dir viel schneller gelingen wird, Fehler abzustellen."

Wir wiederholten die Übung und ich versuchte mir den Ablauf meines Aufschlages in Zeitlupe vorzustellen. Langsam begann ich an die Wirksamkeit dieser Übungen zu glauben. Dankbar gab ich ihm einen freundschaftlichen Klaps auf die Schulter.

„Du kannst diese Übungen überall anwenden, nicht nur im Sport."

Die Erfahrungen, die ich soeben gemacht hatte, verwunderten und erfreuten mich in gleichem Maße. Ich hatte den Eindruck, ein paar Zentimeter über dem Erdboden zu schweben. Paul legte kameradschaftlich seine schwere Boxerhand auf meine Schulter.

„Also, vergiss nicht zu üben", sagte er zum Abschied.

Am Mittwoch rief ich Lemaire an. Erstens wollte ich die Modalitäten seines Wienbesuches abstimmen und zweitens hatte ich Ladungen im Großraum von Paris liegen, doch es fehlten Fahrzeuge für den Transport nach Österreich. Lemaire stellte mir die notwendigen LKWs unter der Bedingung zur Verfügung, dass wir diese in Österreich rückladen würden. Darauf konnte ich ohne Probleme eingehen, denn Ladungen hatten wir genug. Während des Gesprächs ließ ich durchblicken, dass einem vergnüglichen Abend in Wien nichts entgegenstünde. Ich deutete an, dass eine charmante Wienerin darauf brannte, ihn kennenzulernen.

„Ich bin schon wahnsinnig neugierig, ich freue mich auf morgen", sagte er aufgekratzt.

Es gelang mir, das Büro pünktlich zu verlassen und in den Club zu fahren. Der Tag war heiß gewesen, die Stadt schien wie ein aufgeladener Backofen die Hitze abzustrahlen. Ich versuchte, meine Gedanken auf Tennis zu konzentrieren, aber es gelang mir nicht so recht. Immer wieder dachte ich an den bevorstehenden gemeinsamen Abend, den ich mit Christina verbringen würde.

In der Garderobe machte ich Atemübungen und es gelang mir tatsächlich, mich von meiner Unruhe abzukoppeln und zu entspannen. Ich fiel in eine Art Trancezustand und stellte mir mehrere Male den perfekten Bewegungsablauf meines Aufschlags vor. Dann ließ ich mich in die Realität zurückgleiten und ging hinaus. Ich trainierte mit Felix eine gute Stunde, mein Aufschlag war gut, sehr gut sogar. Jedes Mal, wenn ich aufschlug, stellte ich mir vor, wie der Bewegungsablauf sein müsste, um perfekt zu sein. Fast immer flog der Ball wie ein Geschoß über das Netz, viele meiner Bälle waren unerreichbar, so schnell waren sie, so gut hatte ich sie platziert.

Als wir uns unter der Dusche den Schweiß von unseren Körpern herunterspülten, sagte Felix anerkennend:

„Wenn du am Samstag gegen Gumbroch so servierst, hast du reelle Chancen, ihn auch zu schlagen."

Die Übungen, die mir Paul gezeigt hatten, schienen eine starke Wirkung bei mir zu haben. Ermutigt durch die positiven Erfahrungen, entschied ich, noch mehr davon Gebrauch zu machen. In mir wuchs das Selbstvertrauen.

19.

„Komm rauf, Andreas, es ist offen", rief Christina mir zu, als ich an ihrer Pforte geläutet hatte. Ich schritt durch den Vorgarten, drückte die Haustüre auf und schritt die Stufen in den ersten Stock empor. Christina erwartete mich an der Tür.

„Du hast mir so gefehlt, Andreas", sagte sie und drückte sich an mich.

„Du mir auch, aber jetzt bin ich ja da."

Sie nahm mich bei der Hand und führte mich ins Wohnzimmer. Dort küssten wir uns noch einmal.

„Ich habe uns etwas zum Essen vorbereitet, hoffentlich magst du es, wenn ich etwas Kaltes serviere."

„Gerne, kein Problem", sagte ich.

„Einen Whisky als Aperitif?"

„Lieber etwas Alkoholfreies", sagte ich zögernd. Um ihr meine Zurückhaltung zu erklären, berichtete ich von der sportlichen Auseinandersetzung, die für mich zu einer

Angelegenheit der persönlichen Ehre geworden war. Gumbrochs abschätzige Bemerkung über ihre Person, die mich letztlich veranlasst hatte, diese wahnwitzige Herausforderung auszusprechen, erwähnte ich nicht. Ich glaubte, sie damit zu verletzen. Christina erkundigte sich über den Zeitpunkt des Spiels.

„Ich rate ab, dir dieses Spiel anzuschauen, denn es kann eine Riesenblamage werden."

„Gerade dann wirst du jemand brauchen, der dich auffängt."

Sie machte sich in der Küche zu schaffen. Nach einigen Augenblicken erschien sie mit einer großen Platte, die ziemlich üppig mit Schinken, Wurst, Pasteten und Käse garniert war. Sie stellte die Platte in die Mitte des niedrigen Couchtisches.

„Leider habe ich keinen richtigen Esstisch", sagte sie verlegen lächelnd.

„Macht doch nichts, es ist doch gemütlich hier auf dieser Bank."

Dann holte sie aus der Küche ein Tablett, auf dem sie einen Brotkorb, eine Flasche Wein, Teller und Besteck sowie diverse Salate und Gewürze aufgereiht hatte. Als sie den Tisch für uns deckte, bewunderte ich ihre wohlgeformten Arme, die feingliederigen, aber kräftigen Hände. Während des Essens trank ich nur ein Glas Wein, Christina war weniger zurückhaltend.

„Du trinkst fast nichts, hast du so großen Respekt vor deinem Gegner?"

„Respekt ist nicht das richtige Wort, eigentlich ist er ein einfältiger Prahler, aber er ist ein guter Tennisspieler und hat ihm Club großes Ansehen. Es geht um meine Ehre, denn schließlich war es ich, der ihn zu diesem Spiel herausgefordert hat."

„Konzentriere dich nicht auf ein Resultat, es gibt ehrenvolle Siege, aber auch achtbare Niederlagen."

„Du hast recht, aber dafür muss man erst eine gute Leistung bringen, doch meine Form war in der letzten Zeit gar nicht gut. Ich hatte zu wenig Zeit zum Tennisspiel."

Christina küsste mich zärtlich. „Bin ich schuld an deinem Trainingsrückstand?", flüsterte sie.

„Nur ein bisschen", sagte ich lächelnd.

Ein paar Augenblicke verstrichen.

„Ich muss am Montag mit dem Auto nach Paris fahren", sagte Christina zögernd, „es wird eine Marathontour. Ich bin erst wieder am Donnerstag zurück."

„Das ist ein Wahnsinn, mit dem Auto fährt man mindestens 14 bis 16 Stunden nach Paris. Und das bei der Hitze und bei dem Urlaubsverkehr. Für wen machst du das?"

„Ingmann hat mir den Sportwagen zur Verfügung gestellt, als Gegenleistung muss ich Antiquitäten abholen, die er in Wien weiterverkaufen will. Wir haben schon einmal kurz darüber gesprochen!"

Sie seufzte. „Am Anfang hielten sich die Fahrten in Grenzen, meistens musste ich nach Amsterdam fahren, das ist nicht so weit, aber jetzt", sie pausierte einige Augenblicke, „muss ich auch nach Paris fahren, das zieht sich."

Ich betrachtete sie etwas genauer. Ihre sonst so strahlenden Augen hatten einen Schatten, ihr Gesicht war blasser als sonst. Nun verstand ich, warum sie sich bei unseren Rendezvous über die Modalitäten meiner Transporte erkundigt hatte. Wenn es mit dem Ursprung der Antiquitäten und den Papieren seine Ordnung hätte, könnte ich ihr sehr wohl helfen. Es genügte, einem Fahrer unserer Firma, der in Paris Ladungen übernimmt, ein großzügiges Trinkgeld zu geben. Dieser würde ohne Weiteres den Koffer mitnehmen. Ich zögerte einen Augenblick.

„Sag mal, musst du unbedingt diese Ware schon am Montag übernehmen?"

Christina blickte mich mit Verwunderung an. „Vielleicht kann ich es noch hinausschieben, warum fragst du?"

„Wenn mit diesen Antiquitäten und den Exportdokumenten alles in Ordnung ist, kann ich dir vielleicht helfen."

„Ich bekam jedes Mal die notwendigen Papiere, an den Grenzübergängen hatte ich nie Schwierigkeiten."

„Vielleicht", ich überlegte, um die richtigen Worte zu finden, „könnte ich einen meiner Fahrer bitten, die Ware zu übernehmen, für ein großzügiges Trinkgeld ist das zu machen.

Natürlich darf es mein Chef nicht erfahren, sonst fliege ich hinaus, das ist klar."

„Wenn du deine Stellung aufs Spiel setzt, hat es keinen Sinn!"

Ich strich zärtlich über ihre wundervollen Haare. Dann hob ich ihren Kopf, küsste sie zart auf den Mund, umfasste sie schützend mit meinen Armen und drückte sie leicht an mich.

Sie ließ sich auf die gepolsterte Eckbank sinken. Ich beugte mich zu ihr und überschüttete sie mit Küssen. Sie klammerte sich an mich, wobei das Kleid verrutschte. Meine Augen blieben auf dem winzigen, schwarzen Slip haften. Zitternd vor Erregung zog ich ihn herunter und suchte die geheimnisvolle Vertiefung zwischen ihren Schenkeln. Es kam so, wie es kommen musste … Wir stimmten uns mit langsamen und tiefgehenden Bewegungen ein, es war, als ob ich mit ihr verschmelzen würde. Immer schneller werdend, erreichten wir in einem wilden Furioso den Höhepunkt. Eine Weile lagen wir vollkommen ausgepumpt nebeneinander.

„Wie werde ich es ertragen können, dich erst in einer Woche in die Arme schließen zu können?", sagte Christina nach einigen Augenblicken der Entspannung.

„Ich werde mir etwas überlegen, vielleicht habe ich bis Freitag eine Lösung. Dann musst du nicht nach Paris fahren und wir können zusammen bleiben."

Sie trippelte zur Schlafzimmertür. Ich hörte Bettzeug rascheln, nach einigen Augenblicken kehrte sie, in einen seidenen Schlafrock gehüllt, zurück. Sie nahm mich bei der Hand und führte mich zu ihrem Bett. Nur ein gelblicher Schimmer drang von der Straße durch das Fenster. Behutsam streifte ich den Schlafrock von ihren Schultern, der lautlos zu Boden glitt.

„Bist du müde, Liebling?"

„Eigentlich nicht, und du?"

„Eigentlich nicht", sagte sie gedehnt.

Verwirrt öffnete ich die Augen. Erst als ich in Christinas Gesicht blickte, die sich über mich gebeugt hatte und mir einen sanften Kuss auf den Mund drückte, kehrte meine Erinnerung zurück.

„Es ist sieben Uhr, Andreas", sagte sie leise, „wann musst du im Büro sein?" Ich streckte mich genüsslich und gähnte.

„Um acht Uhr", sagte ich, „aber es ist zwecklos, sich zu beeilen, das schaffe ich sowieso nicht!" Ich ließ mich wieder in die Polster zurückfallen. „Komm", sagte ich, „küss mich noch einmal!"

„Ich muss ja nicht ins Büro", sagte sie schelmisch, schlüpfte aus ihrem Morgenmantel und glitt zu mir unter die Decke.

Bevor ich ins Büro fuhr, unterrichtete ich sie über den bevorstehenden Besuch von Lemaire. „Es wäre schön, wenn du es einrichten könntest, kurz an meinen Tisch zu kommen."

20.

Als ich im Büro erschien, war es kurz nach neun Uhr. Sandra kündigte mir an, dass Scholz bereits nach mir gefragt hätte. Ich griff zum Telefon und rief ihn an. Scholz unterließ es, eine Anspielung auf mein verspätetes Erscheinen zu machen.

„Wir müssen den Tagesablauf besprechen, heute kommt der Franzose, kommen Sie kurz in mein Büro." Wir vereinbarten, dass ich Lemaire am Flughafen abholen sollte.

„Nehmen Sie meinen Wagen, wenn Sie zum Flughafen fahren", ordnete Scholz an. „Er kommt am frühen Nachmittag an, wir können bis zum Abendessen übers Geschäft zu reden. Dann lade ich zum Abendessen ein und dann …"

„Und dann fahren wir ins *Magic Moon*", nahm ich den Faden auf, als ich merkte, dass es ihm unangenehm war, über den delikaten Abschluss des Abends zu sprechen.

„Gut, dort übernehmen Sie die Koordination", sagte er jovial.

Ich erklärte Scholz noch einmal meine Vereinbarung mit Mara.

„Wollen Sie dem Mädel das Geld zustecken?", fragte ich.

„Um Gottes willen, nein", beeilte er sich zu versichern, „das machen Sie! Lassen Sie sich den Betrag von der Kassa aushändigen, ich werde den Beleg abzeichnen."

Plötzlich legte sich ein Lächeln über sein Gesicht. „Fragt sich nur, auf welches Konto wir diese Spesen verbuchen sollen?"

Ich kehrte in mein Büro zurück und schaltete meinen PC ein. Ein kurzer Blick auf die Dispo-Liste signalisierte mir, dass alles bestens lief. Nachdenklich überflog ich die Namen unserer LKW-Chauffeure. Wenn ich Christina helfen wollte, musste ich mich an einen Fahrer wenden, dem ich vertrauen konnte, an jemand, der flexibel war und sich in Frankreich, vor allem im Raum Paris, gut auskannte. Der geeignetste Kandidat wäre Wagner, dachte ich. Wagner war ein erfahrener Chauffeur, der schon seit über zehn Jahren die Routen nach Frankreich befuhr und auch einige Brocken Französisch sprach. An ihn wollte ich mich wenden.

Nach dem Mittagessen, das ich in meinem Stammlokal einnahm, fuhr ich zum Flughafen. Gut gelaunt steuerte ich Scholz' Luxuskarosse zum Flughafen und parkte den Wagen direkt vor der Ankunftshalle im Parkverbot. Ich machte es mir in der weichen Polsterung bequem, drehte das Radio auf und wartete auf Lemaire. Etwas beunruhigte mich: Was, wenn der geschwätzige Lemaire in einer Weinlaune auf mein Abenteuer mit Silvie in Paris anspielen würde, in Gegenwart von Scholz, oder noch schlimmer, in Gegenwart von Christina?

Nach einigen Minuten wurde es im Innenraum des Wagens zu heiß, ich stieg aus und ging vor der Halle auf und ab. Ich musste an die nächsten Tage denken. Warum nur hatte ich diese wahnwitzige Forderung gegen Martin Gumbroch ausgesprochen? Sicherlich hatte ich Courage bewiesen, seiner Provokation mit einer Herausforderung zu begegnen. Sein Triumph würde jedoch umso größer sein, wenn ich mich vor den Augen vieler Clubmitglieder blamierte. Noch schlimmer wäre die Demütigung, wenn Christina zuschauen würde. Ihr wollte ich imponieren und als der unbesiegbare Hero vom Platz gehen. Diese Idee nahm fast zwanghafte Ausmaße an und belastete mich noch mehr. Ich blickte auf meine Armbanduhr, die Maschine aus Paris musste gelandet sein. Ich warf einen Blick in die Runde, um mich zu vergewissern, ob ein Polizist im Anmarsch war, um Strafzettel für Falschparker zu verteilen. Da keiner zu sehen war, betrat ich die Ankunftshalle des Flughafens. Die Gesichter der Wartenden waren gespannt auf den Ausgang gerichtet, wo die Ankommenden erscheinen würden. Meine Geduld wurde nicht zu lange auf die Folter gespannt, mit einem breiten Lächeln kam der kleine, quirlige Lemaire auf mich zu. Er umarmte mich wie einen alten Freund.

„Mon cher Andreas, je suis heureux de vous revoir."

Ich erwiderte seine überschwängliche Begrüßung. Während wir die Ankunftshalle verließen, erkundigte ich mich nach dem Verlauf seiner Reise. Vor dem Auto blieb er stehen und pfiff leise durch die Zähne. „Die Geschäfte müssen gut gehen, Sie haben ja ein tolles Auto!"

Ich erklärte ihm, dass der Wagen meinem Chef gehörte. Als wir ins Büro fuhren, stellte ich ihm den geplanten Tagesverlauf vor.

„Am Abend laden wir Sie zum Dinner ein. Und falls Sie nicht zu müde sind, können wir einen Barbesuch machen. Dort ist ein Mädchen, das darauf brennt, einen charmanten Franzosen kennenzulernen."

Seine lebhaften Augen sprühten förmlich nach dieser Mitteilung.

„Wo denken Sie hin", beeilte er sich zu sagen, „ich und müde!"

Im Büro wurden wir schon erwartet. Frau Schiller, Scholz' Sekretärin, sonst eine farblose Frau Mitte fünfzig, in deren blondes Haar sich weiße Strähnen mischten, versuchte ihr charmantestes Lächeln. Sie öffnete ohne Umschweife die Tür zu Scholz' Büro und wir traten ein.

Scholz wirkte etwas steif, als er Lemaire begrüßte. Obwohl er ganz gut Englisch sprach und über einen beachtlichen Wortschatz verfügte, merkte man, dass es ihm an Gelegenheiten fehlte, die Sprache zu praktizieren. Bei Lemaire hingegen sprudelten die Worte nur so heraus, dass sein Englisch weit davon entfernt war, perfekt zu sein, störte ihn in keiner Weise. Nachdem Frau Schiller Kaffee serviert hatte, die üblichen Höflichkeiten ausgetauscht waren, verschob sich die Unterhaltung nach und nach zu den geschäftlichen Belangen. Ich wurde nur fallweise in das Gespräch eingebunden, um spezifische Auskünfte zu geben, und hatte Gelegenheit, die beiden zu beobachten. Der Kontrast hätte nicht größer sein können. Scholz, groß, massig mit fleischigem Gesicht, mit seinen kalten blauen Augen und der kleine, rundliche Franzose, mit seinen dunkelbraunen, lebhaften Augen. Das Ergebnis der Besprechung gipfelte darin, dass pro Woche fünf Sattelschlepper mit Exportgütern nach Frankreich geladen werden sollten. Lemaire verpflichtete sich, diese fünf Schlepper mit Waren für Österreich rückzuladen. Auf der anderen Seite gewährleisteten wir, ebenfalls fünf Fuhrwerke von Lemaire, die in Österreich abluden, mit Rückfrachten nach Frankreich zu versorgen.

„Glauben Sie", Scholz wandte sich an mich, „dass Sie diese Vereinbarung erfüllen können?"

„Ich werde mich bemühen", antwortete ich vorsichtig.

„Andreas wird es schon schaffen", sagte Lemaire grinsend und gab mir jovial einen Klaps auf die Schulter.

Scholz zog, ob dieser vertraulichen Geste, die Augenbrauen erstaunt in die Höhe.

Wir speisten in einem der teuersten Restaurants der Stadt. Das opulente Menü wurde von einem hervorragenden Wein, natürlich französischer Provenienz, begleitet. Zum Dessert ließ Scholz Champagner servieren. Das gelungene Abendessen hob die Stimmung, ich musste erstaunt feststellen, dass Scholz mit lustigen Anekdoten zur gehobenen Laune maßgeblich beitrug und sich blendend amüsierte.

„Und jetzt bin ich neugierig", sagte er übermütig, „welches Abendprogramm unser junger Freund vorgesehen hat." Er lächelte und warf mir einen vielsagenden Blick zu.

Als Scholz einige große Scheine in die kleine Ledermappe schob, die ihm der Ober samt Rechnung präsentierte, gingen mir die Augen über. Ich fand die Höhe der Zeche unverschämt, aber das war wohl in diesem Luxusrestaurant zu erwarten gewesen. Draußen parkte das Taxi, welches der Ober gerufen hatte. Es hatte geregnet, ein angenehmer, frischer Duft lag in der Luft. Nach kurzer Fahrt setzte uns der Chauffeur vor dem *Magic Moon* ab. Beim Eingang stand wieder der baumlange Kerl mit den großen, ausdruckslosen Augen. Mittlerweile hatte ich herausbekommen, dass er Franjo hieß. Mit starrem Blick stierte er uns an. Scholz warf mir einen fragenden Blick zu. Augenscheinlich machte dieser Typ keinen vertrauenerweckenden Eindruck auf ihn. Wir stiegen die paar Stufen in die Bar hinab. Zu dieser fortgeschrittenen Stunde war sie bis auf den letzten Platz besetzt. Zigarettenrauch und eine Mischung verschiedener Parfumdüfte strömte uns entgegen. Ich bemerkte Mara, die einen Tisch unweit des Podiums, wo Christinas Klavier stand, für uns freigehalten hatte. Ich schlängelte mich an den Tischen vorbei, Lemaire und Scholz im Schlepptau. Nachdem ich meine Begleiter Mara vorgestellt hatte, nahmen wir Platz. Christina war nicht zu sehen, offensichtlich machte sie gerade Pause. Mara kam mir verändert vor, sie trug ein dunkel schimmerndes, bodenlanges Satinkleid, mit einem dezenten, aber doch verheißungsvollen V-Ausschnitt. Eine Perlenapplikation unterstrich das verheißungsvolle Dekolleté. Die schlichte Eleganz des Kleides, das dezente, aber gekonnt aufgetragene Make-up ließen Mara kultivierter und weiblicher erscheinen, als ich sie vom letzten Mal in Erinnerung hatte. Geschickt, aber nicht ohne Charme, versuchte sie, Lemaire mit ihren bescheidenen Englischkenntnissen in ein

Gespräch zu verwickeln. Lemaires Gesichtszüge waren angespannt, er schien wie ein Tiger bereit, einen Sprung auf sein Opfer zu wagen. Auch Scholz schien von Mara nicht unbeeindruckt zu sein. Hatte er anfänglich die Unterhaltung der beiden lächelnd verfolgt, so versuchte er nun, aktiv daran teilzunehmen. In seinem angeheiterten Zustand kam er voll in Fahrt. Er nutzte den sprachlichen Vorteil, indem er mit Mara deutsch sprach. Lemaire schien irritiert ob dieses Nebenbuhlers, der ihm plötzlich die Gunst von Mara streitig machen wollte. Ich fürchtete schon, dass Scholz im Begriff war, den soeben gewonnenen Geschäftspartner zu verärgern, als das laute Stimmengewirr in der Bar verstummte, denn Christina strebte langsam, mit leicht schwingenden Hüften zum Klavier. Ihre Erscheinung war atemberaubend. Sie hatte die Haare auf eine Seite gekämmt und mit dem Haarkamm, den ich ihr aus Paris mitgebracht hatte, fixiert. Sie trug ein weißes, schulterfreies Chiffonkleid, das mit zwei schmalen Trägern gehalten wurde und rückwärts bis zum Ansatz ihres Pos ausgeschnitten war. Als sie unseren Tisch passierte und mir den Hauch eines Lächelns schenkte, merkte ich, wie Scholz sie fasziniert anstarrte. Plötzlich schien Mara nicht mehr interessant für ihn.

„Kennen Sie diese Dame?", fragte er erstaunt.

„Ja", sagte ich gleichmütig.

Christina ließ behutsam ihre Finger über die Tasten gleiten, als sie *Blue Moon* intonierte. Es war still im Lokal, wenn gesprochen wurde, dann nur im Flüsterton. Glockenklar und zart klang ihre Stimme. *„And then, there suddenly appeared before me, the only one my arms will ever hold!"* Sie wandte sich mir zu, für jeden im Lokal klar erkennbar. Wieder streifte mich Scholz' fragender Blick.

„Diese Frau ist umwerfend. Sie sollte in Konzertsälen auftreten und ihr Talent nicht in dieser rauchigen Bar verschleudern", sagte Scholz, ohne den Blick von Christina abzuwenden.

Christina sang noch weitere drei Lieder, erhob sich mit einer leichten Verbeugung, lebhafter Applaus folgte. Statt an der Bar Platz zu nehmen, wie sie es nach ihrem Auftritt zu tun pflegte, kam sie mit langsamen Schritten auf unseren Tisch zu. Ich erhob mich, Scholz und Lemaire taten es mir gleich, nur Mara blieb sitzen. Eine leichte Verstimmung machte sich auf ihrem Gesicht breit, war sie nun mit einem Mal nicht mehr der Mittelpunkt. Christina vermied, mich zur Begrüßung zu küssen, um unsere Intimität nicht öffentlich zu demonstrieren. Ich stellte meine Begleiter vor, Scholz schien um einige Zentimeter zu wachsen, als ich erwähnte, dass er Eigentümer einer großen Speditionsfirma und mein Chef sei. Er beeilte sich, Christina auf einen Drink einzuladen.

„Ich bin begeistert von Ihrer Darbietung", sagte er mit echter Bewunderung, „Sie haben ein außerordentliches Talent."

Christina schien sich über das Kompliment zu freuen. Scholz begann eine lebhafte Unterhaltung über ihre Ausbildung und über ihre Engagements. Lemaire schien froh zu sein, dass Scholz' Aufmerksamkeit sich nun auf Christina konzentrierte. Ich merkte, wie er mittlerweile Mara duzte, den Arm hatte er um ihre Taille gelegt. Plötzlich stand Ingmann, eine leichte Verbeugung andeutend, vor unserem Tisch. Nachdem ich meine Begleiter vorgestellt hatte, erkundigte er sich diskret, ob man sich wohl fühle und wie die Bar gefiele. Nachdem meine Begleiter enthusiastisch ihre Zufriedenheit zum Ausdruck gebracht hatten, spiegelte sich auf seinem Gesicht Stolz und Genugtuung. Mit einem gebieterischen Wink befahl er Kramer, den weißhaarigen Ober zu sich.

„Eine Flasche Mumm für die Herrschaften, auf Rechnung des Hauses", ordnete er an. Dann legte er seine Hand auf Christinas Schulter.

„Du bist heute wieder traumhaft", sagte er und verzog seinen schmallippigen Mund zu einem Lächeln. Die Lachfalten auf seinen Schläfen wirkten auf dem sonst so kühlen Antlitz für einen Moment sympathisch. Er beugte sich zu Christina und küsste sie auf die Stirn, wobei er einen tiefen Blick in ihr Dekolleté warf, den er gar nicht zu verbergen versuchte. Bevor er sich wieder zurückzog, wünschte er uns noch einen vergnüglichen Abend. Scholz' Stimmung schien durch die Aufmerksamkeit Ingmanns noch eine weitere Steigerung zu erfahren. Er schien sich in dem Gefühl zu sonnen, eine wichtige Persönlichkeit zu sein.

„Ich muss wieder ein paar Lieder singen", sagte Christina und erhob sich langsam. „Was möchten Sie gerne hören, Herr Scholz?", fragte sie und zauberte ein umwerfendes Lächeln auf ihre Lippen, „ich würde es gerne für Sie singen!"

Scholz schien überrascht, sein Gesicht begann sich vor Freude zu röten.

„Da muss ich nachdenken", sagte er und schloss träumerisch die Augen, „warten Sie mal …", „singen Sie bitte *Für mich soll's rote Rosen regnen.*"

„Ich habe es noch nie gesungen", sagte sie nachdenklich, „ich muss es vom Blatt singen, aber für Sie werde ich es versuchen … eine Premiere sozusagen, hoffentlich gelingt sie."

Nachdem sie am Klavier Platz genommen hatte, nahm sie eine Mappe und blätterte darin. Sie zog ein Notenblatt heraus und breitete es am Notenständer aus. Eine Weile studierte sie es, dann entlockte sie dem Klavier die ersten zarten Töne. Dann begann sie ihren Vortrag, die ersten Textpassagen mehr gesprochen als gesungen, unüberhörbar Hildegard Knef nachahmend. Doch dann wurde ihr Vortrag melodischer, getragen, das *Für mich soll's rote Rosen regnen* sang sie gefühlvoll mit unnachahmlicher Hingabe. Es wurde still, die Gäste schienen zu ahnen, dass sie Zeugen einer besonderen Darbietung wurden. Scholz hing förmlich an Christinas Lippen. Als sie geendet hatte, ertönten begeisterte Bravo-Rufe, der Applaus war heftig und anhaltend. Scholz nahm einen kräftigen Schluck Champagner, sein Gesicht war gerötet, feine Schweißperlen standen auf seiner Stirn.

„Wenn Sie die Dame wieder sehen, müssen Sie ihr einen großen Strauß Rosen von mir überreichen!"

„Das mache ich gern."

Lemaire und Mara unterhielten sich prächtig. Offensichtlich hatte Lemaire sie zu einem Besuch nach Paris eingeladen, denn das Gespräch drehte sich im Augenblick um die Sehenswürdigkeiten dieser Stadt. Über den weiteren Verlauf des Abends schienen die beiden ebenfalls im Einvernehmen zu sein, denn nach einigen Minuten bat mich Lemaire ein Taxi zu rufen und verließ in Begleitung von Mara das Lokal. Zuvor hatte er sich wortreich mit einer Gegeneinladung nach Paris verabschiedet.

Scholz wollte unter allen Umständen noch einige Lieder von Christina hören. Nachdem sie ihren Vortrag beendet hatte, kam sie noch einmal kurz an unseren Tisch. Scholz überschüttete sie wieder mit Komplimenten und wollte sie zu einem Drink einladen.

„Nein, danke", sagte sie mit einem Lächeln, „ich hoffe, mein Lied hat Ihnen gefallen. Kommen Sie doch wieder einmal vorbei."

Scholz war in guter Stimmung, der Alkoholgenuss zauberte ein seliges Lächeln auf sein sonst so ernstes Gesicht, besonders, wenn Christina ihm dann und wann einen Blick zuwarf.

„Heute haben wir unser Geschäft einen bedeutenden Schritt weiter gebracht, morgen sollten wir uns ausschlafen, meinen Sie nicht, Herr Bachmann?"

Ich dachte an mein Tennismatch. „Danke, Herr Scholz, ich würde lieber früh anfangen aber dafür schon mittags das Büro verlassen, wenn es möglich wäre. Ich habe am Samstag ein wichtiges Match, ich möchte den Nachmittag nutzen, um mich darauf vorzubereiten!"

Scholz lächelte milde.

„Sie und Ihr Tennis, an Ihrer Stelle würde ich meine Energie woanders einsetzen!" Er warf einen vielsagenden Blick auf Christina.

Es war spät, als wir die Bar verließen.

Scholz schwang sich in ein Taxi. „Nehmen Sie sich auch eines, Andreas", sagte er jovial, „bis morgen!"

Die verbindliche, fast väterliche Attitüde von Scholz freute mich, meine Ressentiments gegen ihn ließen nach. Sicher, ich hatte viel zu der erfolgreichen Geschäftsverbindung mit Lemaire beigetragen, aber trotzdem war ich etwas überrascht. Nun, da ich ein gutes

Einvernehmen mit Scholz hatte, begannen sich meine Skrupel zu verstärken, Waren inoffiziell aus Frankreich nach Österreich zu holen. Als ich gegen zwei Uhr morgens ins Bett ging, schmerzte mein Kopf vom vielen Grübeln. Kaum war ich eingeschlafen, läutete der Wecker. Ich fühlte eine bleierne Müdigkeit und braute mir starken Kaffee, den ich langsam schlürfte. Danach fühlte ich mich etwas frischer. Ich erledigte meine Morgentoilette, packte ein Leibchen und eine Short in meine Tennistasche und verließ meine Wohnung.

Trotz der frühen Stunde war es schon heiß, die Luft war feucht und drückend. Ich studierte die LKW-Disposition für die nächste Woche. Wagner würde am Montag eine Ladung im Süden von Wien übernehmen. Dort wollte ich ihn treffen, um ihn in seine Mission einzuweihen. Diese Gedanken ließen wieder Skrupel bei mir entstehen, die zuerst einen Druck in meinen Schläfen auslösten, um dann in einen stechenden Kopfschmerz auszuarten. Ich fragte meine Kolleginnen, ob sie Kopfwehtabletten dabei hätten. Anna bejahte und beeilte sich, mir das Medikament mit einem Glas Wasser zu servieren. Ich lehnte mich in meinem Sessel zurück, hoffend, dass der Kopfschmerz bald nachließe. Doch kaum hatte ich mich ein wenig entspannt, läutete das Telefon.

„Andreas, alles O.K.?", tönte es durch den Hörer, „kommen Sie zu mir, wir müssen die Konditionen niederschreiben, die wir mit Lemaire ausgehandelt haben."

Ich wunderte mich, dass Scholz den kollegialen Ton von gestern beibehielt. Frau Schiller, die Sekretärin, musterte mich neugierig durch ihre dunkel geränderten Brillengläser. Ohne sie anzublicken, presste ich ein kaum hörbares ‚Guten Morgen' hervor und trat in Scholz' Büro. Nachdem wir das gestrige Gespräch resümiert hatten, erkundigte er sich zu meiner Verwunderung über mein Tennisspiel.

„Von mir aus können Sie jetzt in Ihren Club fahren", sagte er und lächelte großzügig, „und wenn Sie Ihre Bekannte sehen, bringen Sie ihr einen Strauß Blumen."

Er reichte mir eine Banknote über den Schreibtisch.

„Da wird sie sich aber sehr freuen, vielen Dank!"

21.

Während ich meinen alten Golf zum Tennisclub steuerte, sann ich nach, wie ich das Training am besten nutzen könnte, um meine Chancen für das morgige Spiel zu erhöhen. Da ich die Spielweise von Martin Gumbroch kannte, suchte ich nach einer Strategie, wie ich wirkungsvoll seiner Spielanlage begegnen könnte. Gumbroch spielte oft Cross, um den Gegner aus der Platzmitte zu treiben und das Spielfeld für einen Angriffsschlag zu öffnen. Mein Plan war, mit Long-Line-Schlägen, also entlang der Seitenlinie, sowohl auf der Vorhand- als auch auf der Rückhandseite zu kontern. Dies war riskant, denn auf die wuchtigen Cross von Gumbroch mit einem präzisen Long-Line-Schlag zu antworten, war nicht einfach. Meine Hauptschwierigkeit lag also darin, den Ball entlang der Seitenlinie zu spielen, wenn möglich, bis weit nach hinten zur Grundlinie.

Felix, mit dem ich das Training vereinbart hatte, war noch nicht im Club. Ich zog mich langsam um und suchte einen der hinteren Plätze auf. Die Sonne brütete, ich spürte noch immer leichten Kopfschmerz. Ich versuchte ruhig und tief zu atmen, bis ich einen entspannten Zustand erreicht hatte und keine störenden Gedanken mich quälten. Einige Minuten ließ ich in Gedanken Schläge wie in einem Film ablaufen. Ich musste tief in einem tranceähnlichen Zustand gewesen sein, denn ich merkte nicht, dass Felix vor mir stand. Erst als er mich leicht an der Schulter antippte, schreckte ich auf.

„He, Alter, schläfst du oder was?" fragte er amüsiert, aber leicht vorwurfsvoll.

Ich musste mich erst sammeln, denn ich hatte wirklich den Eindruck, weit weg gewesen zu sein.

„Ich habe über meine Strategie nachgedacht", sagte ich, „ich glaube, ich habe einen Weg gefunden, wie ich Gumbroch schlagen könnte." Ich weihte Felix in meinen Plan ein.

„Könnte aufgehen", sagte er, nachdem er eine Weile überlegt hatte, „lass uns zu Werke gehen!"

Mit höchster Konzentration versuchten wir die geplante Spielanlage umzusetzen. Es war wirklich schwierig, einen langen Ball entlang der Linie zu spielen, vor allem, wenn Felix ihn mit enormem Topspin quer über den Platz drosch. Ich erreichte zwar die meisten seiner Bälle, meine Returns waren jedoch ungenau, oft waren sie zu weit in der Mitte und relativ leicht erreichbar. Die paar, die mir gelangen, waren jedoch schwierig zu nehmen. Felix wurde aus der Platzmitte getrieben und musste laufen. Seine schwachen Returns erlaubten mir, die Initiative zu ergreifen und in die Offensive zu gehen. Mit Fortdauer des Trainings gelang es mir, meine Bälle genauer zu platzieren. Felix spielte auch meine Rückhandseite an, weil Gumbroch höchstwahrscheinlich versuchen würde, mich dort anzugreifen, da dies zugegebenermaßen meine schwächere Seite war. Zwei Stunden übten wir intensiv verschiedene Schlagvarianten, bis uns der Schweiß in Bächen von der Stirn troff.

Auf einmal sah ich, wie Martin Gumbroch und Wolfgang Schnellinger, mit dem ich mich seinerzeit um die Teilnahme am

Meisterschaftsfinale rittern musste, auftauchten, um unser Training zu verfolgen.

„Gumbroch und Schnellinger beobachten uns. Ich möchte meine Karten nicht zu früh aufdecken, hören wir auf, für heute haben wir genug getan", sagte ich, verstaute mein Rakett in meiner Tasche und lud Felix auf ein Bier ins Clubrestaurant ein.

„Gumbroch hat herumerzählt, dass er dir eine Lektion erteilen wird", berichtete Felix, „er sagte, es wird Zeit, dass er dich zurechtstutzt!"

„Hoffentlich täuscht er sich", sagte ich nachdenklich.

Nach dem Duschen fuhr ich nach Hause und bemühte mich, so wenig wie möglich an Tennis zu denken. Ich würde nur gewinnen, wenn es mir gelang, durchgehend die volle Konzentration aufrechtzuerhalten, denn meine Spielanlage erforderte höchste Genauigkeit. Ich wollte abschalten, um meine geistigen Ressourcen für das morgige Spiel zu schonen. Ich ging zu Bett, nahm Hemingway's Roman „Fiesta" zur Hand und begann zu lesen. Sonderbar, wie die Protagonisten einem eigenartigen, fast masochistisch anmutenden Zwang unterlagen, sich psychisch unter Druck zu setzen und sich täglich maßlos zu betrinken. Ich las, bis ich vor Müdigkeit nichts mehr aufnahm, legte das Buch zur Seite und löschte das Licht.

Als ich erwachte, bereitete ich mir ein ausgiebiges Frühstück. Ich war gelassen, erstaunt darüber, dass ich keine Spur von Nervosität empfand. Das Spiel war für drei Uhr nachmittags angesetzt, es blieb noch Zeit zu trainieren. Felix und Eric wollten mir den letzten Schliff geben. Wir einigten uns auf ein kurzes, aber intensives Training, wobei die beiden gegen mich spielten.

Wächter kam plötzlich daher. Er blickte ernst, seine Augenbrauen waren zusammengezogen, die Lippen aufeinandergepresst. Soweit kannte ich ihn, um zu wissen, dass dies kein gutes Zeichen war.

„Was ist das für ein Unfug mit dieser Forderung", sagte er verärgert, „alle reden von diesem Spiel, der Club ist total lahmgelegt, alle wollen zusehen. Dabei wäre es viel vernünftiger, wenn die Leute spielen würden, denn schließlich sind wir Meister, wenn wir unser Niveau halten wollen, dann müssen wir spielen." Er machte eine Pause. „Wenn du jemand fordern willst, dann musst du dich an die Ranglistenordnung halten. Du kannst den vor dir liegenden Spieler fordern, das ist in deinem Fall Michael Wandl, aber nicht Martin Gumbroch, denn er ist die Nummer eins und du bist Nummer fünf. Ich hoffe, du kennst die Regeln! Also was soll dieser Blödsinn?"

„Von mir hat niemand erfahren, dass ich heute spiele", erklärte ich, „Gumbroch hat

237

überall geplaudert, ich bin der Letzte, der möchte, dass Leute zuschauen."

„Warum spielt ihr denn überhaupt gegeneinander?", brummte er.

„Gumbroch hat sich über mein Tennis lustig gemacht, das lasse ich mir nicht gefallen!"
Wächter wandte sich ab und schüttelte den Kopf missbilligend.

„Lasst es gut sein, hören wir auf", sagte ich zu Felix und Eric, als Wächter außer Hörweite war, „ich glaube, es ist besser, wenn wir einen Schluck trinken!"
Während wir unsere Getränke schlürften, gaben mir meine Freunde noch Tipps, wie ich Gumbroch schlagen könnte.

„Seid mir nicht böse, wenn ich euch verlasse", sagte ich nach einigen Minuten, „ich möchte mich jetzt mental auf das Spiel vorbereiten. Trinkt noch ein Bier auf meine Rechnung."

Ich spazierte gedankenverloren im Schatten der riesigen und dicht stehenden Kastanienbäume. Noch war ich gelassen, verspürte keine Nervosität, war dies auf das mentale Training zurückzuführen, das mich der Boxer gelehrt hatte? Oder war ich deshalb so ruhig, weil ich keine Chance sah, dieses Spiel zu gewinnen? Während ich einen Schritt vor den anderen setzte, konzentrierte ich mich auf meinen Atem. Dies erforderte Aufmerksamkeit und ließ meine Grübeleien über das Spiel in den Hintergrund treten. Ich mochte eine ganze Weile gegangen sein, als ein Blick auf meine Uhr mir sagte, dass es Zeit war, den Rückweg anzutreten. Ohne Hast kehrte ich um, den Rhythmus der Atemzüge beibehaltend. Als ich im Club eintraf, fühlte ich mich entspannt, aber energiegeladen. Clubmitglieder, die meinen Weg kreuzten, streiften mich mit forschenden Blicken, doch ich versuchte, mich von nichts ablenken zu lassen. Nach einer kurzen Dusche zog ich einen frisch gewaschenen Tennisdress an und verließ den Umkleideraum. Felix kam mir entgegen.

„Gumbroch hatte den Centercourt für das Spiel reserviert, aber Wächter ist dagegen, ihr spielt daher auf dem Zweier-Platz."

Der Centercourt wäre für die Zuschauer ideal gewesen, weil sie das Spiel an Tischen sitzend bequem vom Restaurant hätten mitverfolgen können. Am Court Nummer zwei umlagerten an die 50 Personen das Spielfeld, laufend kamen weitere hinzu. Gumbroch ließ von seinem Rakett einen Tennisball spielerisch in die Höhe springen.

„Brauchen wir einen Schiedsrichter?", fragte ich ihn kühl. Er blickte mich mit seinen schmalen Augen an.

„Ich bin dafür, dass wir einen nominieren", antwortete er distanziert.

Wir einigten uns auf Bernhard Senger. Bernhard war einer der reiferen Spieler der Kampfmannschaft, immer freundlich, mit einem leichten Lächeln auf dem Gesicht. Es machte ihm zwar keinen großen Spaß, den Schiedsrichter abzugeben, aber letztlich war er einverstanden und erklomm den Hochsitz. Da ich das Los gewann, entschied ich mich für den Aufschlag, für Gumbroch blieb die Platzwahl. Ich ließ meinen Blick über die Zuschauer schweifen, die meisten Gesichter kannte ich, Eva unter den Zuschauern zu entdecken, überraschte mich nicht. Doch plötzlich hielt ich wie erstarrt inne, Christina war da, lässig an den Gitterzaun gelehnt, der den Platz einfriedete. Um sich gegen die Sonne zu schützen, trug sie einen schmalkrempigen Hut, unter dem ihre blonden Haare hervorquollen. Unsere Blicke kreuzten sich, sie berührte mit ihrer Hand ihre Lippen und blies einen Kuss in meine Richtung. Viele der Zuschauer hatten ihre Geste mitverfolgt. Meine Gelassenheit war auf einmal dahin, ich spürte, wie sich meine Kiefer zusammenzogen und mein Puls plötzlich rasant anstieg.

„Verdammt", dachte ich, „jetzt werde ich nervös." Ich versuchte zwar, mich mit einigen gezielten, tiefen Atemzügen wieder ins Gleichgewicht zu bringen, jedoch mit mäßigem Erfolg. Ob ich siegte oder verlor, war mir plötzlich egal.

Wie beim Tennis üblich, spielten wir uns zuerst ein. Wir wechselten lange Bälle, dann Volleys und Schmetterbälle, letztendlich probten wir den Aufschlag. Ich eröffnete das Spiel und nahm volles Risiko. Wie ein

Geschoß flog der Ball über das Netz, Gumbroch reagierte spät, er traf den Ball nur mit dem Schlägerrahmen. Er schüttelte den Kopf, ging bedächtig zum Halfcourt, beäugte misstrauisch die Markierung meines Balles, warf einen vorwurfsvollen Blick in Richtung des Schiedsrichters, um ihm zu signalisieren, dass seiner Meinung nach mein Ball out sei. Bernhard Senger ließ sich jedoch nicht irritieren, er gab den Ball gut. Ich setzte mit riskanten Aufschlägen fort und konnte das erste Spiel gewinnen. Ebenso brachte auch Gumbroch seinen Aufschlag durch. Das Spiel verlief ausgeglichen bis zum Stand von 2:2, wobei mein einziger Pluspunkt die Aufschläge waren, sie funktionierten nach wie vor sehr gut. Was mir Sorgen bereitete, waren meine Bälle entlang der Linie, sie waren ungenau, entweder in der Mitte platziert und leicht zu erreichen, oder sie gingen ins Out. Trotzdem hielt ich an diesem gewagten Spiel fest, ich hoffte, dass ich mit Fortdauer sicherer und meine Strategie aufgehen würde. In meinem dritten Aufschlagspiel bekam ich plötzlich Probleme. Viele meiner ersten Bälle gingen ins Netz oder waren out. Den zweiten Aufschlag musste ich auf Nummer sicher spielen, ich schnitt die Bälle zwar sehr stark an, doch sie waren weich und erlaubten Gumbroch, sofort in die Offensive zu gehen. Ich verlor mein Aufschlagspiel und auch das nächste, während Gumbroch seine durchbrachte. Der erste Satz ging daher für mich mit 6:3 verloren.

Als wir die Seiten wechselten, lächelte Gumbroch siegessicher, ein Schimmer von Hohn spiegelte sich in seinem Gesicht. Sicherlich nicht ohne Absicht, denn er wollte mich ärgern und meine Konzentration stören. Den Gefallen durfte ich ihm nicht machen, ich versuchte meine Gefühle auszublenden. Ein Rest von Wut blieb jedoch in mir, genug, um meinen Siegeswillen anzustacheln. Ich beschloss, mein riskantes Aufschlagspiel um keinen Jota zurückzunehmen, weiterhin das Longline-Spiel auf Biegen oder Brechen zu forcieren. Ich ließ meinen Blick zu Christina gleiten, ihr Lächeln sollte mir wohl Vertrauen einflößen, dennoch lag ein Hauch von Zweifel auf ihrem Gesicht.

Gumbroch eröffnete den zweiten Satz, er brachte ihn auch ohne Probleme durch. Nun war ich an der Reihe aufzuschlagen. Na gut, dachte ich mir, jetzt oder nie, holte gewaltig aus und beförderte den Ball wie ein Geschoß über das Netz. Gumbroch hatte Mühe, den Ball zu retournieren, butterweich kam der Return und landete im Halfcourt. Ich legte mich in den Ball und platzierte ihn unerreichbar in die linke Ecke. Mein Spiel wurde mit jedem Ballwechsel sicherer, der Aufschlag funktionierte wieder, die Longline-Bälle kamen immer öfter. Das Match gewann an Niveau, es wurde um jeden Punkt erbittert gekämpft. Unter den Zuschauern hatten sich zwei Lager gebildet. Wenn ich einen schönen Punkt machte, applaudierten meine Anhänger, wenn Gumbroch punktete, applaudierten die seinen. Beim Stand von 4:4 schlug Gumbroch zum 5:4 vier auf, er musste seinen Aufschlag durchbringen. Er stand mit dem Rücken zur Wand, das schien ihn zu belasten. Seine Siegessicherheit war einer Verbissenheit gewichen, er hatte wohl damit nicht gerechnet, dass mein Widerstand für ihn zu einem Problem werden konnte. Er vermied es, bei seinen Aufschlägen zu viel Risiko zu nehmen, während ich wild entschlossen war, jede sich mir bietende Gelegenheit zu nutzen, um den Punkt zu machen. Es gelang mir, ihm den Aufschlag abzunehmen. Wenn ich nun den meinen durchbrachte, hatte ich den Satz gewonnen. Gumbroch, sichtlich aus dem Konzept gebracht, retournierte schlecht, ich konnte daher mühelos auf den Satzgewinn ausservieren.

Als ich einen kurzen Blick in die Runde warf, begegneten mir bewundernde Blicke. Durch den Gewinn des zweiten Satzes war ich quasi rehabilitiert, auch wenn ich den dritten Satz verlieren sollte. Für Gumbroch war das Spiel nicht so gelaufen, wie er es sich vorgestellt hatte, er schien nun bereit, alles auf eine Karte zu setzen. Er drosch gewaltig auf die Bälle, um mich in die Defensive zu drängen.

Oft stürmte er zum Netz, um meine Returns abzuvollieren. Es dauerte, bis ich mich auf sein Powerplay eingestellt hatte, es gelang ihm daher, sehr schnell mit 2:0 in Führung zu gehen, außerdem hatte er sich mittlerweile auf meine Spielweise gut eingestellt. Das veranlasste mich, mein Spiel umzustellen, ich versuchte es nun ebenfalls mit einem Aufschlag-Volley-Spiel. Ich war gewillt, meine Punkte, wenn es sein musste, mit der Brechstange zu machen. Die Ballwechsel waren kurz und heftig, wir blieben nicht lange an der Grundlinie haften, sondern stürmten nach vorne. Dieser offene Schlagabtausch faszinierte die Zuschauer, die gewonnenen Punkte wurden begeistert akklamiert. Es stand 4:4, Gumbroch war an der Reihe aufzuschlagen. Das Spiel stand auf des Messers Schneide, er musste seinen Aufschlag durchbringen. Der Druck, der auf ihm lastete, war enorm. Gumbroch rief sein bestes Tennis ab, er baute die Führung auf 5:4 aus. Nun war ich in der Klemme, wenn ich den Aufschlag verlor, war meine Niederlage besiegelt. Trotzdem blieb ich bei meinem riskanten und druckvollen Spiel. Allerdings verschlug ich die ersten Bälle, geriet in Rückstand, aber in der Folge gelangen mir Traumbälle, ich glich zum 5:5 aus. Nun blickte Gumbroch wieder in den Abgrund der drohenden Niederlage. Die Anspannung zerrte an seinen Gesichtszügen, er hatte sichtlich Probleme, seine Nerven unter Kontrolle zu bringen. Er versuchte es wieder mit Powerplay, doch es unterliefen ihm Fehler, er geriet in Rückstand. Er wurde vorsichtiger, doch intuitiv erriet ich die Richtung seiner Bälle, war rechtzeitig zur Stelle, plötzlich stand es 6:5 für mich. Eine kleine Sensation bahnte sich an, ich hatte die Chance, auf den Sieg aufzuschlagen, um den Platz herum wurde es mucksmäuschenstill. Ich blendete alles aus, war extrem fokussiert, sah nur mehr Ball und Gegner. Meine Aufschläge kamen wie Raketen, ich jagte Gumbroch über den Platz. Er wehrte sich verzweifelt gegen die drohende Niederlage, sein Atem kam pfeifend, er gab das Letzte. Doch es nützte ihm nichts, ich fühlte mich stark, es gelang mir alles, ich servierte mein Spiel zum Matchgewinn aus.

Als mir Gumbroch zum Sieg gratulierte, blickte er mich nicht an. Man sah ihm an, wie demütigend für ihn diese Schlappe war. Die Leute, die um den Platz herumstanden, warfen mir bewundernde Blicke zu, man diskutierte über das Spiel, ich hörte, wie manche sagten „es war Zeit, dass dieses Großmaul seinen Meister gefunden hat." Eric und Felix klopften mir auf die Schulter und sprachen von einem großen Spiel. Ich freute mich über den Sieg, war aber weit entfernt zu triumphieren. Gumbroch tat mir zwar nicht leid, aber ich konnte mir vorstellen, wie mies er sich fühlen musste. Ich wischte mir mit einem Tuch den Schweiß aus dem Gesicht und warf einen Blick in Richtung Christina. Sie hielt sich noch immer diskret an das Trenngitter gelehnt und schien die neugierigen Blicke der Zuschauer nicht zu bemerken. In ihrem rosafarbenen Sommerkleid war sie umwerfend schön, ihre Haare schimmerten golden in der Nachmittagssonne. Langsam näherte ich mich ihr, gefolgt von Felix und Eric. Sie küsste mich.

„Ich habe gewusst, dass du gewinnen wirst!"

„Jetzt hast du ein Bier verdient", sagte Felix und steuerte das Restaurant an.

Einen Augenblick war ich versucht, meinen Erfolg auszukosten und mich mit Christina im Clubrestaurant bewundern zu lassen. Doch dann zügelte ich meine eitlen Gedanken.

„Kommt, lasst uns nach Grinzing fahren, ihr seid meine Gäste", sagte ich.

„Warum können wir nicht hierbleiben?", wunderte sich Christina.

„Ja, warum willst du woanders hinfahren?", sagte Felix, „stört es dich, Gumbroch geschlagen zu haben? Außerdem ist soeben meine Frau gekommen, sie will den strahlenden Sieger küssen!"

Die Tische unter dem riesigen Kastanienbaum waren fast alle belegt, ein Tisch wurde von Andrea, Felix' Frau, gehalten. Als wir in das Blickfeld der Leute kamen, sank der Geräuschpegel spürbar. Obwohl ich den Blick gesenkt hielt, spürte ich förmlich, wie Blicke mich und mein kleines Gefolge verfolgten. Gumbroch saß mit einigen Leuten an einem großen Tisch, er schien wieder der Alte zu sein. Hoch aufgerichtet saß er mit gespreizten Beinen am Tisch, das große Wort führend.

„Der Schiedsrichter hat mich laufend benachteiligt", sagte er, so dass ich es hören konnte, „das hat mich aus dem Konzept gebracht, außerdem ist mir nichts gelungen. Andreas hat Hasard gespielt, ihm ist alles aufgegangen, gegen einen solchen Gegner kann man nicht gewinnen!" Er blickte, um Zustimmung heischend, in die Runde, doch seine Tischnachbarn schwiegen.

Andrea kam auf mich zu, umarmte mich und gab mir auf jede Wange einen Kuss.

„Ich habe von deinem Triumph gehört, du bist das Gesprächsthema Nummer eins!"

Wir beide, Christina und ich, schienen im Zentrum des Interesses zu sein. Ich kam mir wie in einer Auslage vor. Doch nach der zweiten Flasche Bier wurde ich gelöster, ich begann den Sieg zu genießen. Christina sonnte sich in dem Gefühl, die Auserkorene des Siegers zu sein. Ich begriff die Einzigartigkeit dieses Augenblicks: Mein Leben lang würde ich mich erinnern, nicht nur einen heroischen Sieg errungen, sondern auch eine bewundernswerte Frau an meiner Seite gehabt zu haben.

22.

Nachdem wir das Clubrestaurant verlassen hatten, war ich mit Christina ins *Magic Moon* gefahren, dort war ich solange geblieben, bis ihr letztes Lied verklungen war. Auch am Sonntag war ich in der Bar und wartete auf Christinas letzten Auftritt. Als ich am Montagmorgen ihre Wohnung verlassen wollte, bat sie mich um einen Abschiedskuss. „Lass mich nicht mehr allein, Andreas", flüsterte sie, „hol deine Sachen und bleib bei mir. Die Wohnung ist groß genug für uns beide!"

Ich fuhr ins Büro und traf die wichtigsten Entscheidungen. Dann fuhr ich zu der großen Glasfabrik, um Wagner zu treffen, der Ware für Frankreich laden sollte. Ich traf ihn in der Kantine der Fabrik, genüsslich Kaffee trinkend und Zigaretten rauchend, während Lagerarbeiter der Glasfabrik mit Hubstaplern seinen Sattelschlepper beluden. Ich bestellte mir ebenfalls Kaffee und nahm neben ihm Platz. Ich unterhielt mich gerne mit Wagner, denn aus seinen Erzählungen erfuhr ich viel über die Probleme der Fahrer, dadurch bekam ich Einblicke, die bei der Planung der Transporte wertvoll waren. Nachdem wir uns einige Minuten unterhalten hatten, kam ich auf mein Anliegen zu sprechen.
Ich erzählte, dass meine Freundin von Zeit zu Zeit für ihren Chef mit dem Auto nach Paris fuhr, um dort Antiquitäten abzuholen.

„Anfänglich ist sie gerne nach Paris gefahren, aber mit der Zeit hat der Reiz, diese Stadt zu besuchen, nachgelassen. Die Strapazen der langen Fahrt sind ihr zu anstrengend geworden."

Wagner schwieg. Sein Stirnrunzeln signalisierte, dass er ahnte, worauf ich hinauswollte. Es wurde mir plötzlich klar, wie ungewöhnlich mein Ansinnen war, am liebsten hätte ich einen Rückzieher gemacht. Ich machte eine Pause. Dann gab ich mir einen Ruck.

„Die Sache ist relativ einfach", sagte ich, um mein Ersuchen zu bagatellisieren, „die Übernahmeadresse ist nicht weit von der Abladeadresse Ihrer Glaslieferung entfernt. Es handelt sich nur um einen Koffer. Es gibt Exportdokumente für die Ware, alles ist natürlich legal."

Ich machte wieder eine Pause und betrachtete Wagner von der Seite. Ich beschloss, nun in die totale Offensive zu gehen.

„Die Parisreisen meiner Freundin waren nicht billig. Wenn Sie den Koffer, sozusagen im Vorbeifahren mitnehmen würden, könnten wir Ihnen eine schöne Prämie auszahlen." Ich nannte den Betrag. Damit hatte ich Wagners Interesse geweckt, doch es war nicht erlaubt, Fahrzeuge für private Transporte einzusetzen.

„Sie brauchen sich keine Sorgen zu machen, ich decke Sie hundertprozentig. Nur wir beide wissen davon. Und außerdem verlieren Sie nur wenig Zeit, weil sich die Abladeadresse der Glaslieferung nahe der Übernahmestelle des Koffers befindet. Ich könnte auch einen anderen Fahrer fragen, aber Sie kennen sich in Paris aus wie kein anderer."

Ich ließ Wagner einige Sekunden Zeit um nachzudenken.

„Ich habe für die Firma ein großes Geschäft eingeleitet", setzte ich fort, ich dachte an die Zusammenarbeit mit Lemaire, „dafür habe ich keinen Groschen bekommen. Wenn ich einmal einen kleinen Vorteil für mich nutze, so soll das nur ein Ausgleich für meinen Einsatz sein. Aber wenn Sie es nicht machen wollen, Herr Wagner, dann ist das auch kein Problem. Dann muss meine Freundin eben weiterhin nach Paris fahren!"

Wagner räusperte sich und nahm einen Schluck aus seiner Kaffeetasse.

„Ich glaube, es lässt sich machen. Wo soll ich den Koffer übernehmen?"

Als ich ihm die Adresse gab, bat er mich um einen Augenblick Geduld. Er ging zu seinem Sattelschlepper um die Adresse in das Navigationsgerät einzugeben.

„Die Entfernung ist tatsächlich nicht groß", sagte Wagner bedächtig, nachdem er wieder neben mir Platz nahm, „es liegt praktisch auf dem Weg."

Ich war erleichtert, dass die Begleitumstände so günstig waren, steckte Wagner eine großzügige Anzahlung zu und verabschiedete mich.

Wieder tauchten Bedenken auf, als ich mich ins Büro begab. Die Sache hatte eine schiefe Optik, nun hatte ich auch Wagner hineingezogen. Mit Gedanken auf die gemeinsamen Abende, die ich mit Christina verbringen konnte, versuchte ich, meine Skrupel zu verscheuchen. Würde ich in ihren Armen die Probleme, die ich mir ihretwegen aufgehalst hatte, vergessen? An meinen viel beachteten Sieg gegen Gumbroch dachte ich fast nicht mehr. Mir fiel ein, dass Paul, der boxende Polizist, am Samstag seinen schweren Kampf hatte. Die Entspannungstechniken, die er mich gelehrt hatte, waren wertvoll gewesen, irgendwie war er an meinem Triumph beteiligt. Ich wollte ihm danken. Ich nahm mein Handy und rief Christina an und unterrichtete sie von meiner Absicht, Paul zu besuchen.
„Bleib nicht lange aus, Liebling", bat sie, „ich werde ein Abendessen für uns vorbereiten. Und lade Paul ins *Magic Moon* ein, vielleicht können wir seinen Sieg feiern!"

Im Box-Club herrschte eine hektische Atmosphäre. Rudi Schleisser, der Trainer, stand beim Hochring und beobachtete Paul beim Sparring. Das Sparring ist Boxen zu Trainingszwecken mit einem Partner, wobei vermieden wird, mit voller Härte zu schlagen. Pauls Trainingspartner schien einer leichteren Gewichtsklasse anzugehören. Er war schnell, seine Schläge kamen ansatzlos, fast unmerklich, so blitzartig waren sie. Paul bewahrte die Übersicht, bewegte sich gut, er hatte keine Probleme, den Schlaghagel seines Partners zu parieren. Offensichtlich lauerte er auf eine Chance, einen Treffer anzubringen. Schleisser griff von Fall zu Fall durch Zurufe ein. Ich verfolgte fasziniert das Treiben der beiden Boxer. Welch harte und draufgängerische Sportdisziplin, dachte ich. Wenn es in einem Kampf hart auf hart ging, mussten Boxer bereit sein, alles zu geben, entweder zu siegen oder unterzugehen. Die ununterbrochenen Attacken des Trainingspartners schienen diesen ermüdet zu haben, denn Paul landete nun mehrere Konter.

„So musst du am Samstag boxen", sagte Schleisser, als die beiden ihr Training beendeten, „lass den Italiener kommen, wenn er müde wird, dann geh in die Offensive."

Paul nahm den Kopfschutz ab, lächelte gezwungen und sagte nur „okay", sein Atem ging schnell. Dann bemerkte er mich.

„Hallo, Andreas, das ist aber nett, dass du vorbeikommst!"

„Ich wollte dir nur sagen, dass deine Entspannungstechniken für mich von großem Nutzen waren. Ich habe am Samstag gewonnen!"

„Wirklich? Das freut mich. Ich wünschte, ich könnte das demnächst auch von mir berichten!"

„Ich verstehe nicht viel vom Boxen, aber ich finde, du bist gut drauf!"

„Danke, aber es wird schwer werden. Komm, setzen wir uns und trinken etwas. Viel Zeit habe ich aber nicht, ich muss noch zwei Runden sparren."

Paul erzählte, dass der Bursche, mit dem er gerade trainiert hatte, am Samstag ebenfalls einen schweren Kampf zu bestreiten hätte.

„Er ist zwar leichter als ich, er boxt im Weltergewicht, aber sein Stil ähnelt meinem Gegner, der ebenfalls ein offensiver Boxer mit sehr schnellen Fäusten ist. Deswegen trainieren wir beide öfters."

„Du boxt im Mittelgewicht, nehme ich an!"

Paul bejahte. „Ich hoffe du kommst zu meinem Kampf. Es würde mich freuen, wenn Christina auch käme!"

„Ich komme wahnsinnig gerne, aber Christina muss auftreten, wie du weißt. Aber sie lädt dich ein, nach dem Kampf mit mir in die Bar zu kommen, um deinen Sieg zu feiern."

„Wir werden sehen", sagte Paul zurückhaltend, „vielleicht gehe ich schwer k.o., dann gibt es nichts zu feiern."

Ich warf ihm einen schnellen Blick zu, er war angespannt, der bevorstehende Kampf belastete ihn. Ich fühlte mich verpflichtet, ihm beizustehen, ich wollte schon eine flache

Floskel von mir geben, in der Art ‚du wirst es schon schaffen'.   Aber solche Aussagen dürfte er schon zur Genüge gehört haben.

„Gibt es ein Problem, kann ich dir irgendwie helfen?"

Paul lächelte, für einen kurzen Augenblick verschwanden die Sorgenfalten auf seiner Stirn.

„Nett von dir, Andreas, aber ich fürchte, du kannst nicht viel tun für mich. Mein Problem ist, dass ich mir vor einer Woche meine rechte Hand verschlagen habe, drei Tage konnte ich nicht trainieren. Außerdem fehlt mir ein guter Sparringpartner in meiner Gewichtsklasse, Leo ist zwar schnell, aber kein wirklicher Gegner für mich." Leo musste der Boxer sein, mit dem Paul vorhin gesparrt hatte.

„Und ein starker Mann in deiner Gewichtsklasse ist nicht aufzutreiben?", fragte ich.

„Schon, aber das kostet, im Moment habe ich das Geld nicht. Es würde auch nicht viel nützen, in sechs Tagen muss ich antreten."

Ich wurde hellhörig.

„Hör mal, Paul", sagte ich lebhaft, plötzlich war ich Feuer und Flamme, „hol diesen Mann, nimm noch heute Verbindung mit ihm auf. Und dann trainiere wie ein Verrückter mit ihm. Ich bezahle das Honorar."

Paul blickte mich verwundert an. „Du hast sie nicht alle, Andreas, warum willst du das für mich tun?"

„Du hast mir geholfen, mir eine Riesenblamage erspart, jetzt möchte ich mich bei dir revanchieren. Lass mich helfen, ruf diesen Mann. Ich bringe dir morgen das Geld."

Paul dachte einen Augenblick nach. „Also gut", sagte er, „aber ich leihe es mir nur unter der Bedingung aus, dass ich es dir zurückgebe." Paul nannte den Betrag, es war kein Pappenstiel, aber er warf mich auch nicht aus den Socken.

Am nächsten Tag fuhr ich wieder in den Box-Club. Bei Paul standen zwei Männer, der eine war Schleisser, der Trainer, der andere hatte ein gebräuntes Gesicht, kurz geschnittene, dunkle Haare, die tiefbraunen Augen ließen darauf schließen, dass er südländischer Herkunft sein musste. Die Nase war nicht plattgedrückt, wie bei den meisten Boxern, sondern nur leicht nach unten gebogen. Das musste der neue Sparringpartner sein. Er war austrainiert, locker und entspannt. Als mich Paul erblickte, winkte er mich heran.

„Darf ich dir Alfredo Costa vorstellen, meinen Trainingspartner?"

Wir schüttelten uns die Hände.

„Sie sind also der Manager von Paul!" Sein Deutsch war korrekt, aber mit einem starken Akzent versetzt. Er rollte das „R" stark, ein Hinweis auf seine spanische Abstammung, ebenso wie sein Name. Er lächelte, es war ein sympathisches, offenes Lächeln.

„Manager", wiederholte ich, „ich weiß nicht, wie ich zu diesen Ehren komme, aber ich unterstütze meinen Freund Paul bei seinem schweren Gang am Samstag."

„Die Aufgabe ist nicht unlösbar, ich kenne Sandro Malcini sehr gut", meinte der Spanier, „ich werde Paul optimal auf den Gegner einstellen!"

„Wenn du willst, kannst du uns beim Trainieren zusehen. Wir warten nur, bis der Ring frei wird", schlug Paul vor.

Ich stimmte zu und deutete ihm mit einem Kopfnicken an, mir zu folgen. Wir entfernten uns einige Schritte in eine ruhige Ecke, wo wir ungestört waren. Ich überreichte Paul ein Kuvert mit Geldscheinen.

„Ich danke dir vielmals, Andreas", sagte er, „auf jeden Fall bekommst du dein Geld zurück!"

„Mach dir jetzt darüber keine Gedanken, denke nur an deinen Kampf", sagte ich beschwichtigend.

„Ich bin jetzt viel zuversichtlicher, Alfredo ist ein hervorragender Mann, er war spanischer Meister."

„Wie hat es ihn zu uns verschlagen?", wollte ich wissen.

„Er ist mit einer Deutschen verheiratet und lebt in München. Er betreibt eine Boxschule, aus der schon gute Boxer hervorgegangen sind."

Wir kehrten zum Ring zurück. Paul und Costa streiften ihre Trainingsanzüge ab und setzten den Kopfschutz auf. Man sah Costa sein Alter an, oberhalb der Schläfen hatte sich der Haaransatz bereits zurückgezogen. Doch jeder Muskel seines Körpers war stählern und austrainiert. Die beiden begannen langsam, meist wurden Schläge nur angedeutet, doch dann ging es richtig zur Sache. Nun merkte man die Klasse von Costa. Er war nicht nur ein erfahrener Ringfuchs, sondern verfügte über eine perfekte Technik. Sogar ich, der beileibe kein Fachmann des Boxsports war, stellte fest, dass Costa ein hervorragender Mann war. So wie er boxte, das konnte man sich nicht antrainieren, das war pures Talent. Außerdem hatte er ein hervorragendes Auge, es schien, als könnte er Pauls Schläge im Voraus erahnen. Wenn Paul angriff, wurde er gekontert, versuchte er, defensiv zu boxen, fand Costa immer wieder Lücken in seiner Deckung. Erst nach einigen Runden fand Paul seinen Rhythmus, er boxte nun lockerer, seine Schläge kamen schnell und präzise. Er profitierte von Costas Ermüdung, war doch dieser ein paar Jahre älter, er schnaufte schon heftig.

„Stopp", sagte er keuchend, „machen wir eine Pause!"

Costa hatte Pauls Schwächen eindeutig aufgedeckt. Und derer gab es einige. Wäre Costa um einige Jahre jünger gewesen, hätte Paul große Probleme bekommen. Sicher, Paul war ein robuster Typ, konnte einiges einstecken, hatte eine harte Rechte, aber die

Klasse von Costa zeigte auf, dass er an seiner Boxtechnik noch zu feilen hatte. Hoffentlich konnte er in den verbleibenden Tagen von Costa profitieren. Nachdem die beiden verschnauft hatten, demonstrierte Costa Bewegungsabläufe, simulierte Angriffe und veranlasste Paul, darauf zu reagieren.

Als ich zu Christina fuhr, war ich etwas beunruhigt über das, was ich im Ring gesehen hatte. Ich konnte nur hoffen, dass das Training mit Costa Früchte tragen würde, denn ich hatte in der Zwischenzeit Erkundigungen über Sandro Malcini eingezogen. Dieser war schon gegen ganz schwere Brocken angetreten und hatte bereits schöne Siege zu verzeichnen. Er war kein ausgesprochener Puncher, aber ein ausgezeichneter Techniker. Wogegen Pauls Stärken offensichtlich in seinen Nehmerqualitäten und seiner harten Rechten lagen, soviel hatte ich Gelegenheit gehabt festzustellen, auch wenn ich kein Boxsportspezialist war.

Zu Hause erwartete mich Christina mit einem Rindsbraten, obwohl sie, wie sie sagte, wenig Erfahrung mit dem Kochen hatte. Trotzdem schmeckte es. Wir hörten Musik, tranken ein Glas Wein, bevor wir zu Bett gingen. Wir liebten uns, zuerst behutsam und zärtlich, bis uns die Leidenschaft wie ein reißender Sturzbach davontrug. „Ich bin so dankbar, dass ich dich gefunden habe", flüsterte Christina.

23.

Es war wieder heiß, die Auspuffgase blieben in der Atmosphäre hängen und verpesteten die Luft. Als ich in den Box-Club eintrat, drang mir der säuerliche Geruch von Schweiß und körperlicher Ausdünstung noch stärker als an den Vortagen in die Nase. Im Hochring trainierte Paul mit Costa. Um den Ring standen die Boxer des Clubs, um das Training der beiden gespannt zu verfolgen. Es war ungewöhnlich still, kein Geschrei, keine Zurufe des Trainers waren zu vernehmen. Man hörte nur den schnellen Atem der beiden Boxer sowie die dumpfen Geräusche, wenn Schläge auf Körper oder Deckung trafen. Mit Erleichterung stellte ich fest, dass Paul viel lockerer boxte, er wirkte gelöster. Dadurch war er weniger verkrampft, er bewegte sich leichtfüßig und schnell. Als mich die beiden Boxer unter den Zuschauern entdeckten, hielten sie inne und nickten mir lächelnd zu. Ich merkte, wie man sich mir zuwandte und mich neugierig betrachtete. Plötzlich war ich jemand im Club.

„Wie sind Sie mit Paul zufrieden?", fragte mich Costa nach dem Training, er wirkte etwas ausgepumpt.

„Ich bin zwar kein Fachmann, aber Paul bewegt sich gut, man sieht, dass er mehr Selbstvertrauen hat", sagte ich aufgekratzt.

„Na ja, ich fühle mich schon viel zuversichtlicher", sagte Paul zurückhaltend, „aber ich möchte mich nicht überschätzen. Ich muss vorsichtig sein, Sandro Malcini wird ein harter Brocken."

„Sandro Malcini ist ein guter Techniker, vielleicht ein besserer als du und er hat Erfahrung", stellte Costa fachkundig fest und wischte sich den Schweiß mit einem Handtuch aus der Stirn, „aber er hat keinen harten Punch, auch ist er kein Nehmer. Wenn du mit deiner Rechten durchkommst, wird das die Entscheidung sein."

Mit einer brüderlichen Umarmung nahm ich Abschied und fuhr ins *Magic Moon*. Nach Mitternacht überfiel mich Müdigkeit, ich musste fortgesetzt gähnen. Nachdem der letzte Song verklungen war, fuhr ich mit Christina nach Hause. Auch sie war todmüde, kaum waren wir zu Bett gegangen, schlummerten wir ein und schliefen bis spät in den Samstagmorgen. Es war kurz vor Mittag, als Christine sich einen Einkaufskorb schnappte, um vor Ladenschluss noch schnell Lebensmittel zu kaufen. Ich fieberte dem Boxkampf entgegen, als ob ich selbst in den Ring steigen müsste. Als der Abend hereinbrach, verabschiedete ich mich von Christina und versprach nach dem Kampfabend, womöglich in Begleitung von Paul, in die Bar zu kommen.

Die Parkplätze rund um die riesige Veranstaltungshalle waren besetzt, ich war gezwungen, meinen VW-Golf weitab zu parken. Die Atmosphäre war drückend, es hatte kurz geregnet, der aufgeheizte Asphalt dampfte leicht. Lärm drang an mein Ohr, als ich das riesige Foyer betrat, die Rahmenkämpfe hatten schon begonnen. Im Zuschauerraum waren die Plätze vom Parkett bis hinauf zu den Rängen alle besetzt. In der Mitte erhob sich der durch Scheinwerfer hell erleuchtete Boxring. Tatsächlich hatte mir Paul einen Ringplatz verschafft, den ich saß unmittelbar hinter dem Seilgeviert. Neben mir saß eine nicht mehr ganz junge blonde Frau, ihre reifen Körperformen waren in ein eng anliegendes Kostüm gepresst, der neben ihr sitzende Mann war übertrieben elegant mit einem Smoking bekleidet, eine schwere goldene Uhr prangte auf seinem Handgelenk und ein Ring mit einem imposanten Brillanten, blitzte auf seinem kleinen Finger. Das teure, intensiv aufgetragene Parfum meiner Nachbarin stieg mir penetrant in die Nase und schien sich dort festzusetzen, was mir leichten Kopfschmerz verursachte. Die Frau verfolgte das Ringgeschehen mit größter Aufmerksamkeit. Als einer der Boxer seinen Gegner angeschlagen und in den Seilen festnagelt hatte, um ihn mit einer Serie von Schlägen ins Land der Träume zu schicken, gebärdete sie sich hysterisch und begann zu kreischen.

Ihr Begleiter versuchte sie zu beruhigen und legte beschwichtigend seine Hand auf ihren Schoß. Doch als der angeschlagene Boxer niedersank und vom Referee angezählt wurde, gingen wieder die Emotionen mit ihr durch. Ich war ebenfalls ergriffen vom Ausgang dieses Kampfes. Der niedergeschlagene Boxer erhob sich mühsam. Er war noch ein ganz junger Kerl, Mitleid ergriff mich. Taumelnd wollte er sich wieder stellen, doch der Referee tat das einzig Richtige, schickte den jungen Boxer in seine Ecke und brach den Kampf ab. Ich erhob mich und wollte die Pause bis zum nächsten Kampf nutzen, um in meine ausgetrocknete Kehle ein Bier hineinzuschütten. Nach dem Programm des Abends sollte es noch eine Weile dauern, bis Paul antrat. Es gab noch weitere Rahmenkämpfe, jeweils auf sechs Runden angesetzt und dann den Hauptkampf, den Paul und Malcini bestritten. Die Situation, in der sich Paul nun befand, war mir nicht ganz fremd. Die letzten Stunden und Minuten vor einer solch schwerwiegenden Auseinandersetzung waren immer die schwierigsten. Ich hoffte nur, dass er die Entspannungsübungen, die er mich gelehrt hatte, in diesen Augenblicken auch bei sich selbst anwenden würde. Mit großen Zügen leerte ich am Buffet ein Glas Bier. Von all den Kämpfen interessierte mich nur jener von Paul. Eventuell wollte ich mir noch den Kampf von Leo, seinem Clubkollegen, ansehen. Also ließ ich mir Zeit, ein zweites Bier zu genießen. Die Leute, die um das Buffet herumstanden, unterhielten sich über die Boxer. Darunter war ein untersetzter, grobschlächtiger Kerl, der das große Wort führte.

„Paul Acksam hat keine Chance", tönte er, „ich begreif nicht, warum man ihn gegen diesen starken Italiener antreten lässt. Keine Chance hat er, sag ich, und ich versteh was vom Boxen, hab selber geboxt."

„Also ich finde Paul Acksam nicht schlecht", sagte ein baumlanger Kerl, der von Zigarettenqualm eingehüllt war, „er ist ein reiner Konterboxer, wartet nur auf seine Chance mit der Rechten, wenn er durchkommt, dann gute Nacht für den Italiener."

„Den Gefallen wird ihm der aber nicht machen", ließ wieder der Untersetzte verlauten, „er wird fleißig punkten und Paul Acksam zermürben, so viele Zehnrunder hat der noch nicht durchgestanden, am Ende wird er von selber umfallen."

„Also ich wette, dass Paul Acksam gewinnt", sagte wieder der lange Kerl und knallte einen Geldschein auf das kleine Stehtischchen, dass die Biergläser wackelten.

„Gut", sagte der andere, „wenn du so leichtsinnig dein Geld verschleudern willst, mir soll es recht sein." Und auch er legte einen Geldschein auf das Tischchen. „Ich setze auf den Italiener."

Dieses Gespräch ließ in mir Nervosität aufkeimen. Als Außenstehender konnte man nichts anderes tun als den Verlauf der Geschehnisse abwarten. Bei meinen Tennismatches konnte ich selbst durch meine Spielgestaltung Einfluss auf den Verlauf nehmen, aber an diesem Abend war ich zur Passivität verdammt und konnte nur hoffen, dass alles gut gehen würde. Ich blickte auf meine Uhr, die Zeit schien stillzustehen. Wahrscheinlich würde Paul bald mit den letzten Vorbereitungen beginnen. Einem plötzlichen Impuls folgend, machte ich mich auf, um seine Garderobe ausfindig zu machen. Wenn möglich, wollte ich ihn kurz sehen, um ihm alles Gute zu wünschen. Irgendwie hatte ich das Gefühl, dass ihm das guttun würde. Ich wendete mich an den Billetteur, um zu erfahren, wo sich die Garderoben befanden.

„In der unteren Ebene", sagte er mürrisch, „aber Sie haben keinen Zutritt als Zuschauer."

Ich dankte, wandte mich, seine Anweisung ignorierend, der Treppe zu und stieg die Stufen hinab. Ein langer breiter Gang lag vor mir. Auf der linken Seite befanden sich Türen, auf welchen weiße Zettel mit Namen geklebt waren. Vor manchen Türen war jemand postiert, offensichtlich um Unbefugte zu hindern einzutreten. In der Mitte des Ganges machte ich Schleisser aus, der die Garderobe von Paul absicherte.

„Darf ich Paul kurz alles Gute wünschen?"

„Kein Problem", antwortete Schleisser nervös, „bleib' aber nicht zu lange, wir beginnen bald mit den letzten Vorbereitungen."

Ich trat ein. Die Garderobe war eng bemessen, ohne Fenster, möbliert mit einer Pritsche und einer kleinen Kommode. An der Wand waren Haken zum Aufhängen von Kleidungsstücken angebracht. Einige Hocker standen als Sitzgelegenheit herum. Ein Waschtisch mit Spiegel waren ebenfalls vorhanden. Überall lagen Bandagen, Handtücher und Kleidungsstücke herum. Paul war in einem blauen Satinmantel eingehüllt, auf dessen Rückseite sein Namen eingestickt war. Costa war bei ihm. Als mich Paul erblickte, lächelte er erfreut.

„Hallo, Andreas, das ist aber eine Überraschung." Er reichte mir seine bandagierte Hand.

„Hallo, Paul", erwiderte ich seinen Gruß, „ich musste dich unbedingt noch vor dem Kampf sehen, um dir alles Gute zu wünschen. Danke auch für den hervorragenden Sitzplatz!"

Paul betrachtete seine Bandagen.

„Alles okay? Wie fühlst du dich?", fragte ich behutsam.

„Super, alles okay!" Er klang monoton, ohne Überzeugungskraft, seine Haltung und sein Ausdruck spiegelten kaum Siegeswillen.

„Mensch, Paul", sagte ich lebhaft, „du bist der große Hero, tausende Leute wollen dich sehen und glauben an dich, nimm dein Herz in deine Fäuste und liefere den Kampf deines

Lebens, liefere den totalen Kampf, auf Biegen oder Brechen". Ich gab ihm einen liebevollen Klaps auf die Schulter.

Paul blickte mich verwundert an, sagte aber nichts. Costa mischte sich ein.

„He, he, nun mal langsam", sagte er beschwichtigend, „für die Taktik bin ich zuständig, mach mir Paul nicht scharf, sonst rennt er ins offene Messer!"

„Wenn er zu defensiv an die Aufgabe herangeht, wird ihm Sandro Malcini auspunkten, weil er der bessere Techniker ist, das hast du selber gesagt! Und wenn er im Ring nicht explodiert, wird er es gegen diesen erfahrenen Ringfuchs schwer haben. Ich mische mich nicht in eure Taktik ein, keine Angst, aber es ist wichtig, an sich und seine Chancen zu glauben."

Paul hatte wortlos unsere Debatte verfolgt, an seinem Gesichtsausdruck merkte ich, dass meine Worte bei ihm ein Tor geöffnet hatten. Er lachte.

„Mach dir keine Sorgen, Andreas, ich werde ein Feuerwerk abziehen, mach dich darauf gefasst!", sagte er entschlossen.

Costa versuchte, seine Verärgerung zu verbergen.

„Ich glaube, jetzt ist es genug", sagte er, „es ist besser, wenn wir uns jetzt aufwärmen und den Tatsachen ins Auge sehen!"

Ich näherte mich Paul und umarmte ihn brüderlich. „Pass trotzdem auf, Kumpel, toi, toi,

toi, nachher feiern wir mit Christina in der Bar!"

Ich nickte Schleisser zu und schritt den langen Gang entlang bis zur Treppe, die zu den Eingängen in die Halle führte. Als ich die Stufen emporklomm, hallte mir das Gejohle der Zuschauer entgegen. Ich näherte mich einem der vielen Eingänge und warf einen Blick auf den Ring. Leo, der Weltergewichtler, mit dem Paul trainiert hatte, war bereits in Aktion und kämpfte mit einem Schwarzen. Ich wartete, bis die Boxer nach dem Gong ihren Ecken zustrebten, um mich zu meinem Sitzplatz zu begeben. Die üppige Blondine musterte mich kritisch. Wahrscheinlich wunderte sie sich, warum ich den teuren Sitzplatz die meiste Zeit unbenutzt ließ. Gott sei Dank hatte sich ihr aufdringliches Parfum etwas verflüchtigt. Ein spärlich bekleidetes Girl auf hohen Hacken stakte mit einem Schild durch den Ring, um die nächste Runde anzukündigen. Als der Gong ertönte, stürzte sich der Schwarze auf Leo und deckte ihn mit einem Hagel unkontrollierter Schläge ein, nach der Devise, einer wird schon sein Ziel finden. Doch Leo blieb auf der Hut, er nahm die Herausforderung zum Schlagabtausch nicht an, sondern versuchte durch geschickte Beinarbeit und Doppeldeckung der Kanonade zu entgehen. Er vermied es peinlichst, sich von diesem Schwarzen, der Jimmy Ettoh hieß, in der Ecke festnageln zu lassen. Nach und nach verschoss dieser sein Pulver, nun zeigte sich sein boxerisches Manko. Seine Technik war nicht ausgefeilt, er war langsam auf den Beinen, die Deckung zu tief heruntergezogen. Leo, der schnell und ein guter Techniker war, nutzte die Schwächen erbarmungslos und traf nun Jimmy nach Belieben. Der Arme wurde ordentlich durchgebeutelt, es war eine Frage der Zeit, bis er im Ringstaub versinken würde. Der Gong verschaffte ihm eine Erholungspause, die er dazu nutzte, am Beginn der dritten Runde wieder ungestüm anzugreifen. Dieses Mal war seine Offensive schon kürzer geraten, er hatte seine Kraftreserven ziemlich erschöpft. Leo ergriff die Initiative und brachte viele Treffer ins Ziel, leider zu viele für den armen Jimmy. Nach einer Links-Rechtskombination ging er das erste Mal zu Boden, stand aber tapfer wieder auf. Der Ringrichter zählte ihn an und gab den Kampf wieder frei. Nach weiteren Treffern ging Jimmy wieder zu Boden, er wollte zwar weiterkämpfen, doch aus seiner Ecke flog das Handtuch zum Zeichen der Aufgabe. Einerseits freute es mich, dass Leo gewonnen hatte, andererseits empfand ich für den unterlegenen Gegner Mitleid. Welch dramatischer Sport, das Boxen, dachte ich mir.

Ich erhob mich wieder und suchte das Foyer auf. Beim Buffet bestellte ich wieder Bier und wollte dort bis zu Pauls Kampf ausharren. Bevor er in den Ring stieg, gab es noch einen Kampf. Diesen wollte ich mir nicht ansehen, die aufgeladene Atmosphäre in der Halle würde meine Nervosität nur weiter erhöhen. Doch dann war es soweit, ich vernahm, wie der Sprecher Sandro Malcini ankündigte. Schnell begab ich mich zu meinem Sitzplatz. Als Paul erschien und in das Seilgeviert schlüpfte, verwandelte sich die Halle in einen Hexenkessel, die Zuschauer schrien vor Begeisterung. Costa brachte einen Schemel und ein paar Utensilien in der Ringecke in Stellung, der Coach von Sandro Malcini tat dergleichen. Die Boxer legten ihre Mäntel ab und versuchten mit Luftschlägen locker zu bleiben. Dann wurden sie vom Ringrichter zur Ringmitte gerufen und mussten die übliche Belehrung über sich ergehen lassen. Nachdem sie sich kurz mit den Boxhandschuhen angetippt hatten, kehrten sie in ihre Ecken zurück und erwarteten den Beginn des Kampfes. Sandro Malcini war ein Modell von einem Athleten, etwas größer als der bullig wirkende Paul. In der ersten Runde geschah nicht viel, die beiden tasteten sich ab, mieden die Schlagdistanz, die Schläge hatten kaum Körperkontakt und wurden meist von der Deckung abgefangen.

Die zweite und die dritte Runde folgten, ohne dass Dramatisches passierte. Die beiden schienen großen Respekt voreinander zu haben, riskante Angriffe wurden vermieden. Sandro Malcini umtänzelte Paul, der meist aus der Ringmitte versuchte, in Schlagdistanz zu kommen. Er boxte geradlinig, versuchte mit plötzlich geschlagenen Jabs seinen Gegner zu treffen, während dieser versuchte, über die Außenbahn zu kommen. Sandro Malcini schien sich gut auf Pauls Kampfstil eingestellt zu haben, denn er konnte immer wieder mit Haken punkten. Die Schlagwirkung war gering, jedoch mit Fortdauer des Kampfes würde die summierende Wirkung der Treffer einen zermürbenden Effekt haben. Darüber hinaus brachten sie wertvolle Punkte. Paul setzte dieser Kampfweise nichts entgegen, es schien, als ob er nur auf eine Möglichkeit zum Punchen, also auf einen entscheidenden Schlag, wartete. Ich fragte mich, warum Paul stereotyp bei dieser Kampfführung blieb. In der vierten und fünften Runde erhöhte Sandro Malcini das Tempo, immer wieder punktete er über die Außenbahn, während Paul eher selten kontern konnte. Ich begann mir Sorgen zu machen. Wenn der Kampf weiter so lief, dann steuerte Sandro Malcini einem sicheren Punktesieg zu, wenn nicht noch Schlimmeres passierte und die kumulierende Wirkung der vielen kleinen Treffer, die Paul kassierte, ihn in den Abgrund riss. Costa hätte übrigens schon längst intervenieren müssen, um Paul geeignete Ratschläge zu erteilen. Die sechste Runde brach an. Beide Boxer schienen noch recht frisch zu sein, obwohl mir Sandro Malcini den stärkeren Eindruck machte. Paul wurde nun offensiver, er stocherte mit seiner Geraden durch die Deckung seines Gegners und ließ sofort eine Rechte folgen, er traf ein paar Mal. Sandro Malcini, darauf bedacht, keine Kopftreffer abzubekommen, hatte die Fäuste hochgezogen und bot Paul die Chance, Körpertreffer anzubringen. Paul rammte eine Links-Rechtskombination in die Magengegend seines Gegners, um ihm die Luft zu nehmen. Sandro Malcini, sichtlich in Schwierigkeiten, zog sich zurück. Paul nutzte die Schwäche seines Gegners und deckte ihn mit einer Serie von Schlägen ein. Sandro Malcini versuchte, sich mit einer Doppeldeckung zu schützen, doch Paul marschierte vorwärts und nagelte Sandro Malcini in den Seilen fest. Er wollte nun ein schnelles Ende und ließ einen Schlaghagel auf den Italiener niederprasseln. In seinem Kampfeifer hatte er seine Deckung vernachlässigt, alles was für ihn zu zählen schien, war Angriff total. Und plötzlich, blitzschnell wie der Biss einer Schlange, schoss Sandro Malcini eine Gerade ab und traf den leichtsinnigen Paul voll. Paul taumelte zurück, er war angeschlagen. Es war ihm offensichtlich nicht bewusst, wie tief nun seine Deckung herabhing. Sandro Malcini witterte nun seinerseits die Chance und setzte nach. Leidvoll musste ich mitansehen, wie Pauls Kopf von Treffern hin- und hergerissen wurde. Ich weiß nicht, was in mich fuhr, plötzlich konnte ich mich nicht mehr halten, das Entsetzen packte mich, ich sprang auf die Sitzfläche, richtete mich auf und brüllte aus Leibeskräften: „Hände hoch,

Paul, Hände hoch, Dooppeldeckung, Dooooppeldeckung." Im allgemeinen Wirbel bekamen mein Geschrei nur meine Nachbarn mit, sie blickten mich erstaunt an, doch niemand rügte mich, waren doch die meisten mit Paul solidarisch und schienen Verständnis für mein Ausrasten zu haben. Ohne im Mindesten von der Wirkung meiner verzweifelten Zurufe überzeugt zu sein, sank ich wieder auf meinen Sitzplatz zurück. Doch siehe da, Paul hatte sich plötzlich wieder in der Gewalt, durch eine dichte Doppeldeckung gelang es ihm, die Angriffe von Sandro Malcini weitgehend zu blockieren. Endlich ertönte der Gong.

Die heftige Runde war nicht spurlos an den Kämpfern vorüber gegangen, Pauls Nase blutete, sein Gegner hatte oberhalb des linken Auges ein kleines Cut. In den Ecken wurde fieberhaft gearbeitet, um die Blessuren zu behandeln. Paul saß gelassen in seiner Ecke, er ertrug die an ihm vorgenommenen Prozeduren mit stoischer Gelassenheit. Das erste Mal in diesem Kampf spiegelte sich in seinen Gesichtszügen Selbstsicherheit und Entschlossenheit. Das beruhigte mich etwas, doch der Kampf dauerte noch vier Runden und in diesen konnte noch viel geschehen.

Die siebente Runde war von einer offensiven Kampfführung auf beiden Seiten geprägt. Sandro Malcini boxte nun offensiver und riskanter, er versuchte wieder verstärkt mit Haken über die Außenbahn zu kommen, wobei er ganz nah am Gegner boxte. Seine Schnelligkeit kam ihm dabei zu statten. Doch Paul war nun auf der Hut, er fuhr mit Paraden dazwischen oder blockte die Angriffe ab. Er setzte seinerseits wieder die Gerade als Konter ein, wobei er Doppelstöße mit der Führhand in Richtung Kopf des Gegners abschoss. Sandro Malcini deckte sich gegen diese Angriffe mit hochgezogenen Fäusten, doch oberhalb seines Gürtels entstand dadurch ein deckungsfreier Raum. Wieder lancierte Paul geschickt einen Angriff auf den Kopf des Gegners, um dann die Rechte in dessen Magengegend zu wuchten. Malcini klappte nach vorne, wobei ihm Paul einen klassischen Aufwärtshaken mit der Linken verpasste, der Sandro Malcini den Boden unter den Füßen wegzog. Die Halle tobte vor Begeisterung. Der Ringrichter begann zu zählen, doch der Italiener stellte sich wieder dem Kampf. Paul versuchte, den Kampf definitiv zu beenden und den entscheidenden Schlag anzubringen, wobei er dieses Mal kontrolliert vorging, um nicht wieder in einen Konter zu rennen. Malcini war angeschlagen, seine Reaktionen stark reduziert, man spürte förmlich das Ende nahen. Malcini versuchte zwar, Pauls Angriffen durch ständiges Zurückweichen aus dem Weg zu gehen oder sich durch die Doppeldeckung zu schützen, was ihm nur teilweise gelang. Um einer lin-

273

ken Geraden zum Kopf zu entgehen duckte er sich ab. Paul musste mit diesem Manöver gerechnet haben, denn er setzte den rechten Aufwärtshaken ein und traf voll. Die Rechte von Paul hatte es in sich, dies musste die Entscheidung sein. Malcini ging schwer k.o. Seine Betreuer stellten ihn auf die Füße, es dauerte, bis er wieder etwas klarer wurde. Es schien, dass der Zustand des schwer geschlagenen Gegners Paul mehr interessierte als die Begeisterungsstürme des Publikums. Er ging auf ihn zu, legte ihm den Arm auf die Schulter und sagte etwas. Malcini versuchte ein mattes Lächeln. Er musste die Belastung und die Schmerzen dieses erbarmungslosen Fights verdauen, und bitterer noch, die psychologischen Wunden heilen, die ein verlorener Kampf hinterließ.

Ich ließ einige Minuten verstreichen, bis ich mich zu Pauls Garderobe begab. Ein Kontrolleur wollte mich daran hindern, doch ich sagte, dass ich Pauls Manager sei. Er musterte mich mit einem zweifelnden Blick, ließ mich aber ziehen. Ich klopfte an die Garderobentür und öffnete einen Spalt. Als mich Paul erblickte, begann sein Gesicht zu strahlen und er machte eine einladende Handbewegung. Wir fielen uns in die Arme.

„Ein toller Fight!"

„Es hätte auch anders ausgehen können", meinte Paul bescheiden, „es war Glück dabei."

Costa entfernte die Bandagen von seinen Fäusten.

Paul blickte seine rechte Faust liebevoll an. „Auf dich kann ich mich verlassen!".

Er schaute mich an und lächelte verschmitzt.

„Sag mal, warst das du, der wie ein Verrückter geschrien hat, als ich mich ins Land der Träume verabschieden wollte?"

„Du warst ohne Deckung und hast die Hände hängen lassen, ich war so entsetzt, dass ich auf den Sessel gesprungen bin und dich angeschrien habe. Ich konnte nicht anders."

„Mit deinem Geschrei kannst du ja Tote aufwecken", Paul lachte, „aber es hat geholfen. Irgendwie habe ich wieder zurückgefunden."

„Und wie, einen Aufwärtshaken als Entscheidung sieht man nicht alle Tage!", sagte ein glücklicher Costa, von dem nun die Anspannung gewichen war.

„Und jetzt sollten wir den Sieg mit einem Schluck begießen", ließ Schleisser vernehmen.

„Ich lade euch ein", sagte Paul überschwänglich, „auf ins *Magic Moon!*"

In weiser Voraussicht hatte ich einen Tisch nahe dem Klavier reserviert, denn die Bar war zum Bersten voll. Christina schenkte uns ein diskretes Lächeln, als wir eintrafen. Paul nahm mich auf die Seite und raunte mir ins Ohr: „Bitte kein Aufsehen wegen des heutigen Kampfes."

„Warum? Christina könnte eine kurze Ansage machen, es würde die Gäste interessieren,."

„Vor allem das nicht!", sagte Paul hastig.

„Warum?"

„Das sage ich dir später!"

„Okay", sagte ich leise.

Paul bestellte Champagner. Mit einem lauten Plopp entfernte Kramer, der Ober, den Korken und goss die Gläser voll. Wir prosteten uns zu, Schleisser wollte mit einer Rede loslegen, doch Paul fasste ihn am Ärmel und drückte ihn auf seinen Sessel.

„Bitte, Hans, nicht hier", sagte er fast im Befehlston, „wir feiern noch einmal im Club, dann freue ich mich auf eine Rede von dir."

Ich bemerkte, wie Costa und Schleisser Christina mit den Augen verschlangen. Ihr Erstaunen nahm kein Ende, als Christina zu singen aufhörte und zu unserem Tisch kam. Sie trug ein kurzes, schwarzes Chiffonkleid mit einem weit schwingenden Saum, der ihre schönen Beine besonders zur Geltung brachte.

„Wie ist der Kampf ausgegangen?", fragte sie mich flüsternd und warf einen prüfenden Blick auf Paul, auf dessen Gesicht noch die Spuren des Kampfes zu sehen waren.

„Es war hart, aber er hat gewonnen, und zwar durch k.o.!"

„Gott sei Dank", sagte sie erleichtert.

Ich stellte Costa und Schleisser vor. Die beiden schienen geblendet von Christinas Erscheinung. Schleisser wirkte verlegen, Costa hingegen zauberte ein charmantes Lächeln auf sein Gesicht.

„Ich freue mich, Sie kennenzulernen, ich bin hingerissen von Ihrem Gesang!"

„Danke", Christina lächelte wohlwollend.

Sie wandte sich an Paul und reichte ihm die Hand.

„Meinen Glückwunsch, ich schwärme für starke Männer, darf ich für Sie etwas singen? Was hören Sie gerne?"

„Das wollen Sie wirklich?"

„Natürlich, Sie sind der Star des heutigen Abends!"

Paul dachte nach.

„Fly me to the moon, falls es keine Umstände macht", sagte er gedämpft.

Christina lachte schelmisch. „Es macht keine Umstände, Sie bescheidener Held!"

Sie glitt zum Klavier, die Blicke meiner Tischgenossen verfolgten sie mit einem Schimmer von Begehrlichkeit in den Augen. Spielerisch sang sie in den höheren und mittleren Lagen, die tieferen klangen kratzig, lasziv. Ich bemerkte Ingmann, er hatte die Augenbrauen zusammengezogen und blickte misstrauisch in unsere Richtung. Als Christina geendet hatte, brandete Applaus auf. Christina lächelte und intonierte ihren nächsten Song.

Niemand hatte wahrgenommen, dass *Fly me to he moon* Paul gewidmet war, außer Ingmann vielleicht. Plötzlich stand er neben mir.

Ich erhob mich und stellte meine Tischnachbarn vor. Ingmann lächelte überlegen.

„Herzlich willkommen", sagte er geölt. Dann wandte er sich an Paul.

„Kennen wir uns? Sie kommen mir bekannt vor!"

„Ich bin schon hier gewesen", antwortete Paul beiläufig, „vielleicht deshalb."

„Wahrscheinlich", sagte Ingmann und ließ seinen Blick prüfend auf Paul ruhen. Dann fiel sein Blick auf den Champagner.

„Nobel, nobel", bemerkte er, „haben Sie einen Anlass zu feiern?"

„Vielleicht", sagte ich. Ohne dass ich es eigentlich wollte, klang es abweisend.

Ingmann zog die Augenbrauen hoch. Doch dann setzte er wieder die souveräne Maske des Barbesitzers auf und lächelte gekünstelt. Er hielt Kramer, den Ober, der gerade vorbeiging, am Ärmel.

„Bring den Herren noch eine Flasche Mumm auf Rechnung des Hauses", sagte er großspurig.

„Ich wünsche noch gute Unterhaltung." Er verabschiedete sich mit einer leichten Verbeugung und ging zur Bar. Dort stand ein Typ, der mir bekannt vorkam. Es war der mit der scharfen, gebogenen Nase, der mit einem starken französischen Akzent sprach. Vor einigen Wochen war er in Begleitung des Arabers mit Galgenvogelgesicht in der Bar gewesen. Ingmann gab Christina einen Wink, bevor er mit dem anderen in der Tür hinter der Bar verschwand. Ich merkte, wie sich Christinas Gesichtsausdruck verdunkelte. Sie beendete das Lied und betrat ebenfalls den Raum hinter der Bar. Was ging hier vor? Hatte Christina Geheimnisse vor mir? Ein undefinierbares Gefühl beschlich mich, eine Mischung aus Eifersucht und Verwirrung. Paul blickte mich forschend an.

„Ich habe das Gefühl, dass hier etwas läuft", sagte er.

„Was soll hier laufen?"

„Ich weiß es noch nicht genau. Es kann nicht schaden, wenn du die Augen offen hältst. Und sag bitte niemand, dass ich bei der Polizei bin, auch nicht Christina!"

„Darum hast du mich schon einmal gebeten", brummte ich, „ich halte mich an meine Abmachungen!" Ich ärgerte mich ein bisschen über seine Geheimnistuerei.

Wir blieben noch eine Weile im *Magic Moon*. Bei Paul machte sich der Kräfteverschleiß des Kampfes bemerkbar, aber auch bei mir hatte die Dramatik des Boxkampfes seinen Zoll gefordert. Die Entscheidung, ob ich auf Christina bis zum Schließen der Bar warten sollte oder nicht, wurde mir abgenommen.

„Warte nicht, bis ich hier fertig bin", bat mich Christina in einer Gesangspause, „fahre nach Hause, ich möchte am Morgen in deinen Armen aufwachen, mein Liebling", flüsterte sie und küsste mich sachte auf die Stirn.

24.

Als ich erwachte, lag das Schlafzimmer im Halbdunkel, die Jalousien waren geschlossen, die Vorhänge zugezogen. Ein teures Parfum verströmte einen angenehmen Duft. Christina schlief noch. Die langen blonden Haare verdeckten wie Goldfäden ihr Gesicht. Ab und zu bewegte sie die Lippen, als ob sie sprechen wollte. Ihr kurzes Nachthemdhatte sich bis weit über die Hüften verschoben. Trotz des verführerischen Anblicks drehte ich mich weg, ich hing meinen Gedanken nach. Was hatte Christina mit diesen zwielichtigen Typen zu tun? Welche Bedeutung hatte das Gespräch im Hinterzimmer gehabt?

„Küss mich!", flüsterte sie mit einem begehrlichen Unterton, als sie nach einigen Minuten erwachte. Sie streckte die Hände und räkelte sich, ohne eine Reaktion meinerseits abzuwarten, schmiegte sie sich an mich. Meine Besorgnisse von vorhin begannen sich zu verflüchtigen. Ich schob das Nachthemd bis über die Brüste und ließ meine Lippen über das weiche Fleisch gleiten. Und dann, ich wusste nicht, welcher Teufel mich ritt, drang ich ohne Einleitung in Christina ein. Sie verkrampfte sich, stöhnte leise, ließ mich aber gewähren.

Als wir das Frühstück zu uns nahmen, war die Mittagsstunde schon weit überschritten. Christina hatte den Kühlschrank geplündert, wir aßen Schinken, Käse und gekochte Eier, dazu Brot, das nicht mehr ganz frisch war, aber getoastet ganz gut schmeckte. Nach diesem opulenten Frühstück ließ ich mich auf das bequeme Sofa zurücksinken. Ich warf einen prüfenden Blick auf Christina. Irgendetwas schien sie zu beunruhigen, sie vermied es, mir in die Augen zu schauen.

„Wer ist der Mann, mit dem du gestern gesprochen hast?" Ich versuchte meiner Stimme einen beiläufigen Klang zu geben.

Christina antwortete nicht sofort. Ihre schönen Finger schlossen sich um die Kaffeetasse, als ob sie Halt suchte.

„Ist das so wichtig?"

Ich ließ ein paar Augenblicke verstreichen. „Es hätte mich interessiert!"

Ein verlegenes Lächeln überzog ihr hübsches Gesicht. „Er ist der Typ, der für Ingmann die Ware einkauft."

„Und du holtest die Ware in Paris ab und brachtest sie nach Wien, stimmt's?", ergänzte ich.

„Ja, übrigens, hat dein Chauffeur die Ware übernehmen können?"

„Ich glaube schon, zumindest habe ich nichts Gegenteiliges gehört. Morgen treffe ich ihn, wenn alles glattgegangen ist, bringe ich dir den Koffer am Abend."

Christina stand auf und ging zur Kommode. Sie öffnete eine Lade, entnahm einem Kuvert drei große Banknoten und gab mir zwei davon.

„Gib ihm das, eine Anzahlung hat er ja bereits erhalten." Sie drückte mir das Geld in die Hand.

„Nicht schlecht", stellte ich fest, „lässt sich mit Antiquitäten so viel Geld verdienen?"

„Offensichtlich", sagte Christina leichthin. Sie steckte mir die dritte Banknote in die Brusttasche meines Hemdes. „Das ist für dich!"

Damit hatte ich nicht gerechnet.

„Ich will dieses Geld nicht", sagte ich schroff, nahm es aus der Brusttasche und gab es zurück.

Sie betrachtete mich mit Erstaunen.

„Aber du musst das Geld nehmen, Ingmann möchte es!"

Ich war fassungslos. „Was", schrie ich, „du hast Ingmann eingeweiht?"

„Wie hätte ich ihm sonst erklären können, dass ich vergangene Woche nicht in Paris war, um seinen Kram zu übernehmen?"

Ein dumpfes Gefühl bemächtigte sich meiner. Ich dachte an die dunklen Gestalten, mit denen Ingmann verkehrte, und an die Andeutungen, die Paul gemacht hatte.

Ich fühlte mich plötzlich miserabel. „Wenn ich gewusst hätte, dass du ihn ins Vertrauen ziehst, hätte ich es nicht getan. Jetzt hat er mich in der Hand!"

Christina starrte mich entgeistert an. Tränen füllten ihre großen blauen Augen.

„Aber … aber", stotterte sie unter Tränen, „ich habe geglaubt, du tust es für mich."

Mit einem diffusen Schuldgefühl fuhr ich am Montag ins Büro. Wagner musste am Vormittag 25 Tonnen Spezialpapier laden. Um den Koffer zu holen, musste ich mich umgehend auf den Weg machen. Es regnete heftig, mein Sommeranzug war durchtränkt, als ich bei meinem Golf ankam. Mit einem Fluch warf ich das Sakko auf den Hintersitz und fuhr los. Die Papierfabrik war riesig, sie bestand aus mehreren Hallen, aus deren Schloten Rauch qualmte. Vor der Verladerampe waren LKWs aufgereiht, bereit, Ladung aufzunehmen, um sie zu Abnehmern in ganz Europa zu transportieren. Wagners LKW stand in der Mitte der langen Reihe. Er saß hinter dem Lenkrad und las aus einer Zeitung. Um mich bemerkbar zu machen, klopfte ich an die Beifahrertür. Als er mich bemerkte, grinste er und machte mir ein Zeichen einzusteigen.

„Na, wie geht's?", fragte ich, nachdem ich in die Fahrerkabine geklettert war und Wagners schwielige Hand geschüttelt hatte.

„Alles in Butter", antwortete er, „die Adresse befindet sich in einer Wohngegend, war ein bisschen eng für meinen großen Dampfer, aber ich habe es geschafft. Warten Sie, ich hole den Koffer."

Er drückte mir ein großes, gelbes Kuvert in die Hand und stieg aus. Ich öffnete das Kuvert und betrachtete flüchtig Versand- und Zollpapiere. Wagner kam mit einem Koffer zurück, öffnete schnaufend die Fahrertür und hievte ihn auf die breite Sitzbank. Er nahm hinter dem Volant Platz und schaute mich mit seinen großen, etwas hervorspringenden Augen forschend an.

„An der Grenze alles glatt gegangen?", wollte ich wissen.

„Kein Mensch hat mich nach dem Koffer gefragt", sagte er leichthin, „hätten ja meine persönlichen Reiseutensilien sein können!"

Ich öffnete den Koffer und warf einen Blick auf den Inhalt, konnte aber nicht ausmachen, worum es sich handelte, denn die Ware war sorgsam in Wellpappe verpackt. Ich schloss den Koffer.

„Na gut, dann ist ja alles okay", sagte ich und reichte Wagner das Geld.

Wagner pfiff leise durch die Zähne. „Ich muss schon sagen, sehr großzügig, da nehme ich gern wieder etwas mit!"

„Gut so", sagte ich, „ich werde Sie bald wieder brauchen."

Wagner wirkte aufgekratzt. „Kein Problem."

25.

Bei der Rückfahrt war ich unkonzentriert, beim Passieren einer Kreuzung beachtete ich den Vorrang nicht und zwang den Lenker des von rechts kommenden Autos zu einer Notbremsung. Er kurbelte das Seitenfenster herunter und beschimpfte mich aufs Unflätigste. Im Büro plagte mich Unruhe, die sich nicht mit dem üblichen Berufsstress entschuldigen ließ. Das Risiko, dass mein Vorgehen entdeckt würde, war gering, trotzdem belastete es mich. Nach Büroschluss fuhr ich nach Hause, um frische Wäsche zu holen. Ich wollte schon aussteigen, als mein Blick auf den Lederkoffer fiel, den ich am Rücksitz abgestellt hatte. Einer Eingebung folgend, fasste ich den Koffer und schleppte ihn in meine Wohnung. Dort stellte ich ihn auf den Küchentisch und öffnete ihn. Vorsichtig löste ich die Verpackung von einem Paket. Eine kleine, gebrauchte Standuhr kam zum Vorschein. Meine Eltern hatten eine ähnliche seinerzeit als Hochzeitsgeschenk erhalten. Ich öffnete weitere Pakete, es kamen Vasen, Silberbestecke, Bilder und weitere Uhren zum Vorschein. Die Gegenstände waren gebraucht, aber – so viel Urteilsvermögen traute ich mir zu – diese als Antiquitäten einzustufen, war übertrieben. Warum machte man für diesen Plunder so viel Aufhebens, diesen konnte man bei jedem Trödler erstehen! Warum brauchte man dafür Spezialkuriere? Ich betrachtete den teuren Lederkoffer eingehender, es fiel mir ein Unterschied zwischen der Außen- und der Innenhöhe auf. Ich drückte gegen den Boden und hatte den Eindruck, als ob er gepolstert wäre. Sonderbar. Ich tastete mit meinen Fingern an der Innenkante entlang, auf einmal spürte ich unter dem Falz etwas. Ich hob ihn an, tatsächlich, darunter war etwas verborgen. Vorsichtig begann ich an einem Reißverschluss zu ziehen, der an drei der Innenseiten herumlief. Vorsichtig klappte ich den Boden in die Höhe. Wie vom Donner gerührt starrte ich auf mehrere Päckchen, offensichtlich Haschisch und Kokain. Wie hatte ich nur so dumm sein können, ich hätte den Braten riechen müssen, als Christina sich über die Abläufe bei den Transporten erkundigte, ich hätte nur eins und eins zusammenzählen müssen! Ich warf den Kram in den Koffer, verschloss ihn und lief zu meinem VW, startete und stieg brutal aufs Gaspedal. Ein Wechselbad von Gefühlen brach über mich herein, Christina hatte mich nur benutzt. Zu meinem Elend gesellte sich eine unermessliche Enttäuschung, es tat so weh, dass ich den Schmerz körperlich spüren konnte. Ich hatte den Eindruck, ins Bodenlose abzustürzen.

Christina hatte ihren freien Tag genutzt, um allerlei einzukaufen, der Tisch war reichhaltig mit Köstlichkeiten gedeckt. In einem Silberkübel, gefüllt mit Eis, steckte eine Flasche Champagner. Sie entnahm die Flasche und reichte sie mir.
„Öffne bitte, heute haben wir einen Grund anzustoßen."
Langsam stellte ich die Flasche in den Kübel zurück.
„Ich glaube das Gegenteil ist der Fall!", sagte ich grimmig und ging ins Vorzimmer, um den Koffer zu holen. Mit einem Ruck leerte ich

den Inhalt auf den Teppich, dass die Pakete durcheinanderpurzelten. Dann riss ich wütend den Reißverschluss auf und klappte den doppelten Boden zurück.

„Nein", entfuhr es Christina.

„Doch!", schrie ich und warf einige Plastikpäckchen auf den Tisch.

Ich fasste sie an den Schultern und schüttelte sie. „Hast du das gewusst?"

„Andreas, Andreas, mein Liebster", stammelte sie, „beruhige dich, ich werde dir alles erklären…"

„Ich brauche keine Erklärung, aus mir ist ein Drogendealer geworden!"

Christina ließ sich kraftlos auf das Sofa sinken.

„Ich hätte dich niemals in diese Geschichte hineinziehen dürfen", sagte sie gequält, „ich bin genauso getäuscht worden wie du. Anfänglich habe ich Ingmann geglaubt, bis ich durch Zufall darauf gekommen bin, um welche Ware es sich wirklich handelte. Als ich aufhören wollte, hat er gedroht, dass der Araber mir mit einem Rasiermesser eine kosmetische Behandlung verpassen würde. Dann hat er mir viel Geld gegeben und mich mit Geschenken überhäuft, um mich bei der Stange zu halten. Irgendwie hat er heraus bekommen, dass du im Speditionsgeschäft tätig bist. Er wollte, dass ich dich in den Schmuggel hineinziehe." Christina schluchzte leise. „Den Rest der Geschichte kennst du."

Ich schwieg. In meinem Gehirn jagte ein Gedanke den anderen. Konnte ich ihr glauben?

„Das ist die Wahrheit, bitte glaube mir, ich liebe dich doch." Sie bedeckte ihr Gesicht mit beiden Händen. Ratlos stand ich neben dem Koffer und betrachtete sie. Einige Augenblicke verstrichen, es war so still, dass man das Ticken der Standuhr hören konnte.

„Was sollen wir jetzt machen?"

„Wir können nichts machen, denn wenn wir aufhören, hetzt er uns seine Gang auf den Hals!"

Ich konnte und wollte diese kriminellen Geschäfte nicht fortsetzen, selbst wenn eine Beendigung ein Risiko für uns beide darstellen sollte. Jetzt bestand noch die Möglichkeit aufzuhören, ohne vollends auf der schiefen Bahn zu landen.

„Wir können nicht weitermachen, wenn wir uns vor dem Kriminal retten wollen", sagte ich schließlich.

Christina sah mich an. Ihr Gesicht war gerötet, die Augen vom Weinen geschwollen.

„Andreas, Liebster, dich wird die Polizei ungeschoren lassen, aber ich hänge schon zu tief drinnen. Ich hätte schon vor einem Jahr zur Polizei gehen müssen. Mit den wiederholten Kurierdiensten habe ich mich schuldig gemacht", sie brach wieder in Tränen aus, „es ist alles so furchtbar, was habe ich nur angerichtet!"

Sie wandte sich ab, warf sich auf das Sofa und schluchzte laut. Ich versuchte, meine

Gedanken auf eine Lösung zu konzentrieren. Um einer Bedrohung durch die Rauschgiftdealer zu entgehen, war es in der Tat besser, das Spiel fortzusetzen, aber unter Einbeziehung der Polizei. Ich erinnerte mich an Paul und seine kryptischen Bemerkungen über die Vorgänge im *Magic Moon*.

„Liebes", sagte ich sanft und zog Christina behutsam in eine aufrechte Sitzposition, „ich weiß, was wir machen: Paul ist bei der Kriminalpolizei, zu ihm können wir gehen. Er hatte ohnehin den Verdacht, dass im *Magic Moon* krumme Dinge laufen. Zum Schein machen wir weiter, damit Ingmann keinen Verdacht schöpfen kann."

„Sie werden mich einsperren, Liebster", flüsterte Christina, „hast du daran gedacht?"

„Die werden uns nichts tun, Liebes", sagte ich leise, „denn wir beide werden den Drogenhandel aufdecken. Sie werden uns höchstens eine bedingte Strafe aufbrummen!"

Wir vereinbarten, dass Christina am nächsten Tag Ingmann den Koffer bringen würde, während ich mit Paul Verbindung aufnehmen wollte, auf jeden Fall ein gefährliches Spiel. Wir gingen zu Bett, aber an Liebe dachten wir nicht. Zu schwer drückten die Sorgen. Ich wälzte mich im Bett hin und her, begann Schäfchen zu zählen, doch ich schaffte es nicht einmal bis Hundert. Immer wieder spukten mir Gedanken durch den Kopf. Leise stieg ich aus dem Bett, um meine trockene Kehle mit einem Glas Wasser zu erfrischen.

„Wohin gehst du?", flüsterte Christina.

„Ich muss etwas trinken. Soll ich dir auch ein Glas Wasser bringen, Liebes?"

„Ja, bitte."

Irgendwann verfiel ich in einen bleiernen Schlaf, aus dem mich das Läuten des Weckers riss. Als ich aus dem Bett stieg, hatte ich ein Gefühl, als ob eine Dampfwalze über mich gerollt wäre. Alle Glieder schmerzten, in meinem Kopf hämmerte es. Ich schleppte mich zum Fenster und schwang den Vorhang zurück. Gleißendes Sonnenlicht blendete mich und ließ mich zurücktaumeln. Christina war bereits aufgestanden und braute Kaffee. Der weiße Morgenmantel ließ ihr Gesicht noch fahler erscheinen.

„Wie hast du geschlafen?", fragte ich mit rauer Stimme.

„Ich habe keine Minute ein Auge zugedrückt, Liebling."

Ich nahm sie in die Arme und küsste sie sanft.

„Wir sind in einer schrecklichen Situation", brummte ich, „wir müssen ihr ein Ende bereiten!"

Der heiße Kaffee und die aufgebackenen Semmeln, die herrlich dufteten, weckten meine Lebensgeister. Nachdem ich Aspirin zu mir genommen hatte, konnte ich wieder klar denken.

„Jetzt ist es vor allem wichtig, dass wir uns nichts anmerken lassen. Ingmann wird dich sicher ausfragen, sei also auf der Hut!"

„Das werde ich wohl sein müssen", sagte sie seufzend, „Ingmann ist misstrauisch. Und er ist vorsichtig, ihn zu täuschen, ist nicht leicht." Forschend blickte ich Christina an, die Angst vor dem Treffen stand ihr ins Gesicht geschrieben.

„Ich bin überzeugt, dass du es schaffen wirst, Liebes", sagte ich, um ihr Mut zu machen.

„Nach Büroschluss fahre ich in den Club und werde Paul informieren. Wir werden diesen Drogenhandel aufdecken, dadurch werden wir einer Verurteilung entgehen. Ich werde ihm sagen, dass wir getäuscht und erpresst wurden."

„Da bin ich mir nicht so sicher, schließlich habe ich viel Geld bekommen und lange genug bei diesem Schmuggel mitgewirkt. Aber die Hoffnung stirbt zuletzt", sagte sie. Es schien mir, als ob sie wenig Vertrauen in meine Strategie hatte. Sicherlich würde sie ihr blasses Aussehen mit einem gekonnten Make-up kaschieren können, ob sie es schaffte, den misstrauischen Ingmann hinters Licht zu führen, blieb abzuwarten. Wie auch immer, es blieb mir nichts anderes übrig, als meinen Plan durchzuziehen.

26.

Im Büro erwartete mich eine weitere Hiobs-
botschaft; einer unserer LKWs hatte einen
Motorschaden und konnte seine Ladung nicht
übernehmen. Den ganzen Vormittag war ich
damit beschäftigt, bei Frächtern einen LKW
aufzutreiben, den ich als Ersatz losschicken
konnte. Endlich wurde ich bei einem Frächter
fündig, der aber einen Wucherpreis für den
gecharterten Sattelschlepper verlangte. Da
er die Ladung erst am Mittwoch übernehmen
konnte, wurde eine zeitgerechte Übernahme
der Rückfracht in Frankreich infrage gestellt.
Trotz dieser Risiken entschied ich, den Sattelschlepper loszuschicken. Der Stress ließ
meine Kopfschmerzen wieder aufflackern,
dieses Mal so heftig, dass ich glaubte, erbre-
chen zu müssen. Ich wagte keine nochmalige
Einnahme eines Schmerzmittels; schon der
Gedanke daran verursachte mir Magenum-
drehungen. Zu allem Übel erschien Scholz in
meinem Büro, seine in Falten gelegte Stirn
ließ nichts Gutes erahnen. Er musste vom
Ausfall unseres LKWs Kenntnis erlangt haben, die kostenintensive Reparatur sowie der
Ausfall von Frachtvolumen drückten seine
Laune.
„Wie konnte es passieren, dass bei einem
Fahrzeug, das vor Kurzem einen neuen Motor erhielt, schon wieder ein Schaden auftritt?", monierte er, ohne die zuletzt zwischen uns gepflogene lockere Gesprächswei-
se aufleben zu lassen. „Unsere Fahrer sollten

schonender mit den LKWs umgehen. Sie sollten es wieder einmal allen einbläuen!"

„Das werde ich tun, verlassen Sie sich darauf, Herr Scholz", sagte ich dienstfertig, hoffend, dass er keine weitere Fragen stellen würde.

„Jetzt gehen uns zwei Ladungen verloren, abgesehen von Reklamationen der Kunden wegen der Lieferverzögerungen!"

Wie ich ihn kannte, würde er es bevorzugt haben, wenn ich die Transporte um eine Woche verschoben hätte. Da er meine Disposition ohnehin bei der Kontrolle der Rechnungen, die er sich vorbehielt, bemerken würde, entschied ich, den Stier bei den Hörnern zu packen.

„Es wird keine Verzögerungen geben, ich habe einen LKW gechartert!"

Der Gesichtsausdruck von Scholz verfinsterte sich noch mehr.

„Einen LKW gechartert?", fragte er ungläubig, „was kostet uns das?"

Als ich den Preis nannte, nahm sein Gesicht eine rote Farbe an.

„Sind Sie …", er vollendete den Satz nicht, wahrscheinlich wollte er meine Zurechnungsfähigkeit in Zweifel ziehen. „Sie hätten mich fragen sollen, Bachmann … Herr Bachmann."

„Ich musste schnell entscheiden, Herr Scholz", erklärte ich, „wenn wir unsere Kunden warten lassen, dann verlieren wir sie. Das kommt uns teurer, als in einer Notsituation tiefer in die Tasche greifen zu müssen."

Scholz schwieg einige Augenblicke. „Vielleicht haben Sie recht", und um sein Gesicht nicht zu verlieren, fügte er an, „aber dass das nicht zur Gewohnheit wird."

Mittags verließ ich das Büro. Mächtige weiße Wolken bedeckten den Himmel und hinderten die Sonne am Durchbruch. Trotzdem setzte ich meine Sonnenbrille auf, weil das Tageslicht meinen Augen wehtat. Ich ging die Ringstraße hinauf bis zum Schottentor und dirigierte dann meine Füße Richtung Votivpark. Ich suchte mir eine freie Bank, ließ mich erschöpft nieder und schloss die Augen. Aufgrund des unzureichenden Schlafes in der vorangegangenen Nacht döste ich einige Minuten ein. Als ich aus meinem Dämmerzustand erwachte, fühlte ich mich besser. Die Kopfschmerzen hatten nachgelassen, nur diese bleierne Müdigkeit war nicht aus meinem Körper gewichen. Ein Kaffee wäre gut, dachte ich und betrat ein gemütliches Café. Nachdem ich bestellt hatte, suchte ich die Toilette auf und ließ kaltes Wasser ins Becken laufen. Mit beiden Händen schaufelte ich mir das erquickende Nass ins Gesicht, immer wieder, bis ich mich frischer fühlte. Dann trank ich den starken Kaffee und kehrte ins Büro zurück.

Wie schön wäre es, Ferien zu machen, dachte ich, als ich am Abend zu Paul fuhr. Weit weg, um den Gefahren auszuweichen und die

Sorgen zu vergessen. Ich hielt mein Gesicht durch das geöffnete Fenster dem Fahrtwind entgegen und sog die Luft tief ein. Leben, ja sorgenlos leben wollte ich, nur einige Tage, irgendwo, alles vergessen, Ingmann und seine Verbrecherbande, das Büro, sogar das Tennis, sich die Sonne auf den Körper scheinen lassen, ins Meer gleiten, mediterrane Küche genießen, Wein trinken und Christina lieben. Ich seufzte. Ich hasste Ingmann, er hatte all meine Träume zerstört. Er hatte alles zunichte gemacht, meine Karriere, meine Freude am Tennis, meine Liebe zu Christina, es war mir nicht gegönnt, mich daran zu erfreuen und das Leben zu genießen.

Im Box-Club war nicht viel los. Schon zweifelte ich, Paul anzutreffen, als sich eine Hand von hinten auf meine Schulter legte.
„Hallo, Sportsfreund", tönte es fröhlich, „schön dich zu sehen!"
Ich drehte mich um und blickte in das lachende Gesicht von Paul.
„Setz dich und trink ein Bier mit mir!"
„Gehen wir nach draußen, es ist so heiß hier", schlug ich vor. In Wirklichkeit hatte ich Bedenken, dass jemand mithören könnte.
„Gute Idee", sagte Paul zustimmend. Wir setzten uns auf eine der Bänke der kleinen Freiluftarena. Wir prosteten uns zu. Schier endlos ließ ich die kühle Flüssigkeit in meine Kehle rinnen. Pauls Plauderei hörte ich nur mit halbem Ohr zu.

„Du schaust bedrückt aus", sagte er nach einer Weile, „stimmt etwas nicht?"

„Ich bin wegen Christina zu dir gekommen."

Paul zog fragend die Augenbrauen in die Höhe. „Wegen Christina?"

„Ja, wegen Christina und Ingmann!"

„Wegen Ingmann?", fragte er gedehnt.

„Es geht um Rauschgiftschmuggel!", sagte ich hastig, „damals, bei unserem Gespräch im *Magic Moon* hast du schon etwas durchblicken lassen", setzte ich fort.

„Ingmann hat vermutlich eine Depot- und Großverteiler-Funktion", sagte Paul und zog die Stirn in Falten. „Unser Stand an Informationen ist noch zu lückenhaft, um zuschlagen zu können. Wir vermuten, dass ein Franzose der Kopf der Bande ist und ein Marokkaner der Verbindungsmann zu den Herstellern der Drogen im nordafrikanischen Raum. Die beiden waren auch fallweise im *Magic Moon* anzutreffen. Bisher ist es uns aber nicht gelungen herauszufinden, auf welchem Weg die Drogen nach Wien kommen. Wenn wir das wüssten, könnten wir über Interpol die Abgeber im Ausland schnappen und in Wien eine Hausdurchsuchung veranlassen."

„Gerade darüber kann dir Christina wertvolle Informationen geben", sagte ich erregt.

„Was hat Christina damit zu tun?", forschte Paul.

Ich grübelte nach einer Antwort, als Paul seine Frage mit einer gewissen Härte in der Stimme wiederholte:

„Wieso Christina?"

„Weil sie von Ingmann erpresst wird, um für ihn Drogen aus dem Ausland nach Wien zu bringen", sagte ich zögernd. Ich kam mir wie ein Krimineller vor, der ein Geständnis ablegte.

Paul pfiff leise durch die Zähne.

„Das ist ein Ding, die süße Christina als Rauschgiftschmugglerin, warum hast du mir es nicht früher gesagt?"

„Ich weiß es erst seit gestern." Ich erzählte, wie ich ebenfalls in den Schmuggel hineingezogen wurde und welche Entdeckung ich gestern gemacht hatte.

„Ursprünglich hat Christina auch nicht gewusst, dass sie als Rauschgiftschmugglerin missbraucht wurde. Alle Transporte waren als Antiquitätenlieferungen getarnt. Irgendwann kam sie dahinter und wollte aussteigen, aber Ingmann hat sie erpresst."

„Das ist ja interessant, jetzt wird das Bild schon schärfer", sagte Paul nachdenklich.

„Christina kann dir sicher wertvolle Details liefern. Wann kann sie mit dir reden?"

„Warte mal", sagte Paul, „wann wird Christina die letzte Lieferung übergeben?"

„Sie wird Ingmann heute Abend den Koffer mit dem doppelten Boden übergeben!"

Paul sprang wie elektrisiert hoch. „Wann?"

„Sie wird ihm die Ware vor der Öffnung des *Magic Moon* ins Lokal bringen."

„Er wird das Zeug sicherlich dort bunkern. Vielleicht können wir heute noch den einen oder anderen seiner Subdealer verhaften, wenn sie das Zeug holen. Wie spät ist es?"

„Halb acht", sagte ich.

„Ich werde ins *Magic Moon* fahren, sofort", sagte Paul gehetzt.

„Und was soll ich jetzt machen?"

Paul erhob sich blitzschnell. „Du kümmerst dich um Christina. Am besten ihr taucht irgendwo unter, bis wir alle Typen ergriffen haben. Wenn ihr hier bleibt, ist die Gefahr groß, dass man sich an euch rächt."

Paul gab mir eine Karte mit seiner Telefonnummer. Er war schon in Richtung Umkleideraum unterwegs, als er mir zurief: „Wir bleiben telefonisch in Verbindung!"

27.

Ich brach ebenfalls hastig auf und eilte zu meinem Auto. Meine Hände zitterten, ich hatte Mühe, den Schlüssel ins Türschloss zu stecken. Ohne Rücksicht auf meinen alten VW-Golf trat ich das Gaspedal durch, dass die Räder quietschten. Am besten wäre, die wichtigsten Sachen zusammenzupacken, alles Geld zunehmen und zu verreisen, je weiter, desto besser, und das noch heute Abend, dachte ich. Ich blickte auf meine Uhr. Es war kurz vor acht Uhr abends. Christina wollte den Koffer Ingmann übergeben und dann nach Hause fahren, da sie an diesem Abend keinen Auftritt hatte. Sie musste also schon zu Hause sein. Ich fuhr schnell, immer wieder blickte ich in den Rückspiegel, um mich zu vergewissern, ob sich eine Funkstreife auf meine Fährte geheftet hatte. Doch anstelle eines Polizeiautos sah ich seit einiger Zeit eine große Limousine. Ich beschleunigte, doch auch die Limousine fuhr schneller, dann bremste ich scharf und bog nach rechts in eine schmale Seitengasse, jedoch die Limousine folgte mir. Soweit ich es durch den Rückspiegel erkennen konnte, saßen drei Kerle im Auto. Trotz der Dämmerung trugen sie Sonnenbrillen. Wieder wechselte ich die Richtung, doch sie blieben an mir hängen. Ingmann hatte also Lunte gerochen und mir seine Meute auf die Fersen gehetzt. Der Schweiß trat mir auf die Stirn, krampfhaft suchte ich nach einer Lösung, um die Typen abzuschütteln. Ich sah, wie die Verkehrsampel vor mir auf Gelb schaltete. Ich verlangsamte meine Fahrt, täuschte vor anzuhalten. Die Typen reduzierten ebenfalls ihre Geschwindigkeit. Als die Ampel auf Rot schaltete, trat ich aufs Gaspedal und passierte in Bruchteilen von Sekunden, bevor der Querverkehr sich bei Grün in Marsch setzte, die Kreuzung. Meine Verfolger starteten ebenfalls, aber es war zu spät, ein hastiger Blick in den Rückspiegel ließ mich mit Genugtuung erkennen, dass sie von einem Lastwagen gerammt worden waren. Vorsichtshalber wechselte ich noch einige Male die Richtung, um auf Umwegen zu Christinas Wohnung zu fahren. Ich ließ meinen Golf zwei Seitengassen vor ihrem Haus stehen und blieb eine Weile sitzen, um die Umgebung zu beobachten. Da ich nichts Verdächtiges erblicken konnte, stieg ich aus, hielt aber nach allen Seiten Ausschau. Vor Christinas Haus war ich vorsichtig. Doch auch hier war alles ruhig. Ich griff nach den Schlüsseln, die mir Christina irgendwann gegeben hatte, sperrte schnell Gartentor und Eingangstüre auf und stürmte, mehrere Stufen auf einmal nehmend, in den ersten Stock. Ich läutete an Christinas Tür, doch niemand öffnete. Unheil ahnend, sperrte ich auf, durchschritt alle Zimmer, doch Christina war nicht da, irgendetwas war offensichtlich schiefgelaufen. Fluchtartig verließ ich die Wohnung, nach allen Richtungen ausspähend, eilte ich zu meinem Auto. Ich fuhr los, mich durch Blicke in den Rückspiegel vergewissernd, ob ich verfolgt würde. Ingmann, dieser Schurke, zuerst hatte er Christina in seine kriminellen Machenschaften hineingezogen, dann mich. Und wieviel Leid hatte er mit den Drogen gesät, wie viele Menschen in den Ruin getrieben? Wie eine fremde Macht breitete sich unbändiger Zorn in mir aus, stärker als alle Bedenken. Falls ich Christina im *Magic Moon* nicht anträfe, würde ich meine Hände um seinen Hals legen und zudrücken, bis er mir verriet, wo sich Christina befand. Mein Zorn kochte weiter, ich fürchtete nichts mehr.

Ich parkte meinen VW einige Gassen weiter, nach Verfolgern Ausschau haltend, ging ich in Richtung des *Magic Moon*. Als ich mich dem Eingang näherte, waren meine Nerven zum Zerreißen gespannt. Wenn es im Lokal zu Tumulten kommen sollte, war es mir egal, alles was zählte, war, Christina zu befreien und mit ihr schleunigst zu verschwinden, ich war zu allem bereit. Vor dem Eingang des *Magic Moon* hielt ich an und spähte die Stufen hinab. Franjo, der Türsteher war nirgends zu erblicken. Schon wollte ich die Stufen hinuntersteigen, als ich plötzlich brutal nach hinten gerissen wurde. Der rechte Arm wurde mir verdreht, bis es höllisch wehtat. Bevor ich es mir versehen konnte, verpasste mir jemand einen Kinnhaken, dann wurde ich in den dunklen Hausflur von nebenan geschleppt. Ich versuchte klarzukommen, holte tief Luft und mit einer blitzschnellen Drehung entwand ich mich dem schmerzhaften Griff des hinter mir stehenden Gauners. Ich verpasste ihm einen Faustschlag mitten ins Gesicht, stöhnend taumelte er zurück. Ein zweiter Typ kam ihm mit einem Schlagstock zu Hilfe. Ich riss meinen linken Ellbogen hoch und konnte den Schlag ablenken, statt auf meinen Kopf sauste der Stock auf meine Schulter. Trotz des Schmerzes sprang ich wie ein Tiger meinem Angreifer entgegen und versetzte ihm einen Faustschlag in die Magengrube. Als er zusammensackte, rammte ich ihm mein Knie ins Gesicht. Ich vernahm ein knackendes Geräusch, dann fiel er in sich zusammen. Plötzlich war mir, als ob sich in meinen Rücken ein feuriges Schwert gebohrt hätte. Der Schmerz war so heftig, dass mir die Füße einbrachen und ich auf den Boden sank. Ich spürte Blut in warmen Strömen über meinen Rücken rinnen. Ich wollte mich aufrichten, doch ein Fußtritt beförderte mich wieder in die Horizontale. Verschwommen nahm ich Franjo wahr, der mit einem höhnischen Grinsen ein Springmesser aufklappen ließ. Das war's, dachte ich, jetzt ist es aus, bald würde ich nicht mehr dieser Welt angehören. Wie im Zeitraffer sah ich Erinnerungen vor meinem geistigen Auge vorbeiziehen.

28.

Ich war in einer anderen Welt, ich sah nur Nebelschleier. Seltsam. Ich hob meinen rechten Arm und ließ ihn auf ein Laken sinken. Ich wiederholte die Prozedur. Worte klangen aus weiter Ferne zu mir. „Endlich sind Sie aufgewacht, bin ich froh!"
Wieder versuchte ich mich zu erinnern.
„Ich bin nicht tot?" Die gutturalen Laute, die ich hervorbrachte, erschreckten mich.
„Nein, Sie leben, Sie leben!", sagte die Stimme lebhaft, „aber Sie hatten ein Messer tief in Ihrem Rücken stecken."
Langsam begann ich zu begreifen. Ich bewegte meinen Kopf in Richtung der Stimme,

das Gesicht erschien mir verschwommen und dann wieder klar. Schläuche steckten in meinen Venen, ein Schlauch steckte in meinem Mundwinkel, ein anderer in meiner Nasenöffnung. Ich neigte meinen Kopf zu Seite. Neben dem Bett stand ein Regal, bestückt mit blinkenden Apparaten, die ein permanentes Piepen vernehmen ließen. Ich hob die Hand, um Schläuche aus Mund und Nase zu entfernen.

„Das lassen wir schön bleiben!"

Wieder versuchte ich mich zu erinnern.

Schemenhaft tauchte ein Mann in meiner Erinnerung auf, mit einem Messer in der erhobenen Hand. Doch dann breitete sich Dunkelheit aus und ich verlor wieder das Bewusstsein.

Ich weiß nicht, wann ich wieder die Augen aufschlug. An der Decke brannte ein grün schimmerndes Licht. Vorsichtig wandte ich den Kopf nach links. Ich konnte das Gestell mit den vielen Apparaten nun deutlicher sehen. Ich schluckte, der Schlauch in meinem Mund blubberte. Zwei Hände legten sich auf meine Schultern und drückten mich sanft in das Kissen zurück.

Ein Mann im weißen Mantel erhob sich von meinem Bett, offensichtlich ein Arzt, in der Hand hielt er eine Spritze. „Nur ein kleiner Stich", sagte er entschuldigend, hob die Decke und verabreichte mir behutsam eine Injektion. Er lächelte mild.

„Sie haben viel Blut verloren, der Messerstich hat Ihre Lunge und Niere gestreift. Bei der Einlieferung war Ihr Zustand kritisch, wir haben Sie drei Tage in der Intensivstation behandelt. Aber jetzt sind Sie über dem Berg, wir werden Sie in die Bettenstation verlegen."

Dort lag ich nun mit anderen Schwerverletzten. Einer hatte einen Autounfall gehabt, der andere versucht, sich das Leben zu nehmen, der Dritte war von einem Baugerüst gestürzt. Die Schläuche aus meinem Mund und meiner Nase waren entfernt worden. In meine Vene, die mit einem dünnen Schlauch verbunden war, sickerte eine durchsichtige Flüssigkeit aus einer Flasche, die über meinem Bett an einem Haken hing. Es war Dextrose, hatte man mir erklärt. Um meine Leibesmitte war ein dichter Verband geschlungen, aus einer Kanüle rann eine gelb-braune Flüssigkeit in ein Plastiksäckchen. Das sei die Wundsekretion, sagte mir die geistliche Krankenschwester, die mich betreute.

„Bitte so wenig wie möglich bewegen", ordnete sie an, „damit die Wunde nicht aufbricht." Sie war klein und pummelig und wirkte wie eine weiße Kugel in ihrem Ordenskleid.

„Was mache ich, wenn ich aufs WC muss?", fragte ich, auf die vielen Schläuche zeigend.

„Aufs WC gehen will er!", sie kicherte, „das vergessen Sie für eine Weile, wir haben Ihnen einen Katheter gesetzt, für alles andere bringen wir Ihnen die Schüssel!"

„Katheter, was ist denn das?"

Wieder brach die Matrone in ein Lachen aus.

„Er weiß nicht, was ein Katheter ist", sagte sie, den anderen Patienten zugewandt, die ebenfalls grinsten. Sie schlug die Decke auf und deutete auf meinen Unterleib. Als ich begriff, ließ ich mich entmutigt in die Kissen zurücksinken.

„Keine Bange, junger Mann", sagte sie nun mitfühlend, „in ein paar Tagen haben Sie es überstanden."

Sie nahm ein Schnabelgefäß vom Nachttisch. „Probieren wir einmal ein paar Schluck zu trinken." Sie unterstützte mich im Rücken und setzte das Gefäß an meine Lippen. Es stach höllisch beim Schlucken, ich konnte nicht verhindern, dass die Flüssigkeit aus meinem Mund austrat und den Hals hinunter rann. Sie schien das vorausgesehen zu haben, mit einem weißen Tuch trocknete sie mich ab.

„Das nächste Mal geht es besser", sagte sie tröstend.

Die letzten Minuten hatten mich erschöpft, doch ich konnte nun klarer denken. Wer hatte mir das Leben gerettet? Was war mit Christina geschehen? Warum war sie noch nicht bei mir gewesen? Ich klingelte.

Die Matrone erschien. „Was ist?", fragte sie, einen prüfenden Blick auf die Apparate werfend.

„Können Sie mir sagen, was mit meiner Freundin geschehen ist?" Ich schluckte. Das Sprechen strengte mich an. Sie blickte mich verständnislos an.

„Ich meine eine blonde Frau, sie heißt Christina!"

Sie schien nachzudenken. „Leider nein, da kann ich Ihnen nichts sagen, aber am Nachmittag kommt ein Inspektor von der Polizei, fragen Sie den!"

„Kann mir jemand sagen, wie spät es ist?", krächzte ich.

„Acht Uhr", hörte ich meinen Nachbarn sagen.

Also musste ich noch bis zum Nachmittag warten, um Gewissheit zu bekommen. Unaufhörlich drehten sich meine Gedanken um dieselben Fragen. In meinem Kopf hämmerte es. Ich läutete nach der Schwester und bat um eine Tablette.

„Wir können Ihnen keine Tablette geben, aber ich rufe den Arzt, er soll Ihnen eine Spritze geben."

Der Arzt erschien, brach eine Ampulle auf und zog eine Spritze auf. Er war groß, hager, seine dunkelblonden Haare waren nach einer Seite gekämmt und fielen ihm tief in die Stirn. Er hob das Laken und stach mir die Nadel in mein Hinterteil. Ohne ein Wort zu verlieren, verließ er das Krankenzimmer. Es dauerte nicht lange, bis ich Erleichterung verspürte und einschlief.

Irgendwann hörte ich meinen Namen rufen. Ich öffnete die Augen und bemerkte die Schwester, die sich über mich beugte, immer wieder meinen Namen rufend.

„Was ist?", fragte ich schlaftrunken.

„Der Inspektor ist da, ich habe ihm erlaubt, ein paar Minuten mit Ihnen zu sprechen!"

Neugierig wandte ich den Kopf zu Türe.

„Paul, alter Freund!", krächzte ich freudig erregt.

Er kam auf mich zu und legte seine Hand auf meinen Arm.

„Andreas, ich bin so froh, dass es dir wieder gut geht!"

Ich merkte, wie die Augen dieses harten Burschen feucht schimmerten. Eine Weile schwiegen wir.

„Wie geht es Christina?", krächzte ich.

„Gut!"

„Was heißt gut?"

Paul seufzte. „Alles der Reihe nach!"

„Schieß los!"

„Wie du dich erinnern kannst, fuhr ich vom Club ins *Magic Moon*, doch weder Ingmann noch Christina habe ich dort angetroffen. Ich verhörte gerade den Kellner und den Barkeeper, als ich merkte, wie Franjo und zwei andere Typen das Lokal eilig verließen. Ich unterbrach mein Verhör und folgte ihnen. Auf der Straße sah ich sie nicht, doch aus dem nächsten Hauseingang drangen Kampfgeräusche zu mir. Ich zog meine Pistole und öffnete das Haustor. Zwei Typen lagen reglos

307

am Boden. Etwas weiter hinten lag auch jemand, ich erkannte an der Kleidung sofort, dass es nur du sein konntest. Franjo hatte ein Messer in der Hand und beugte sich gerade über dich, da habe ich geschossen, zweimal.‟

Eine Pause entstand. „Du hast mir das Leben gerettet, Paul ...‟ Ich wollte noch etwas sagen, aber meine Kehle war wie zugeschnürt.

„Der Boden war voller Blut, ich fürchtete, dass ich zu spät gekommen war, aber dein Herz schlug noch. Ich habe die Rettung angerufen, sie sind mit dir ins nächste Spital gebraust.‟

„Wenn du nicht gewesen wärst, dann wäre ich jetzt tot, ich werde es niemals vergessen!‟ Meine Augen wurden feucht.

Paul lächelte. „Lass es gut sein, alter Freund.‟

„Wie geht es Christina?‟, wiederholte ich meine Frage von vorhin.

Paul blickte mich besorgt an.

„Was ist mit ihr geschehen, sag's doch endlich!‟

„Es tut mir leid, dir sagen zu müssen, dass sie mit Ingmann verschwunden ist.‟

„Wieso?‟, stammelte ich verständnislos.

„Wahrscheinlich hat Ingmann sie gezwungen, mit ihm zu verduften.‟

Ich benötigte einige Augenblicke, um die Nachricht zu begreifen.

„Der Rauschgiftring ist aufgeflogen, wir haben die meisten verhaftet, bis auf Ingmann und Christina. Aber sie werden nicht weit kommen, Interpol ist eingeschaltet, es ist eine Frage der Zeit, bis wir sie haben."

Ich schwieg noch immer.

Paul tätschelte tröstend meine Hand. „Ich wollte es dir nicht sagen, aber du hast ja nicht locker gelassen."

Ich fühlte eine immense Leere in mir.

„Vergiss sie! Falls sie dich wirklich jemals geliebt hat, so war es doch sie, die dich in ein Verbrechen hineingezogen hat, du wärst beinahe draufgegangen. Du musst jetzt gesund werden, das ist das Wichtigste!" Er versuchte ein Lächeln. „Die Zeitungen haben ausführlich über die Vorfälle berichtet, sie feiern dich als den Aufdecker der Bande. Eine Menge Leute wollen dich besuchen, vor allem deine Tennisfreunde sind ungeduldig!"

Als Paul gegangen war, fühlte ich mich elend. Verschwommen tauchten die letzten Monate in meiner Erinnerung auf. Ich dachte an Julia, der ich wahrscheinlich das Herz gebrochen hatte, an den Sex mit Eva und an Christina, die mich verzaubert hatte, derart, dass ich sogar meine Stellung missbrauchte, um ihr bei illegalen Geschäften behilflich zu sein. Und plötzlich wurde mir klar, dass ich nicht nur krank, sondern auch von allen verlassen war.

29.

Ich saß in meiner kleinen Küche und beobachtete durch das Fenster den Herbstwind, wie er verdorrte Blätter von den Kastanienbäumen wehte. Meine Verletzung war noch nicht vollkommen ausgeheilt, ich stand unter regelmäßiger ärztlicher Kontrolle. Rigoros befolgte ich die ärztlichen Vorgaben in der Hoffnung, dadurch schnell wieder meine Kraft zurückzugewinnen. Doch die Genesung verlief langsam. Ich hatte abgenommen, meine Hosen waren zu weit, die Sakkos hingen an mir. Das Schlimmste war die Einsamkeit, die Grübeleien, die fallweise auftretenden Schmerzen. Ich versuchte die Zeit mit Lesen und mit dem Lösen von Kreuzworträtseln totzuschlagen, aber bald konnte ich kein Buch mehr sehen, noch interessierten mich Kreuzworträtsel. Einige Tage hing ich noch in dieser depressiven Stimmung herum, doch dann hatte ich genug. Ob es mein Gesundheitszustand nun zuließ oder nicht, ich musste etwas unternehmen. Arbeiten wollte ich, auch wenn es mühsam sein würde. Also rief ich Scholz an. Doch ich konnte ihn nicht erreichen. Auch meine wiederholten Versuche in den nächsten Tagen blieben erfolglos. Das verhieß nichts Gutes.

Ich nahm meinen Überzieher von der Kleiderablage und verließ die Wohnung. Beim Hinuntergehen spürte ich Stiche in meinem Rücken. Doch ich schritt forsch Richtung Schloss Schönbrunn. Ich glaubte, durch gleichmäßige Bewegung meinen Kreislauf

anzuregen und meine Gedankenflut ein-
dämmen zu können. Aber nach einer halben
Stunde schon war ich ausgebrannt, meine
Beine fühlten sich schwer wie Blei an. Welch
Kontrast zu meinen sportlichen Höhenflügen
vom vergangenen Sommer!

Resigniert kehrte ich nach Hause zurück.
Erschöpft ließ ich mich auf mein Bett fallen
und versuchte meine Gedanken zu ordnen.
Ein Problem war meine langsame Genesung,
was mich aber am meisten belastete, waren
Selbstvorwürfe und lähmende Einsamkeit.
War ich noch vor einigen Wochen von den
Armen einer Frau in die einer anderen geglit-
ten, so war ich nun allein. Ich wunderte
mich, wie selten ich an Christina dachte. Gefühle empfand ich nicht mehr, weder Sehnsucht noch Enttäuschung, ich machte sie
auch nicht für meine Lage verantwortlich. Ich
bedauerte nur, dass sie von Ingmann tief in
die Affäre hineingezogen worden war. Beide
waren von der Interpol in Belgien gestellt
und der hiesigen Polizei übergeben worden.
Durch den Fluchtversuch hatte sich die Aus-
gangsposition für Christina beim bevorstehenden Prozess sicherlich verschlechtert.
Ihre vielversprechende Karriere war zerstört,
zumindest für einige Zeit.
Eine rätselhafte Sehnsucht ergriff mich,
wenn ich an den letzten gemeinsamen Abend
mit Julia, an die Zärtlichkeiten und an die
Erotik dachte, die sich zwischen uns entwi-

ckelt hatte. In den folgenden Tagen bekamen diese Gedanken fast einen obsessiven Charakter, sie bewegten mich immer mehr, ich verspürte einen Zwang, sie wiederzusehen. Ich fühlte mich nicht gut dabei, denn ich hatte sie verlassen und nun, da es mir schlecht ging, erinnerte ich mich plötzlich ihrer. Trotz meiner Schuldgefühle wurde mir klar, dass das Hauptmotiv sie zu sehen, nicht Hilfesuche, sondern meine aufflammende Liebe war.

Am folgenden Tag rief ich sie an.

„Ja, bitte", tönte ihre weiche, melodische Stimme.

„Julia, ich bin es, Andreas", sagte ich gepresst und spürte, wie mir der Schweiß ausbrach.

Es entstand eine Gesprächspause.

„Andreas, du ...?"

Es drängte mich, sie sofort mit meiner Gefühlslage zu konfrontieren.

„Julia, ich kann nicht anders, aber ich muss immer an dich denken, ich muss dich sehen!"

„Nach so langer Zeit?"

„Ich habe dich nie vergessen, Julia!"

„Diesen Eindruck hatte ich aber nicht. In den Zeitungen stand ja einiges zu lesen."

Sie vermutete also, dass Christina der Trennungsgrund gewesen sei, von Eva wusste sie offensichtlich nichts. Aber es war egal, mit welcher von beiden sie sich betrogen fühlte.

Ich wollte mich weder verteidigen, noch wollte ich meine Schuld eingestehen.

„Julia, ich habe dich nie vergessen", wiederholte ich, „ich denke immer nur an dich und ich habe große Sehnsucht nach dir, wann kann ich dich sehen?"

„Warum sollte ich mich mit dir treffen? Du hast mich sehr verletzt!"

„Julia, wenn du mich nicht mehr magst, musst du mir es ins Gesicht sagen!"

Sie schien zu überlegen.

„Na gut, morgen am Abend. Aber ich habe nicht viel Zeit, ich bin im letzten Semester und habe viele Prüfungen!"

Meine Gefühle schwankten zwischen der Freude, Julia zu sehen, und der Befürchtung, dass sie nichts mehr von mir wissen wollte. Wie sollte ich mich rechtfertigen? In den Zeitungen war von den Vorgängen ausführlich berichtet worden. Es stand zu lesen, dass ich ein Opfer der Gangster war und meine Liaison zu Christina missbraucht wurde, um Drogen zu schmuggeln. Wenn sie mich zurückwies, würde mein Elend nur noch größer sein, dessen war ich mir bewusst.

Am darauffolgenden Tag schien die Zeit still zu stehen. Kritisch betrachtete ich mich im Spiegel. Meine Augen lagen tief in den Höhlen, die Wangen waren eingefallen, dafür trat meine Nase umso prägnanter in meinem schmal gewordenen Gesicht in den Vordergrund. Als ich zum Treffen aufbrach, hoffte ich, dass mein Golf anspringen würde, ich hatte ihn eine Ewigkeit nicht gefahren. Meine Hand zitterte, als ich den Startschlüssel ins Schloss steckte. Nach mehreren Startversuchen, die Batterie schaffte es kaum noch, den Motor zu drehen, sprang der Golf endlich an. Ich lehnte mich im Sitz zurück und ließ den Motor am Stand warmlaufen. Ein leichtes Brennen in der Rückengegend erinnerte mich an meinen fragilen Gesundheitszustand. Vorsichtig steuerte ich den Wagen durch den Abendverkehr. Als ich an meinem Ziel anlangte, blieb mir noch genügend Zeit, um mir die Füße zu vertreten. Langsam schritt ich vor dem Eingang des Studentenheimes auf und ab. Es begann zu dunkeln und ein frischer Wind wehte durch die belebten Straßen. Das Brennen in meinem Rücken hatte sich verstärkt, aber durch meine starke Erregung nahm ich es nur verschwommen wahr. Als Julia aus dem Eingangstor heraustrat, begann mein Herz zu klopfen. Sie war noch schöner, reifer und fraulicher geworden.

„Hallo, Julia, schön, dass du dir Zeit genommen hast!"

Ihre großen, dunklen Augen betrachteten mich ruhig, ihr Mund war leicht geöffnet und ließ ihre makellos weißen Zähne aufblitzen.

„Hallo, Andreas", sagte sie leise und wandte dann ihren Blick von mir ab. War es Scheu oder war sie von meinem elenden Aussehen irritiert?

„Komm, gehen wir in ein Café, ich möchte mit dir reden!"

Ich deutete auf ein kleines Café auf der gegenüberliegenden Straßenseite und reichte ihr den Arm, damit sie sich einhängen konnte. Sie ignorierte meine Geste, stumm überquerten wir die Straße. Das Café war nicht gut besucht, ein Geruch von Zigarettenrauch und Kaffee strömte uns entgegen, als wir eintraten. Wir suchten eine gemütliche Nische neben einem Fenster auf. Ihre matt schimmernden Haare fielen in leichten Wellen bis zu ihren Schultern herab, als ich ihr aus dem Mantel half. Wir nahmen auf den gepolsterten, mit rotem Velours überzogenen Sitzen Platz. Eine gelangweilte Kellnerin ließ sich Zeit, den von uns bestellten Tee zu servieren. Ich hoffte, dass Julia das Wort ergreifen würde, aber sie saß mir mit ernstem Gesicht gegenüber, ab und zu streifte mich ihr flüchtiger Blick.

„Julia, ich habe mich so nach dir gesehnt, ich bin so froh, dass wir uns heute sehen. Aber ich habe Angst, dass ich dich für immer verloren habe. Ich frage mich immer wieder, welcher Teufel mich geritten hat, mich nicht mehr bei dir zu melden. Mein Freund hat mir damals schon gesagt, dass ich einen großen Fehler gemacht habe. Aber die Ereignisse haben mich fortgerissen."

„Welche Ereignisse?", sagte sie mit ihrer weichen Stimme und hob erstaunt die Augenbrauen, „deine Gefühle dürften nicht so stark gewesen sein, wenn du dir eine andere angelacht hast!"

Ich hoffte, dass sie sich denken konnte, was ich mit „Ereignissen" sagen wollte. Ihr Forschen brachte mich in eine heikle Situation. Aber, dachte ich, besser nun mit der Wahrheit herauszurücken, als Fragen im Raum stehen zu lassen.

„Julia, ich habe solange auf ein Signal von dir gewartet, dass ich dir mehr bedeute, als nur ein Tanzpartner zu sein. Ich habe solange auf einen Kuss warten müssen, der mehr als nur Küsschen war. Und es hat mich verletzt, dass du mich damals zurückgewiesen hast, wenn ich auch zu weit gegangen bin. Ich habe damals geglaubt, dass ich dir nicht viel bedeute, das hat mir wehgetan. Kurz darauf habe ich eine Frau kennengelernt, die, wie soll ich sagen ..."

„Die mit dir gleich ins Bett gegangen ist", unterbrach sie mich, „da war ich dann uninteressant für dich, stimmt's?"

Ich wollte resignieren. Mein Rücken brannte höllisch, ich fühlte, wie mich meine Kräfte zu verlassen begannen. Ich startete einen letzten Versuch, sie von meiner Liebe zu überzeugen.

„Julia, denken wir an unsere unbeschwerten Abende, an unsere Gefühle, die mehr als nur Ausdruck einer Sympathie waren, es muss doch noch etwas zwischen uns sein, vielleicht hast du noch einen Funken Liebe in dir und kannst mir verzeihen."

Sie wurde nachdenklich. „Wahrscheinlich trage ich eine Teilschuld, weil mir in dieser Nacht die Situation entglitten ist, aber dann hast du mich fallen gelassen. Ich kam mir missbraucht vor, ich habe sehr gelitten. Aber irgendwann habe ich es geschafft, dich aus meinem Gedächtnis zu streichen."

„Ich hatte im Sommer einen Höhenflug, ich hatte Erfolg im Sport und im Beruf, alles gelang mir. In einer Art Euphorie habe ich mich blenden lassen. Aber ich habe dich nie vergessen. Ich bin da, Julia, ich lebe, ich liebe dich, du kannst meine Existenz nicht negieren. Wenn du noch einen Funken Liebe für mich empfindest, dann gib mir eine Chance!"

Julia sah mich an. Ich versuchte in ihrem Gesichtsausdruck zu lesen und glaubte darin einen Schimmer von Anteilnahme zu lesen. War es mein schlechtes Aussehen, das sie berührte, oder waren es andere Gefühle?

„Den ganzen Sommer habe ich gewartet auf ein Lebenszeichen von dir, jetzt auf einmal, wo es dir offensichtlich nicht gut geht, erinnerst du dich an mich. Entschuldige, aber ich finde, das nicht fair von dir!"

„Ich wollte es mir ausreden, mich mit dir zu treffen, ich wollte nicht, dass du glaubst, dass ich mich nun, da es mir dreckig geht, an dich erinnere. Aber ich habe so starke Gefühle für dich, ich glaube, ich werde wahnsinnig. Deswegen musste ich dich sehen."

Wieder streifte mich ihr Blick. War es Mitleid, oder war es ein wiedererwachendes Interesse? Sie schwieg. Ich ließ nun meinen Gefühlen freien Lauf.

„Julia, es gibt mir so viel, dass du neben mir sitzt, dass ich dein geliebtes Gesicht sehen und deine Stimme hören darf, ich ...."
Ich ergriff ihre Hand und drückte sie leicht. Sie wollte sie zuerst zurückziehen, ließ es aber dann dabei bewenden.

„Ich glaube, ich muss jetzt gehen, ich muss mich auf eine Prüfung vorbereiten", sagte sie leise. Ich spürte, wie ich mich innerlich verkrampfte.

„Julia", sagte ich beschwörend, „liebe Julia, bitte lass mich nicht allein, ich liebe dich so, ich brauche dich so. Kann ich dich morgen sehen, und wenn es nur für ein paar Minuten ist, sag bitte nicht nein!"
Eine feine Röte überzog ihr Gesicht. Sie schien mir nicht mehr so defensiv, so abweisend. Ich schöpfte Hoffnung.

„Das geht leider nicht", sagte sie ausweichend und entzog mir langsam ihre Hand, „ich muss lernen."
„Übermorgen", drängte ich.
Julia seufzte, „ruf mich an, wir werden sehen!" Sie erhob sich.
„Gut", sagte ich und erhob mich ebenfalls. Mein Rücken brannte fürchterlich. Ich griff nach ihrem gesteppten Übergangsmantel.
„Andreas", ertönte plötzlich schreckhaft ihre Stimme.

„Was ist?", fragte ich leicht irritiert.

„Dein Sakko hat am Rücken einen großen Fleck!"

„Einen Augenblick, bitte", sagte ich, Schlimmes ahnend.

Ich zog mein Sakko aus und betrachtete das Innenfutter, es war blutdurchtränkt.

„Andreas, dein Hemd ist voller Blut", sagte Julia mit bebender Stimme.

Auf einmal wurden mir die Knie weich, doch im nächsten Augenblick fing ich mich wieder. Ich versuchte den Zwischenfall herunterzuspielen, die Schwäche war mir sogar peinlich.

„Meine Wunde scheint wieder aufgegangen zu sein", sagte ich beiläufig, „ich werde morgen zum Arzt gehen." Doch mein Täuschungsmanöver verfing nicht. Ich musste einen furchterregenden Anblick bieten.

„Um Gottes willen, du musst sofort ins Krankenhaus", Julia war bestürzt, ihre Stimme überschlug sich. „Setz dich hin, ich rufe einen Krankenwagen!"

„Julia, verliere keine Zeit mit mir, ich komme schon zurecht", versuchte ich zu protestieren. Doch sie nahm mich bei der Hand und drückte mich sanft auf einen Stuhl.

„Du brauchst sofort Hilfe, ich kümmere mich darum." Julia kramte aus ihrer Handtasche das Handy hervor und rief die Rettung an.

„Gleich kommt der Rettungswagen, Andreas, halte durch", sagte sie und nahm neben mir Platz.

Ich spürte nun deutlich, dass mit mir etwas nicht stimmte, ich fühlte förmlich, wie das warme Blut meinen Rücken hinunterrann. Ebenso bedrückte mich, dass ich Julia in den nächsten Tagen nicht sehen würde können.

„Julia, wenn ich im Spital bleiben muss, dann kann ich dich in den nächsten Tagen nicht anrufen,

aber …" Ich wollte sagen, dass ich mich sofort nach meiner Entlassung melden würde, aber sie unterbrach mich.

„Beruhige dich, wir haben im Augenblick andere Probleme", sie legte beschwichtigend ihre Hand auf die meine. Ich fühlte diese weiche und zärtliche Hand, schloss die Augen, ließ ihre Worte in mir nachklingen und gab mich der Illusion hin, dass alles gut werden würde. Aus der Ferne klang das Folgetonhorn der Rettung, die immer näher kam.

„Andreas ich wünsche dir alles Gute, pass auf dich auf!"

Dieser förmlich ausgesprochene Wunsch ließ mich in meine traurige Realität zurückkehren.

„Aufpassen, aufpassen", sagte ich sarkastisch, „auf was soll ich aufpassen, es braucht mich niemand, ich bin ein Wrack, am besten, es ist aus." In diesem Augenblick hatte ich wirklich das Bedürfnis, mich fallen zu lassen. Die Augen von Julia drückten Schreck und Erstaunen aus. Ich bedauerte meinen unkontrollierten Gefühlsausbruch, aber meine

Hoffnungen auf eine Aussöhnung waren auf den Nullpunkt gefallen.

„Julia, ich liebe dich, ich bereue zutiefst, dass ich dir wehgetan habe, ich werde dich nie vergessen." Als ich diese Worte sprach, fühlte ich gleichzeitig mit brutaler Totalität die Schmerzen im Rücken und meinen Liebeskummer. In meinem Kopf begann sich alles zu drehen, dann wurde plötzlich alles schwarz, als ob ein Film gerissen wäre. Ich versuchte verzweifelt, klar zu bleiben, aber konnte nicht verhindern, dass ich zur Seite kippte und das Bewusstsein verlor.

Irgendwann schlug ich die Augen auf. Benommen blickte ich umher. Ich lag wieder in einem Krankenzimmer.

„Wissen Sie, was mit mir los war?", fragte ich meinen Nachbarn, einen älteren, kahlköpfigen Mann mit einer fahlen Gesichtsfarbe. Ich erkannte meine eigene Stimme nicht, sie klang hohl, rau.

„Soviel ich mitbekommen habe, bist du genäht worden und hast eine Bluttransfusion erhalten", antwortete er.

„Jetzt müssen Sie wirklich brav sein, Ruhe geben und ganz ruhig liegen", sagte eine Schwester die gerade zur Tür hereinkam.

„Es kommt manchmal vor, dass Wunden aufbrechen, aber dass Sie nichts gemerkt haben, ist sonderbar. Sie hätten gleich kommen müssen, dann hätten Sie nicht so viel Blut verloren", sagte sie nicht ohne Vorwurf in der Stimme.

Der Rücken schmerzte und ich hatte das Bedürfnis, mich etwas zu bewegen, um eine andere Liegeposition einzunehmen, aber aus Angst, meine Wunde wieder aufzureißen, blieb ich bewegungslos liegen. In meiner Apathie schloss ich die Augen und döste dahin. Ich weiß nicht, wann ich wieder die Augen aufschlug, auf meinem rechten Bettrand nahm ich einen Schatten wahr. Dort saß jemand, dem Fenster zugewandt. Dunkelbraune Haare wallten bis zu den Schultern herab. Plötzlich wandte sich die Person mir zu und ich blickte in zwei große, braune Augen. Trotz meiner Betäubung durchzuckte es mich. Ich wollte etwas sagen, ich wollte mich aufrichten, aber ich schaffte nur wenige Zentimeter. Zwei Hände legten sich auf meine Schultern und drückten mich sanft in das Kissen zurück.

„Julia, du Liebe", krächzte ich.

Ich betrachtete sie, sie war so schön und ich war so elend, so hilflos. Ein Minderwertigkeitsgefühl beschlich mich. Es fiel mir schwer zu verstehen, dass sie trotz allem, was ich ihr angetan hatte, noch ein Interesse an mir haben konnte.

„Ich wollte gestern bei dir bleiben, aber man hat mich nach Hause geschickt", sagte sie, es klang entschuldigend, „der Arzt hat mir aber gesagt, dass ich mir keine Sorgen machen muss."

„Julia, ich bin es nicht wert, dass du dir wegen mir solche Umstände machst", sagte ich betrübt. „Ich bin schuld, dass unsere Verbindung unterbrochen wurde, ich habe die größte Dummheit meines Lebens begangen, oft habe ich daran denken müssen. Ich werde dafür büßen, so schwer es auch sein mag, es ist letztlich gerecht. Vergeude nicht deine Zeit mit mir."

Julia streichelte mich sanft über meinen Handrücken, bedacht, die Kanüle in meiner Vene nicht zu berühren. In ihren Augen schimmerten Tränen.

„Sag so etwas nicht, Andreas. Ich habe auch Fehler gemacht", flüsterte sie und neigte sich ganz nah zu mir. Der angenehme Duft eines lieblichen Parfums stieg mir in die Nase.

„Ich habe deine Versuche, dich mir zu nähern, zu lange zurück gewiesen. Dabei habe ich dich so lieb gehabt."

Julia küsste mich auf die Stirn. Es war kein flüchtiger Kuss, es war ein langer, inniger Kuss, ich konnte ihre zarten Lippen deutlich spüren. Ein süßes Gefühl durchströmte mich.

„Julia, du bist so lieb", sagte ich und meine Stimme klang wieder rauer. Das Sprechen fiel mir zusehends schwerer. Ich machte ihr ein Zeichen sich wieder mit ihrem Gesicht zu nähern.

Dieses Mal legte sie ihre Wange an die meine und ich fühlte Tränen, die uns gleichermaßen benetzten. „Julia", sagte ich leise, aber inbrünstig, „ich liebe dich über alles!"

30.

Ich blickte auf meine Armbanduhr und erhob mich. Es war Zeit, das Abendbrot vorzubereiten. Ich wollte gerade die Suppe aufsetzen, als ich vernahm, wie die Türe geöffnet wurde. Julia trat ein und warf sich in meine Arme.

„Wie ist es dir bei der Prüfung ergangen?", fragte ich.

„Ich bin durchgefallen, aber ich bin trotzdem glücklich, weil ich dich liebe", sagte sie lachend. Es wunderte mich nicht, denn die letzten Tage hatten uns gehört.

„Ich werde sie wiederholen", sagte sie leichthin und schlang wieder ihre Arme um mich. Dann widmeten wir uns dem Kochen. In einem Topf mit Wasser verrührte ich das Suppenpulver, Julia kümmerte sich um die Koteletts.

„Was hat der Arzt gesagt, wann wirst du wieder in der Spedition die Arbeit aufnehmen können?", fragte Julia, während wir mit Genuss unser Abendbrot verzehrten.

„Ich werde nie mehr in der Spedition arbeiten, genauer gesagt, nicht mehr bei Scholz!"
Sie blickte mich verblüfft an. „Wieso, das verstehe ich nicht?"

„Scholz hat mich und Wagner entlassen. Es ließ sich bei den polizeilichen Einvernahmen nicht vermeiden, dass er vom Schmuggel, in dem sein LKW verwickelt war, erfuhr. Es täte ihm sehr leid, sagte er mir, aber aus prinzipiellen Gründen wäre er gezwungen, sich von uns beiden zu trennen. Ich kann ihn verstehen, er würde sein Gesicht gegenüber seinen Mitarbeitern verlieren, wenn er zwei Schmuggler weiterhin beschäftigen würde. Dass Wagner und ich vom Rauschgift damals keine Ahnung hatten, ist schwer zu beweisen. Gott sei Dank hat Wagner schon eine andere Anstellung gefunden; das beruhigt mich, denn ich habe ihn in die Sache hineingezogen."

Julia schien betroffen und zog ihre Stirn in nachdenkliche Falten. „Mach dir keine Sorgen Andreas, mit dem, was ich in meinem Nebenjob verdiene, können wir uns über Wasser halten!"

Ich küsste sie zärtlich. „Du wirst gar nichts tun, Liebes, du wirst dein Pharmaziestudium fortsetzen und deine verhaute Prüfung wiederholen. Ich habe genug gespart, davon können wir einige Zeit leben."

Sie streichelte mir übers Haar und seufzte.

„Übrigens, ich werde nächste Woche nach Paris reisen!", sagte ich beiläufig.

„Paris?" Sie blickte mich mit einem Schimmer von Misstrauen an. Ihre weiblichen Instinkte mahnten zur Vorsicht.

„Ja, Paris", sagte ich aufgeräumt, „eine wunderschöne Stadt, die Boulevards, die Champs Élysées, der Louvre, die Restaurants und …", ich brach ab und lächelte zweideutig.

„Und?", fragte sie herausfordernd, „die Frauen, willst du wohl sagen!"

„Ja, die Frauen", sagte ich lächelnd. Julia blickte mich forschend an.

„Genauer gesagt, geht es nur um eine Frau!" Ich ließ mir Zeit, bevor ich fortsetzte.

„Wie gesagt, geht es nur um eine Frau, denn ich werde mit dir reisen!"

„Ist das jetzt ein Spaß oder ist es dein Ernst?"

„Es ist mein vollster Ernst!", sagte ich und lächelte wieder.

„Und was in aller Welt machen wir in Paris, jetzt, wo wir andere Sorgen haben?" Der Vorwurf war nicht zu überhören.

„Zuerst werden wir Paris genießen und ein bisschen Geld verprassen."

„Ich glaube, dir geht es zu gut, du wirst übermütig", noch immer sprach Argwohn aus ihr.

„Wenn wir kein Geld mehr haben, werde ich mich um eine Stellung bewerben!", sagte ich leichthin.

„Was, du willst in Paris arbeiten …?" Julia war perplex.

Ich beschloss, meine Geheimniskrämerei nun zu beenden.

„Nein, Lemaire hat mir geschrieben und mich zu einem Gespräch nach Paris eingeladen. Er möchte in Wien eine Tochtergesellschaft gründen, um von hier die Transportgeschäfte mit dem Osten zu intensivieren."

„Und was sollst du tun?"

„Er möchte, dass ich diese Niederlassung leite!"
„Andreas, das ist doch wunderbar!"
Julia fiel mir in die Arme und küsste mich.

Als wir zu Bett gingen, unterhielten wir uns über die Sehenswürdigkeiten, die wir in Paris besuchen wollten. Aber ich war nicht so richtig bei der Sache. Ich spürte Julia an meiner Seite und sehnte mich nach ihr. Wir liebten uns, ohne Scheu, ohne Tabus, aber in jeder Berührung schwang jene sanfte Zärtlichkeit mit, die wir füreinander empfanden. Während Julia in meinen Armen eingeschlafen war, lag ich noch wach und dachte über mein Leben, über die letzten, turbulenten Zeiten nach. Irgendwie hatte ich mich im Kreis gedreht, ich war meinem Glück schon so nahe gewesen. Aber dann war ich auf einen Irrweg geraten, der mir fast das Leben gekostet hätte. Ich dankte der Vorsehung, dass am Ende dieses Herumirrens das Glück wieder zu mir zurückkehrte. Sanft küsste ich Julia auf die Stirn. Dann verflüchtigten sich meine Gedanken immer mehr und ich schlief ein.